LEMBRA AQUELA VEZ

ADAM SILVERA

LEMBRA AQUELA VEZ

Tradução de
Lucas Peterson

Título original
MORE HAPPY THAN NOT

Esta é uma obra de ficção. Nomes, personagens, lugares e incidentes são produtos da imaginação do autor ou foram usados de forma fictícia, e qualquer semelhança com pessoas reais, vivas ou não, estabelecimentos comerciais, empresas, acontecimentos ou localidades, é mera coincidência.

Copyright © 2015 *by* Adam Silvera
Copyright do prefácio © 2020 *by* Angie Thomas

Todos os direitos reservados.

Edição brasileira publicada mediante acordo com
a Lennart Sane Agency AB

Direitos para a língua portuguesa reservados
com exclusividade para o Brasil à
EDITORA ROCCO LTDA.
Rua Evaristo da Veiga, 65 – 11º andar
Passeio Corporate – Torre 1
20031-040 – Rio de Janeiro – RJ
Tel.: (21) 3525-2000 – Fax: (21) 3525-2001
rocco@rocco.com.br | www.rocco.com.br

Printed in Brazil/Impresso no Brasil

Tradução conteúdo extra
LAURA FOLGUEIRA

Preparação de originais
JULIANA WERNECK

CIP-Brasil. Catalogação na publicação.
Sindicato Nacional dos Editores de Livros, RJ.

S586L   Silvera, Adam
         Lembra aquela vez / Adam Silvera ; tradução Lucas
         Peterson ; prefácio de Angie Thomas. – 1. ed. – Rio de
         Janeiro : Rocco, 2022.

         Tradução de: More happy than not
         "Nova edição ampliada"
         ISBN 978-65-5532-310-8
         ISBN 978-65-5595-159-2 (e-book)

         1. Ficção americana. I. Peterson, Lucas.
         II. Thomas, Angie. III. Título.

22-80063   CDD: 813
                                  CDU: 82-3(73)

Meri Gleice Rodrigues de Souza – Bibliotecária – CRB-7/6439

O texto deste livro obedece às normas do
Acordo Ortográfico da Língua Portuguesa.

Para aqueles que descobriram que a felicidade pode ser difícil.

Obrigado para Luis e Corey, meus favoritos que me surpreenderam dos melhores jeitos.

PREFÁCIO

INTRODUÇÃO
Não há dúvidas: *Lembra aquela vez* me transformou. Desde a primeiríssima frase, a história de Aaron Soto me fisgou. Lembro-me vividamente de pegar um exemplar na livraria perto de casa e folhear as primeiras páginas – eu sempre leio as primeiras linhas dos livros em vez da sinopse da orelha. A primeira frase me levou a ler a primeira página inteira, depois a segunda e a terceira. Fiquei obcecada. Também fiquei impressionada, porque, enquanto lia aquelas primeiras páginas, percebi: eu conhecia aqueles personagens.

Aaron, Genevieve, Brendan, Baby Freddy e até Eu-Doidão eram pessoas que eu conhecia do meu próprio bairro. Não, eu não era do Bronx – eu morava a um mundo de distância, no Mississippi, onde não existem metrôs nem mercadinhos de esquina –, mas esses personagens ainda me pareciam familiares. Ler sobre as experiências e a vida deles era como ver meu próprio mundo, mas por uma lente diferente: uma lente única, fascinante, diferente de qualquer outra coisa que eu tivesse encontrado na literatura *young adult*.

De repente, ao inventar um mundo que lembrava o dele próprio, Adam Silvera me deu permissão para fazer o mesmo. Este é um livro sobre jovens de minorias étnicas que podem ser as estrelas, não só os coadjuvantes. Aaron podia ser complexo e complicado, sem nunca ser confinado a um estereótipo.

Devo admitir que, por vezes, este livro me destruiu, que é o que deveria acontecer mesmo. Não vou dar spoiler do final, mas vou dizer que fiquei mal por dias. Não conseguia esquecer Aaron e sua história, e me peguei querendo saber como ele estava, como se fosse uma pessoa de verdade. (Aliás, na primeira vez que conversei com Adam, perguntei como Aaron estava.) Mas, com aquele final angustiante, Adam me lembrou de outra coisa: não tem nada de errado em finais nem tão felizes, ou, na verdade: não tem nada de errado se as coisas forem menos felizes do que as nossas lembranças. Os jovens, em especial, precisam saber que é normal não conseguirem seu "final de contos de fadas". Afinal, eles na verdade estão só começando. *Lembra aquela vez* reflete isso e, como resultado de ver esse fato aqui, decidi fazer o mesmo nos meus livros.

Espero que *Lembra aquela vez* deixe você obcecado e destruído. Espero que faça você se lembrar de que tudo bem não estar tudo bem. Mais do que isso, espero que nunca se esqueça disso.

Obrigada, Adam.

Obrigada, *Lembra aquela vez*.

Com amor,
Angie Thomas, autora de *O ódio que você semeia*

INSTITUTO
L E T E O

AQUI HOJE, ESQUECIDO AMANHÃ!

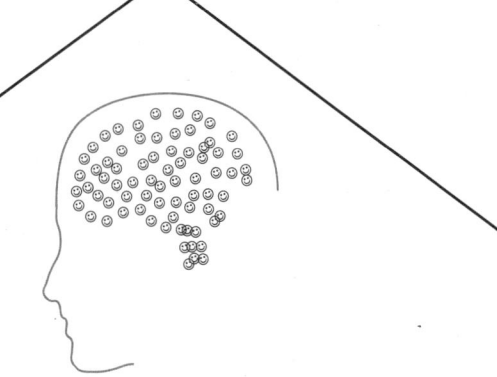

Sofre de memórias indesejadas? Ligue para o Instituto Leteo no número 1-800-EU-ESQUEÇO para maiores informações sobre nosso procedimento de última geração no campo do alívio de memória!

PARTE UM: FELICIDADE

1
MEMÓRIAS INDESEJADAS

Parece que o procedimento do Leteo não é palhaçada. A primeira vez que vi um cartaz no metrô divulgando o instituto capaz de fazer as pessoas esquecerem as coisas, pensei que se tratasse de uma campanha de marketing para um novo filme de ficção científica. E, quando vi a manchete "Aqui hoje, esquecido amanhã!" na capa de um jornal, pensei que a matéria falasse de algo sem graça, como a cura para um novo tipo de gripe. Não imaginei que eles estivessem falando sobre memórias. Choveu aquele final de semana, então fiquei de bobeira com meus amigos na lavanderia, relaxando diante da velha TV do segurança. Todos os canais de notícias estavam entrevistando diferentes representantes do Instituto Leteo para descobrir mais detalhes sobre a "ciência revolucionária de alteração e supressão de memória".

Ao final de cada matéria, jurei que tudo não passava de palhaçada.

Mas agora sabemos que o procedimento é cem por cento verdadeiro e zero por cento palhaçada, porque um dos nossos já foi submetido a ele.

Pelo menos, é isso que o Brendan, que é meio que meu melhor amigo, diz. Ele é tão conhecido por sua honestidade quanto a mãe de Baby Freddy pela dedicação em confirmar fofocas que surgem em seu caminho. (Dizem que ela está aprendendo noções básicas de francês porque sua vizinha de corredor talvez esteja tendo um caso com o zelador casado, e a barreira linguística dificulta um pouco as coisas. Mas, sim, isso também é fofoca.)

– Então, quer dizer que o Leteo é para valer? – Estou sentado perto da caixa de areia onde ninguém brinca, com medo de pegar micose.

Brendan caminha de um lado para o outro, quicando entre as pernas a bola de basquete do nosso amigo Deon.

– É por isso que Kyle e a família dele vazaram – diz ele. – Para começar do zero.

Nem preciso perguntar o que ele esqueceu. O gêmeo idêntico de Kyle, Kenneth, foi baleado em dezembro do ano passado por dormir com a irmã mais nova de um cara chamado Jordan. Mas a verdade é que foi Kyle quem dormiu com ela. De dor eu entendo bastante, mas não consigo imaginar como deve ser viver todo dia assim – sabendo que o irmão com quem compartilhava um rosto e segredos foi arrancado da minha vida por balas cujo verdadeiro alvo era eu.

– Bem, boa sorte para ele, não é?

– É, claro – diz Brendan.

A galera de sempre está por aqui hoje. Dave Magro e Dave Gordo, que não são irmãos, mas têm o mesmo nome, saem da lojinha local, a Good Food's Store, onde tenho trabalhado em meio expediente nos últimos meses. Eles estão tomando refrescos e comendo batatas fritas. Baby Freddy passa com sua nova bicicleta laranja de aço, e eu me lembro de como costumávamos sacaneá-lo porque ele precisava de rodinhas, mas, na real, o idiota sou eu, já que meu pai nunca me ensinou a andar de bicicleta. Eu-Doidão está sentado no chão, batendo um papo com a parede; e todos os outros, principalmente os adultos, estão se preparando para o evento comunitário anual deste fim de semana.

O Dia da Família.

Esta será a primeira vez que celebraremos o Dia da Família sem Kenneth e Kyle, ou os pais de Brendan, ou meu pai. Mas a verdade é que meu pai e eu não íamos exatamente brincar de corrida de carrinho de mão ou jogar basquete juntos; além disso, meu pai sempre ficava no time do meu irmão, Eric. Mas qualquer atividade de pai e filho seria melhor do que isto. Imagino que a situação de Brendan não seja mais fácil que a minha, apesar de os pais dele estarem vivos. Talvez seja até pior, já que estão bem longe do alcance dele, em celas de cadeia apertadas, condenados por crimes diferentes: a mãe por assalto à mão armada, o pai por agredir um policial ao ser pego em flagrante traficando metanfetamina. Agora, ele mora com o avô, que ainda está tirando onda aos oitenta e oito anos de idade.

– Todos vão esperar sorrisos de nós – digo.

– Todos podem se ferrar – responde Brendan.

Ele enfia as mãos nos bolsos, onde aposto que está guardando erva; vender maconha é a maneira que ele arrumou de crescer mais rápido, mesmo que tenha sido por isso, mais ou menos, que seu pai foi parar na prisão oito meses atrás. Brendan confere o relógio, esforçando-se para ler os ponteiros.

– Preciso ir encontrar uma pessoa. – Ele nem me espera responder antes de sair.

Brendan é um cara de poucas palavras, e é por isso que ele é só meio que meu melhor amigo. Um melhor amigo de verdade usaria muitas palavras para fazer com que você se sentisse um pouco melhor a respeito da sua vida quando você está pensando em acabar com ela. Como eu tentei fazer. Mas o que ele fez foi se distanciar de mim, porque sentia que tinha a obrigação de ficar com outros negros como ele, o que continuo achando ser pura babaquice.

Sinto saudade do tempo em que aproveitávamos ao máximo as noites de verão, ignorando a hora de ir para casa, para nos deitarmos no piso preto do trepa-trepa e conversar sobre garotas e futuros grandiosos demais para nós dois – o que sempre parecia que não seria um problema, desde que ficássemos presos neste lugar juntos, um com o outro. Agora, só saímos de casa por costume, e não por companheirismo.

Esta é só mais uma das coisas que preciso fingir que não me incomodam.

☺ ☺ ☺ ☺

MINHA CASA SE RESUME a um apartamento de quarto e sala para nós quatro. Quer dizer, nós três. Três.

Divido a sala de estar com Eric, que deve estar chegando a qualquer minuto do seu expediente na loja de videogames usados, na Third Avenue. Ele vai ligar um dos seus dois consoles de jogos, conversar on-line com os amigos usando fones de ouvido e microfone, e vai jogar até a equipe entregar os pontos, às quatro da manhã. Aposto que mamãe tentará convencê-lo a se inscrever em algumas universidades. Não pretendo ficar por aqui durante a discussão.

Há pilhas de revistas em quadrinhos não lidas no meu lado da sala. Comprei várias delas por uma pechincha, entre vinte e cinco centavos e dois dólares, na minha loja preferida de quadrinhos, sem qualquer intenção de lê-las de cabo a rabo. Gosto apenas de ter uma coleção para exibir quando algum dos meus amigos com mais grana vem me visitar. Assinei uma série, Os Substitutos Sombrios, quando todo mundo na escola fez isso no ano passado, mas, até agora, só consegui folhear as revistas para conferir se os artistas fizeram algo de interessante.

Sempre que me empolgo de verdade com um livro, desenho minhas cenas preferidas dentro deles: em *Guerra Mundial Z*, ilustrei a Batalha de Yonkers, onde os zumbis dominaram; em *A lenda do cavaleiro sem cabeça*, desenhei o momento em que conhecemos o Cavaleiro Sem Cabeça, porque essa foi a cena em que comecei a me importar com uma história de terror que, até aquele momento, estava meio mais ou menos; e, em *Scorpius Hawthorne e o condenado de Abbadon*, o terceiro livro da minha série de fantasia preferida, sobre um menino mago e demoníaco, ilustrei o monstruoso Abbadon sendo partido em dois com o Encanto de Rompimento de Scorpius.

Ultimamente, não tenho desenhado muito.

O chuveiro sempre demora um pouco para esquentar, então abro a torneira e vou conferir como anda minha mãe. Bato na porta do seu quarto, mas ela não responde. A televisão está ligada, pelo menos. Quando sua mãe não atende à porta, e ela é o único dos seus pais que está vivo, é impossível não pensar em quando seu pai foi encontrado morto na banheira, e na possibilidade de que, do outro lado da porta do único quarto da sua casa, uma vida de órfão o aguarda. Então, decido entrar.

Ela está acordando da segunda soneca do dia, e a televisão exibe um episódio de *Law & Order*.

– Você está bem, mãe?

– Estou, meu filho.

Ela quase não me chama mais de Aaron ou "meu bebê", e, embora eu nunca tenha gostado muito da segunda opção, especialmente na presença dos meus amigos, pelo menos era um sinal de vitalidade dentro dela. Agora, ela está simplesmente arrasada.

Ao lado dela há uma fatia pela metade da pizza que ela pediu que eu comprasse na Yolanda's Pizzeria, o copo de café vazio que eu trouxe do Joey's e alguns panfletos do Leteo, que ela arrumou por conta própria. Minha mãe sempre acreditou no procedimento, mas isso não significa nada para mim, já que também sempre acreditou em *santeria*. Ela coloca os óculos, que convenientemente escondem as linhas fundas ao redor dos olhos causadas pelos turnos malucos do trabalho. Ela trabalha cinco dias por semana como assistente social no Washington Hospital e passa quatro noites cuidando das carnes no supermercado para conseguir uma grana extra e manter este telhadinho sobre nossas cabeças.

– Não gostou da pizza? Posso buscar outra coisa.

Minha mãe me ignora. Ela levanta da cama, puxando a gola da camisa que herdou da irmã e que passou a conseguir usar recentemente, depois de perder peso com a "Dieta da Pobreza", e me dá o maior abraço desde que meu pai morreu.

– Gostaria que houvesse algo a mais que pudéssemos ter feito.

– Uh... – Eu a abraço de volta, porque nunca sei o que dizer quando ela chora pelo que meu pai fez, e pelo que eu tentei fazer. Apenas volto a encarar os panfletos do Leteo. Realmente, *existe* outra coisa que poderíamos ter feito por ele, mas nunca teríamos dinheiro o bastante. – É melhor eu tomar banho logo, antes que a água esfrie novamente. Foi mal.

Ela me solta.

– Está tudo bem, meu filho.

Finjo que está tudo bem e corro para o banheiro, onde o vapor embaçou o espelho. Tiro a roupa rapidamente. Mas paro antes de entrar, porque a banheira, que finalmente está limpa depois de muita água sanitária, continua sendo o lugar onde ele tirou a própria vida. As lembranças são como golpes desferidos a cada instante contra mim e meu irmão: as marcas de caneta na parede, onde ele media nossas alturas; a cama tamanho *king-size*, onde ele nos girava enquanto assistia ao noticiário; o fogão onde ele assava empanadas no nosso aniversário. Não podemos simplesmente fugir dessas coisas, mudando-nos para um apartamento diferente e maior. Não, estamos presos neste lugar onde somos obrigados a tirar merda de ratos dos nossos sapatos e inspecionar nossos copos de refrigerante antes de beber, caso baratas tenham mergulhado na bebida enquanto não estávamos olhando.

Nossa água quente não fica quente por muito tempo, então entro logo, antes de perder a chance.

Encosto a cabeça na parede, com a água escorrendo pelo cabelo e pelas costas, e penso em todas as memórias que desejaria que o Leteo apagasse. Todas elas têm a ver com minha vida pós--pai. Viro o punho e encaro a cicatriz. Não acredito que já fui o cara que talhou um sorriso no pulso porque não conseguia encontrar a felicidade, o cara que pensou que a encontraria na morte. Independente do que tenha levado meu pai a se matar, seja sua criação difícil em uma casa com oito irmãos mais velhos, ou seu trabalho na infame agência de correios da vizinhança, ou qualquer uma entre milhões de razões, preciso seguir em frente com as pessoas que não buscam saídas fáceis, que me amam o bastante para permanecerem vivas, mesmo quando a vida é horrível.

Corro o dedo sobre a cicatriz sorridente, da esquerda para a direita, depois da direita para a esquerda, feliz em tê-la como um lembrete para nunca mais ser tão otário.

2
TROCA ENTRE NAMORADOS
(NÃO UM ENCONTRO EM QUE SE TROCAM NAMORADOS)

Em abril, Genevieve me convidou para sair com ela quando estávamos de bobeira no Fort Wille Park. Todos os meus amigos consideraram isso um caso épico de inversão de papéis de gênero, mas meus amigos às vezes são uns verdadeiros idiotas de mente fechada. É importante que eu me lembre disso, da parte em que ela me convidou para sair, porque significa que Genevieve viu alguma coisa em mim, uma vida dentro da qual ela queria se perder, e não alguém cuja vida ela queria ver jogada fora.

Tentar cometer você-sabe-o-quê há dois meses não foi apenas um ato egoísta, mas também embaraçoso. Quando você sobrevive, é tratado como uma criança, de quem é preciso segurar a mão ao se atravessar a rua. E o pior é que todos suspeitam que você estava implorando por atenção, ou que foi simplesmente burro demais para fazer o trabalho direito.

Caminho as dez quadras em direção ao centro da cidade, chegando ao apartamento que Genevieve divide com o pai. Ele não presta muita atenção nela, mas pelo menos está vivo para ignorá-la. Aperto o botão do interfone, desejando muito que eu pudesse ter vindo de bicicleta. Meus sovacos fedem e minhas costas estão suadas, e o banho que acabei de tomar não vale mais nada.

– Aaron! – grita Genevieve, botando a cabeça para fora da janela, no segundo andar, com raios do sol brilhando em seu rosto.
– Desço em um segundo. Preciso me limpar primeiro. – Ela me mostra as mãos, molhadas com tinta amarela e preta, e pisca antes de voltar para dentro. Gostaria de imaginar que ela está desenhando um cartum de uma carinha feliz, mas, considerando sua imaginação excessivamente fértil, deve estar desenhando algo mágico, como um hipogrifo de barriga amarela com olhos negros perolados, perdido em uma floresta espelhada com apenas uma estrela amarela para guiá-lo para casa. Ou algo assim.

Ela desce alguns minutos depois, ainda vestindo a camiseta branca esfarrapada que usa para pintar. Sorri antes de me abraçar, e não é um daqueles meio-sorrisos com os quais já me acostumei. Não há nada pior do que vê-la triste e derrotada. O corpo dela está tenso, e, quando finalmente relaxa, a sacola de pano com um tom de verde pálido que dei para ela de presente de aniversário no ano passado desliza do seu ombro. Ela desenhou bastante na sacola; às vezes há pequenas cidades, em outras, uma interpretação de alguma letra de música que ela gosta.

– Ei – digo.

– Oi – responde ela, andando nas pontas dos pés para me beijar. Os olhos verdes estão marejados. Eles lembram uma pintura de uma floresta tropical que ela me deu há alguns meses.

– O que foi? Meus sovacos estão fedendo, né?

– Muito, mas esse não é o problema. Pintar está me estressando para caramba. Você me resgatou na hora certa. – Ela soca o meu ombro, da maneira agressiva com a qual costuma paquerar.

– O que estava pintando?

– Um peixe-anjo japonês saindo a pé do oceano.

– Huh. Eu esperava algo mais maneiro. Mais mágico, com hipogrifos.

– Não gosto de ser previsível, seu mané idiota. – Ela tem me chamado disso desde o nosso primeiro beijo, alguns dias depois que começamos a sair juntos. Acho que é porque bati com a cabeça acidentalmente contra a dela duas vezes, como o maior amador na história dos beijadores inexperientes. – Está a fim de assistir a um filme?

– Que tal Troca Entre Namorados?

Troca Entre Namorados não é um encontro em que se troca o namorado por outra pessoa. Troca Entre Namorados (uma invenção de Genevieve) é quando escolho um lugar para irmos que a interessaria, e ela faz o mesmo por mim. Isso se chama Troca Entre Namorados, é claro, porque trocamos passatempos preferidos um com o outro, e não porque trocamos *um por outro*.

– É, acho uma boa.

Jogamos pedra, papel e tesoura. O perdedor escolherá primeiro, e a minha tesoura detona com o papel dela. Eu poderia ter me voluntariado para ir primeiro, porque já sei para onde quero levá-la, mas ainda não tenho certeza absoluta de quais palavras quero usar, e um pouco mais de tempo para escolher as palavras certas até que não será mau. Ela me leva para a minha loja de revistas em quadrinhos preferida, na 144th Street.

– Parece que você não está mais preocupada em ser imprevisível – digo.

COMIC BOOK ASYLUM

Temos Edições e Questões

A PORTA DA FRENTE é pintada para se parecer com uma velha cabine telefônica, como aquela que o Clark Kent usa sempre que precisa se transformar no Superman. Embora esse relacionamento monogâmico que ele tem com aquela cabine telefônica do lado de fora do *Planeta Diário* em particular nunca tenha feito muito sentido para mim, há tempos que não me sinto tão super quanto agora. Há meses que não venho aqui.

A Comic Book Asylum é o paraíso dos geeks. O caixa com a camiseta do Capitão América está reabastecendo o estoque de canetas de sete dólares em forma de martelo do Thor. Bustos caros do Wolverine, do Hulk e do Homem de Ferro perfilam gloriosamente uma prateleira projetada para se parecer com a lareira da Mansão Wayne. Fico surpreso com o fato de que não há um virgem de quarenta anos tendo um treco por causa do conflito entre a Marvel e a DC que está acontecendo aqui. Há até um armário cheio de capas clássicas, que você pode comprar ou alugar para tirar uma foto dentro da loja. Mas meu lugar preferido é a gôndola de promoções, com revistas por um dólar, já que, bem, eles têm revistas por um dólar, um preço difícil de superar.

Eles vendem até *action figures* com os quais eu e Eric teríamos brincado quando éramos mais novos, como um combo com o Homem-Aranha e o Doutor Octopus. Ou um set do Quarteto Fantástico, embora provavelmente teríamos perdido a Mulher Invisível (sacou?), já que meu personagem preferido era o Tocha Humana e o dele era o Sr. Fantástico. Tenho até uma quedinha pelos vilões, como o Duende Verde e o Magneto, porque Eric sempre preferiu os heróis, e isso tornava as coisas mais divertidas.

Genevieve sempre escolhe este lugar nas nossas Trocas Entre Namorados porque ela sabe que isso me deixa mais feliz do que qualquer outra coisa, embora a piscina comunitária onde eu costumava ter aulas de natação não ficasse muito atrás, até eu quase me afogar. (É uma longa história.) Ela se distancia e começa a olhar os pôsteres da loja, e eu vou direto para a gôndola de promoções. Vasculho as revistas à procura de algo fodástico, que possa me inspirar a trabalhar um pouco mais na minha própria revista em quadrinhos. A última coisa que desenhei na minha revista foi um painel cheio de suspense com o Guardião do Sol, o meu herói, cuja história de origem narra como ele, ainda criança, engole um sol alienígena para protegê-lo. Agora, ele só tem tempo o suficiente para salvar uma pessoa de despencar de uma torre celestial e cair direto na boca de um dragão, e ele precisa escolher entre a namorada e o melhor amigo. Sem dúvida, o Superman escolheria a Lois Lane, mas fico pensando se o Batman salvaria o

Robin, e não sua namorada da semana. (O Cavaleiro das Trevas pega geral, cara.)

Alguns caras estão conversando sobre o último filme dos *Vingadores*, então escolho rapidamente duas revistas e vou até o caixa, para não correr o risco de ter que me transformar no Hulk se eles revelarem algum *spoiler* que ainda não sei. Acabei não vendo o filme quando ele entrou em cartaz, em dezembro, porque ninguém queria ir comigo. Estávamos todos deprimidos por causa do Kenneth.

– Ei, Stanley.
– Aaron! Quanto tempo.
– É, eu estava meio enrolado com alguns problemas.
– Isso soa misterioso. Estava saltando de edifícios com uma máscara?

Demoro um instante para responder.

– Problemas de família.

Entrego o meu vale-presente e ele o passa para cobrar os dois dólares. Ele tenta passar mais uma vez, depois me diz:

– Está zerado, cara.
– Não, ainda tenho alguns dólares.
– Infelizmente, você está mais pobre do que o Bruce Wayne com uma conta bancária bloqueada.

Ele deveria ter vergonha de si mesmo. Não por ser falta de educação falar isso para um cliente, mas por estar usando essa mesma piadinha sem graça há meses. É claro que sou mais pobre do que o Bruce Wayne no seu momento mais pobre de todos.

– Quer que eu os deixe reservados para você? – pergunta ele, gentil.
– Uh, sabe, tá tranquilo. É, vou ficar de boa.

Genevieve se aproxima.

– Está tudo bem, gato?
– Sim, sim. Está pronta para vazar? – Meu rosto esquenta e meus olhos começam a ficar marejados, não porque não vou levar esses quadrinhos para casa (não tenho mais oito anos de idade),

mas porque estou envergonhado pra cacete na frente da minha namorada.

Ela nem olha para mim ao enfiar a mão na sacola e tirar algumas moedas, e isso, de alguma maneira, faz com que eu me sinta ainda pior.

– Quanto é?

– Gen, está tranquilo, não preciso deles.

Ela os compra mesmo assim, me entrega a sacola e começa a me contar uma ideia para uma pintura, onde urubus famintos perseguem as sombras dos mortos por uma estrada sem se darem conta de que os cadáveres estão sobre suas cabeças. Acho que é uma ideia maneirinha. E, embora queira agradecê-la pelas revistas, até que foi melhor ela mudar de assunto, para que eu não precise me sentir mal.

☺ ☺ ☺ ☺

– LEMBRA AQUELA VEZ quando Kyle foi submetido ao procedimento do Leteo?

Lembra Aquela Vez é um jogo idiota que criamos, no qual "lembramos" de coisas que aconteceram muito recentemente, ou que estão acontecendo agora. Comecei o jogo para distraí-la, enquanto atravessamos o Fort Wille Park pela 147th Street, perto da agência de correios onde meu pai trabalhava e do posto de gasolina onde Brendan e eu costumávamos comprar balas em forma de cigarros sempre que nos sentíamos estressados. (Ainda nos divertimos com quanto isso era idiota e infantil.)

– Como podemos saber se isso aconteceu de verdade, se ninguém o viu depois? – Genevieve segura minha mão e salta sobre um banco, em que caminha sobre o encosto com o pior equilíbrio do mundo. Tenho certeza de que ela quebrará a cabeça qualquer dia desses, e eu implorarei que o Leteo me ajude a esquecer isso.

– Talvez uma mentira tenha invadido o centro de fofocas da mãe do Freddy. Além disso, afirmar que ele se *esqueceu* do Kenneth pode ser um pouco demais, já que o Leteo apenas *suprime* memórias. Ele não as apaga.

Ela também nunca acreditou no procedimento, e olha que costumava acreditar em astrologia e cartas de tarô.

– Acho que, quando você nunca mais se lembra de uma coisa, isso conta como esquecer.

– Bom argumento.

Genevieve finalmente perde o equilíbrio e eu a seguro, mas não daquela maneira heroica, na qual eu a carregaria na direção do pôr do sol, ou até de um jeito engraçado, no qual ela desabaria de modo perfeitamente horizontal sobre mim e nós nos beijaríamos. Na verdade, o corpo dela gira e eu a seguro pelos sovacos, mas as pernas dela desabam e escorregam para trás, e agora a cara dela está bem na frente do meu pau, o que é constrangedor, porque ela nunca o viu. Eu a ajudo a se levantar, e nós dois nos desculpamos; não tenho nenhum motivo real para me desculpar, mas ela se desculpa por quase cair com o nariz na minha virilha.

Bem, sempre haverá outra chance.

– É... – Ela afasta o cabelo escuro do rosto.

– Qual seria seu plano de batalha se zumbis nos atacassem neste exato momento?

Desta vez, sou em quem muda de assunto para ela não se sentir envergonhada. Seguro a mão dela e a guio pelo parque. Ela compartilha suas estratégias furadas sobre subir em macieiras e esperar que os zumbis passem. Bem coisa de mané idiota.

A mãe de Genevieve costumava trazê-la aqui quando ela era pequena, na época em que o parque era mais seguro para crianças, com gangorras e trepa-trepas. Ela parou de vir tanto depois que sua mãe morreu em um acidente aéreo há alguns anos, durante uma viagem para visitar a família na República Dominicana. Quando fazemos Troca Entre Namorados, costumo levá-la para outros lugares, como o mercado de pulgas ou a pista de patins nas quartas de meia-entrada, mas hoje vamos nos lembrar da vez em que ela me convidou para sair.

Chegamos ao playground, com um daqueles chafarizes que cospem água em explosões programadas. Todas as dez mangueiras agora estão entupidas com folhas sujas, cigarros e outros pedaços de lixo.

– Fazia tempo que não vínhamos aqui – diz Genevieve.

– Achei que seria legal se eu pedisse você em namoro aqui – digo.

– Não me lembro de ter terminado com você.

– Isso é realmente necessário? – pergunto.

– Você não pode me pedir em namoro se já estamos namorando. É como matar uma pessoa que já está morta.

– Faz sentido. Então termine comigo.

– Preciso de um motivo.

– Está bem. Você é uma piranha, e suas pinturas são uma bosta.

– Está terminado.

– Irado – digo, com um sorriso enorme. – Perdão por ter chamado você de piranha e por ter falado que suas pinturas são uma bosta, e por ter tentado me você-sabe-o-quê. Desculpe por você ter tido que passar por aquilo, e desculpe por eu ter sido tão idiota que pensei que não tinha motivos para ser feliz, porque está mais do que claro que você é a minha felicidade.

Genevieve cruza os braços. O cotovelo dela continua um pouco sujo de tinta, em uma parte que ela se esqueceu de lavar.

– Eu *era* a sua felicidade, até terminar com você. Peça-me em namoro de novo.

– Isso é realmente necessário?

Ela me soca.

– Está bem. Genevieve, quer ser a minha namorada?

Ela dá de ombros.

– Por que não? Preciso de alguma coisa para me ocupar durante o verão.

Encontramos uma sombra sob uma árvore, tiramos os sapatos e nos deitamos com os pés na grama. Ela me diz, pela milionésima vez, que não tenho do que me desculpar, que ela não me odiou por sentir dor e sofrer. E eu entendo isso, mas precisava desse recomeço para nós, mesmo que tenha sido apenas uma brincadeira. Nem todos têm dinheiro o bastante para recorrer ao Leteo para apagar suas memórias, e, mesmo que eu tivesse, não faria isso. Se eu fizesse, não conseguiria mais recriar grandes momentos da vida como este, sem as memórias deles.

– Então... – Genevieve está correndo os dedos pelas linhas da minha mão, como se estivesse prestes a revelar o meu futuro, e ela meio que está. – Meu pai está indo para o interior com a namorada na quarta, para uma exposição de arte.

– Que bom para ele, eu acho.

– Ele vai ficar lá até sexta.

– Que bom para você.

De repente, entendo aonde ela quer chegar com isto. Uma lâmpada de momento sexy dispara, e, de repente, eu me levanto e dou um salto tão alto que talvez tenha deixado um buraco em forma de Aaron nas nuvens. Mas, ao descer, lembro-me de algo crucial: merda, não tenho a menor ideia de como fazer sexo.

3
VIRANDO HOMEM

Estou realmente fodido mais tarde.

Está bem, talvez esta não seja a melhor escolha de palavras, mas, é verdade, farei o meu melhor, e, quando Genevieve perceber quanto estou me esforçando, provavelmente rirá tanto que começará a chorar, e eu também chorarei, mas não por estar rindo junto com ela. Eu esperava conseguir assistir a uma quantidade nada saudável de pornografia para memorizar algumas técnicas, mas isso é quase impossível em um apartamento de quarto e sala. Não posso nem esperar que Eric caia no sono, porque ele passa a noite inteira jogando. Já considerei assistir a vídeos pornô de manhã, quando ele está apagado, mas nem corpos nus têm o poder de me acordar.

Sei que devo agradecer por ter um telefone celular, apesar de ele ter o serviço de internet mais bosta do mundo, mas, se eu tivesse um laptop, poderia entrar no banheiro para "pesquisar" um pouco. Mas temos apenas um computador enorme na sala de estar, e Eric está ocupado on-line agora, construindo um site gratuito para o seu clã de videogame, Os Deuses Reis Alpha. Merda.

Estou rabiscando atrás de um boletim que recebi ontem. Estudantes foram obrigados a voltar para a escola para limpar seus armários e se inscrever nas aulas de recuperação de verão, se necessário. Minhas notas pioraram nos últimos meses, por causa de, bem, você-sabe-o-quê, mas passei em tudo (até em química, que poderia se enfiar em um canto e derreter em ácido clorídrico para sempre). Minha orientadora tentou me convencer a conversar com ela sobre como eu deveria usar o verão para me preparar melhor para o último ano. Concordo plenamente com ela, mas no momento estou mais preocupado com esta noite do que com o Ensino Médio.

O apartamento hoje parece especialmente pequeno, e minha cabeça menor ainda, então resolvo sair para respirar por um segundo, ou minuto, ou hora, mas não mais do que isso, porque farei sexo hoje à noite mesmo que não saiba como. Vejo Brendan entrando em um vão de escada, chamo seu nome, e ele segura a porta para mim. Ele recebeu o primeiro boquete aos treze anos de idade, de uma garota chamada Charlene, e não parava de falar disso sempre que jogávamos videogame. Eu o odiava por ter conseguido algo e eu não, mas a realidade é que ele é o tipo de pessoa em quem eu deveria me inspirar.

– Ei. Você tem um segundo?

– Uh. – Nós dois encaramos sua mão, que segura um saquinho Ziploc de maconha. Lá se foram os anos em que ele era um geniozinho solitário. – Na verdade, tenho que resolver isto.

Passo por ele antes que ele possa fechar a porta. A escada cheira a mijo fresco e vejo a poça no chão; provavelmente era Dave Magro, que é muito territorial.

– Está fumando ou traficando?

Brendan confere o relógio.

– Traficando. O cliente chegará em um minuto.

– Vou ser rápido. Preciso que você me diga como fazer sexo.

– Esperamos que você não seja rápido demais, para o seu próprio bem.

– Valeu, babaca. Dá pra me ajudar a não foder com essa situação?

Ele sacode sua maconha pungente na frente do meu rosto.

– Preciso tirar uma grana, A.

– E eu preciso deixar a minha namorada feliz, B. – Saco as duas camisinhas que peguei no trabalho ontem e as balanço na frente do rosto dele. – Cara, é só me dar algumas dicas, ou me dizer que as meninas não ligam muito para as suas primeiras vezes, ou algo assim. Estou morrendo de medo que eu... eu juro que pagarei o Eu-Doidão para destruir você se resolver contar isso para alguém... eu estou com medo de não me sair bem o bastante.

Brendan esfrega os olhos.

– Foda-se tudo isso. Comi várias meninas só para poder gozar e aprender a me sair melhor.

– Mas eu nunca trataria Genevieve assim. – Eu nunca usaria menina alguma assim. Talvez Brendan não seja a melhor pessoa para perguntar.

– E é por isso que você é virgem. Vá pedir ajuda ao Nolan.

– O Nolan, que já é pai de duas crianças aos dezessete anos de idade? Não, valeu.

– Aaron, não seja um molequinho que todo mundo vai pensar que é um otário ou um viadinho por arregar.

– Não estou arregando!

O telefone de Brendan toca.

– É o meu cliente. Você tem que vazar.

Eu não me mexo. Esperava que meu meio que melhor amigo me desse uma força neste dia tão importante para mim.

– Preciso que você se esforce um pouco mais – digo.

– O que foi, seu pai não falou com você sobre sexo antes de bater as botas?

Eu sei, é um jeito muito grosseiro de falar sobre o suicídio do meu pai.

– Não, ele sempre falava que a gente tinha a HBO para isso. Uma vez, ouvi ele falando alguma coisa para o Eric.

– Pronto. Pergunte para o seu irmão. – Estou prestes a reclamar, mas ele me detém. – Olha, a não ser que queira comprar esta maconha, você precisa ir embora. – Brendan abre um sorriso falso, estendendo a mão para pegar o dinheiro. Dou as costas para ele. – É o que pensei – diz ele. – Seja homem esta noite.

☺ ☺ ☺ ☺

HÁ UMA LISTA DE coisas que eu preferiria fazer do que conversar sobre sexo com meu irmão, mas morrer virgem não é uma delas. Eric está jogando o último *Halo* (já perdi a conta de quantos são), e a partida está quase acabando. Não tenho ideia do que dizer. Às vezes, jogamos jogos de corrida juntos, mas temos feito isso cada vez menos. Com certeza, nunca conversamos sobre coisas monumentais da vida, nem sobre a morte do papai. A partida dele termina, e eu paro de fingir que estou lendo *Scorpius Hawthorne e a cripta de mentiras* e me sento na cama.

– Você se lembra do papo sobre sexo que teve com o papai?

Eric não se vira, mas tenho certeza de que ele está absorvendo minhas palavras. Ele fala no *headset*, avisando aos seus "soldados" que precisa de dois minutos, depois coloca o microfone no mudo.

– Lembro. Essas conversas sempre criam cicatrizes profundas.

Nós não nos encaramos. Ele está olhando as estatísticas pós-jogo, provavelmente analisando como a equipe poderia ter se saído melhor, e meus olhos vagueiam das manchas amareladas nos cantos da sala até o lado de fora da janela, onde a vida não é constrangedora.

– O que ele disse?

– Por que se importa?

– Quero saber o que ele teria me dito.

Eric aperta botões que não afetam em nada a tela de menu.

– Ele me disse que não se importava com sentimentos quando tinha a minha idade. O vovô só o encorajou a se divertir quando estivesse preparado, e o avisou a sempre usar camisinha, para que não fosse obrigado a crescer rápido demais, como alguns amigos dele haviam feito. E ele teria dito que estaria orgulhoso de você se você realmente sentisse que estava preparado.

Embora Eric esteja repetindo o que meu pai diria, não é a mesma coisa.

Sinto falta do meu pai.

Eric volta a ligar o microfone e dá as costas para mim, como se se arrependesse de conversar comigo. Eu não deveria tê-lo forçado a se lembrar do papai quando ele estava distraído; as pessoas em luto precisam da sua paz sempre que conseguem alcançá-la. Ele volta a jogar, coordenando sua equipe, como o líder que é. Como o papai era, sempre que jogava basquete, baseball e futebol americano, ou em qualquer coisa que fizesse.

Pego uma camisa na minha cômoda que cheira a detergente concentrado. É isso que acontece quando você compartilha as roupas com um irmão que esfrega amostras grátis de colônia em tudo. Antes de ir embora, digo a ele:

– Vou passar a noite na casa da Genevieve. Fale para a mamãe que estou na casa do Brendan, jogando algum jogo novo, ou algo assim.

Essas palavras chamam a atenção dele. Eric me encara por um segundo, antes de lembrar que minha vida não o interessa nem um pouco e voltar para seu jogo.

CAMINHO ATÉ A casa de Genevieve.

Estou pensando demais em tudo. Por que não estou correndo? Se realmente quero isso, deveria estar correndo, ou pelo menos acelerando o passo para poupar um pouco de energia. Mas, se não quero fazer isso, deveria estar arrastando os pés, ou dando meia-volta, para voltar para casa antes de alcançar a porta dela. Talvez eu esteja fingindo estar tranquilo, caminhando até lá, não muito ansioso, sem pensar muito nesse rito de passagem completamente monumental para a vida adulta. Cá estou eu, um moleque magricelo com um dente quebrado e os primeiros pelos no peito, e alguém quer fazer isso comigo. Não uma pessoa qualquer, mas Genevieve: minha namorada artista, que ri de todas as minhas piadas sem graça e não me abandona nos momentos menos divertidos.

Entro na Sherman's Deli, a mercearia do bairro, para comprar alguma coisa, porque parece vacilo tirar a virgindade de uma garota sem algum tipo de presente. Dave Magro diz que flores são o presente perfeito para quando se vai tirar a virgindade de alguém, e, se é isso que ele pensa, só pode ser a opção errada.

Ao me aproximar da porta de Genevieve e bater, olho para minha virilha e digo:

– É melhor você fazer o que foi criado para fazer. Juro que vou acabar com você se não fizer isso. Vou te massacrar. Certo, Aaron, pare de conversar com o seu pau. E consigo mesmo.

Genevieve abre a porta com uma camiseta amarela sem mangas e olhos sonolentos.

– Está boa a conversa com o seu pau?

– Não tão profunda quanto eu gostaria. – Inclino-me para frente e a beijo. – Cheguei um pouco cedo, então, se precisar de mais alguns minutos com seu outro namorado, posso esperar aqui fora.

– Entre logo, antes que a gente termine de novo.

– Você não ousaria.

Ela começa a fechar a porta.

– Espere, espere. – Enfio a mão no bolso e saco um pacote de Skittles.

– Você é o máximo.

Dou de ombros.

– Achei que seria estranho chegar com as mãos vazias.

Genevieve agarra a minha mão e me arrasta para dentro. O apartamento cheira à vela de mirtilo que a mãe dela deu para ela e à tinta quente; Genevieve provavelmente está misturando um tom que ela não encontrou na Home Depot.

Depois que meu pai faleceu, passei muito tempo naquele sofá da sala de estar dela, chorando em seu colo. Ela me prometeu que as coisas ficariam bem um dia. Sua promessa significava bastante, porque ela também havia perdido um dos pais – ao contrário dos meus amigos, que me consolaram com tapinhas nas costas e olhares constrangedores.

Genevieve é a razão pela qual as coisas melhoraram. As paredes do corredor estão cheias de pinturas coloridas. Há telas de jardins vivos, circos onde palhaços assistem a pessoas comuns fazendo truques, cidades brilhantes sob um mar escuro e profundo, torres de barro derretendo sob um sol inclemente e muito mais. O pai dela não fala muito sobre a arte dela, mas a mãe de Genevieve sempre se gabava de que a filha já sabia pintar o arco-íris na ordem correta antes mesmo de conseguir falar o próprio nome.

Bonecas de porcelana assustadoras cobrem uma mesa cheia de cartas, com um prato para guardar chaves. Um panfleto com o nome de Genevieve chama a minha atenção.

– O que é isto? – pergunto, olhando para a cabana na capa.

– Não é nada.

– Nada é nada, Gen. – Abro o folheto. – Um resort de arte em Nova Orleans?

– É. É uma excursão de três semanas no meio do mato, onde podemos trabalhar com arte sem distrações. Pensei que talvez fosse um bom espaço onde eu poderia finalmente terminar alguma coisa, mas... – Genevieve me oferece um sorriso triste, e eu me odeio.

– Mas você não confia no seu namorado mané idiota sozinho.

– Entrego o folheto para ela. – Não quero mais prender você. Se decidir não ir, que seja porque quer passar o verão inteiro fazendo sexo.

Genevieve joga o folheto de volta na mesa.

– Acho melhor conferir se vale a pena ficar pelo sexo primeiro, não é? – Ela pisca e começa a descer o corredor, desaparecendo na sala de estar.

Da primeira vez em que estive aqui, fiquei tão confuso com este apartamento que acabei surpreendendo o pai dela comparando plantas baixas para um novo shopping que ele está ajudando a construir. Sim, ele tem um escritório dentro do apartamento, enquanto eu compartilho a sala de estar com meu irmão e só posso me masturbar no banheiro. Esse aspecto da minha vida é uma merda.

O cheiro de mirtilo fica mais forte quando entro no quarto dela. Vejo as duas velas em cima da escrivaninha, e elas são a única fonte de luz no quarto escuro com pinturas inacabadas e dois jovens de dezesseis anos prestes a se tornar adultos. A cama dela está feita com lençóis azul-escuros. Genevieve parece estar sentada no meio do oceano. Solto minha mochila e fecho a porta atrás de mim.

Está na hora.

– Não precisamos fazer isso se você não quiser – diz Genevieve. Em comparação com todos os programas ruins que já vi na televisão, isso parece uma inversão de gêneros enorme, mas é muita gentileza dela oferecer isso. Ou não oferecer.

Na última vez em que tentamos fazer sexo, passei mal depois de comer pipoca de cinema. Era alguma comédia romântica, e estávamos em um encontro de dois casais com nossos colegas de classe, Collin e Nicole (que, por incrível que pareça, estão esperando um bebê agora), mas estou pronto para fazer isso agora. Não desistirei.

– E você, tem certeza de que quer?

– Venha aqui, Aaron Soto.

Imagino-me rasgando a minha camisa e disparando para cima dela, para um sexo incrível, mas eu provavelmente me enrolarei com a camisa, tropeçarei e tornarei a situação nada incrível. Então apenas caminho na direção dela, conseguindo não tropeçar, e me sento ao seu lado de maneira tranquila e simples.

– E aí, você vem sempre aqui? – pergunto.

– Sim, costumo frequentar bastante a minha casa, seu mané idiota.

Ela abraça meu pescoço e o aperta. Finjo que ela está me enforcando por um segundo, depois desabo de costas sobre ela, fingindo estar morto. Genevieve dá um tapa no meu peito e fala, entre risinhos:

– Ninguém sufoca... tão rápido! Você manda muito mal... em morrer! Você é o *pior*... morto da história!

Sou tomado por uma sensação de confiança neste breve instante quando fui péssimo em me fingir de morto, e ela mandou a real, e esta é uma piada que ficará conosco porque aconteceu no nosso espaço pessoal, onde estamos prestes a fazer algo muito pessoal, e sei, sem a menor sombra de dúvida, que quero isto com ela. Me solto do abraço não muito apertado dela, deslizo sobre Genevieve e beijo seus lábios e seu pescoço, e, instintivamente, todo o resto parece certo. Ela tira a minha camisa, que desliza sobre meu ombro.

– Lembra aquela vez que você estava seminu na minha cama?
– pergunta Genevieve, olhando para o meu rosto.
Abro a camisa dela e a deixo de sutiã.

Ela abre o zíper da minha calça jeans, e eu a tiro com chutões, de maneira constrangedoramente difícil, enquanto ela ri. Se eu soubesse que existia qualquer chance da Genevieve rir ao me ver de boxers, teria inventado uma razão para evitar isto. Mas não consigo me lembrar de uma situação em que eu me sentisse tão exposto e confortável ao mesmo tempo. Gosto tanto dela, mesmo que meu pai talvez não tivesse sugerido isso para a minha primeira vez, e a minha felicidade e a felicidade dela serão alguns dos meus grandes acertos.

4
PERSEGUIÇÃO NO DIA DA FAMÍLIA

É o Dia da Família. Enquanto todos preparam as coisas lá fora, estou encarregado da caixa registradora do Good Food's, porque o dono, Mohad, foi buscar o irmão mais velho no aeroporto. O trabalho não me incomoda, especialmente depois da noite que tive. Cuidei dos despachos da manhã sem reclamar. Consegui até vender todas as rosquinhas de mel cuja validade expira amanhã, para que não sobrasse nenhuma. Durante a manhã, meus amigos passaram por aqui, para que eu revelasse todos os detalhes da noite de ontem. Não deve ser muito cavalheiresco contar para sua galera tudo o que rolou no dia seguinte em que aconteceu, mas acho que é impossível *não* falar disso.

Brendan encheu o meu saco para que eu contasse todos os detalhes pessoais sobre Genevieve – que só vai passar aqui mais tarde –, mas acabou desistindo quando uma fila se formou atrás dele. Dave Magro queria saber quantas vezes a gente transou (duas!) e quanto tempo eu durei (não muito tempo, mas resolvi mentir sobre isso). Baby Freddy queria comparar histórias de primeira vez, mas as dele parecem ser caô, e, até hoje, a Tiffany nega ter feito qualquer coisa com ele. Por fim, Nolan perguntou se eu realmente tinha ido adiante. Ele fez isso quando veio comprar lenço umedecido para as duas filhinhas; ele sempre usa camisinhas, mas deve usá-las de maneira muito errada. Pior foi Collin, que nem se preocupou em usar camisinha com Nicole.

Na nossa quadra há meninos e meninas de quase trinta anos, que crescemos chamando de "Moleques Grandes". Nós os vemos dando porrada uns nos outros, namorando e pegando os ex-namorados e namoradas uns dos outros. Alguns até foram para a faculdade e não voltaram mais. Outros, como Devon Ortiz, continuam por aqui. Devon entra para comprar meias-calças para sua mãe e me parabeniza. Isso me preocupa, porque significa que a notícia está se espalhando rapidamente, mas também faz com que eu me sinta um pouco orgulhoso, como se agora também fosse um dos Moleques Grandes.

Quando Mohad volta, Brendan também retorna, cercando o caixa com Nolan e Dave Magro.

– Que horas você sai? Queremos fazer um joguinho de perseguição.

– Mohad pediu que eu ficasse até uma da tarde – respondo.

Do outro lado da loja, Mohad grita, com seu sotaque árabe carregado:

– Soto! Pode ir embora, desde que você e seus amigos fedorentos saiam da loja agora.

Todos comemoram. Damos no pé.

A energia do lado de fora está diferente de quando cheguei no trabalho, às oito da manhã. Perto de nós, meu irmão embaralha cartas com seus colegas de jogo: Ronny, que é sempre marrento on-line, mas nunca venceu uma briga na vida real; Stevie, que conheceu a namorada, Tricia, em um site de namoros para fanáticos em videogames (embora ele ainda não a tenha *conhecido* de verdade); e Simon Chinês, que, na verdade, é japonês, mas que só resolveu corrigir a galera um ano depois que eles começaram a chamá-lo assim.

Minha mãe está dando cachorros-quentes para Dave Gordo e seu irmão, que, ao contrário dele, tem um tamanho saudável. Ela os preparou na churrasqueira da nossa vizinha, Carrie, e espero que eles não estejam ensopados como os que ela fez no meu aniversário de doze anos. Brendan e eu os cuspimos sem que ela visse e fomos para o Joey's rachar um sanduíche de almôndegas.

A mãe de Dave Magro, Kaci, empurra na nossa direção um carrinho de supermercado cheio de camisas azuis. Todas as camisas já estão pagas há meses, mas sei que minha mãe não conseguiu comprá-las para nós este ano, então nos destacaremos em qualquer foto tirada para o centro comunitário. Kaci entrega a Dave Gordo a camiseta GG na hora certa, porque ele acabou de manchar com mostarda a camiseta branca que está usando. Depois, ela entrega uma camiseta para o próprio filho, antes de se aproximar de Brendan e de mim.

– Vocês dois são tamanho médio, não é?

– Sim, mas acho que minha mãe não encomendou camisetas – digo.

– Também não encomendei uma – diz Brendan.

Kaci nos entrega camisetas mesmo assim.

– Sua família tomou conta de vocês, meninos. Divirtam-se hoje, e avisem a qualquer um de nós se precisarem de alguma coisa.

Nós agradecemos e vestimos as camisetas sobre as que já estamos usando. Elas são meio caídas. Depois desta noite, nunca mais serão usadas de novo, exceto talvez para lavar a louça ou para dormir na casa de um amigo. Mas eu, tipo, meio que definitivamente curto o senso de união que essas camisetas carregam. Elas realmente fazem com que este complexo de quatro edifícios pareça menos um lugar de merda, onde moramos por acaso, e mais um lar.

Minha mãe me chama. Há muito tempo que ela não parece feliz, mas agora ela realmente parece não estar *nada* feliz comigo. Não sei sobre o que ela está conversando com a mãe de Baby Freddy (não consigo entender a conversa, porque minha mãe quase não fala espanhol lá em casa), mas ela interrompe o papo e ralha comigo:

– Estou muito orgulhosa de mim mesma por não ter invadido o lugar onde você trabalha depois de descobrir que você não passou a noite na casa de Brendan.

Não sei por que a mãe de Baby Freddy continua aqui, pois não adianta nada fazer fofoca sobre algo que todo mundo já sabe.

– Quem te contou?
– O seu irmão.

Esperava que ela tivesse ficado sabendo só pelos boatos.

– Judas.
– Você está sob os nossos cuidados, Aaron, e não tem mais a mesma liberdade que seu pai e eu costumávamos dar a você, não mais. Se vai para algum lugar, *eu* preciso ficar sabendo e *eu* preciso conversar com o adulto que estará lá.
– Sim, está bem. Certo. Posso ir?
– Você estava seguro?
– Sim, mãe. – Quero morrer. O cheiro de cachorros-quentes queimando chama a atenção dela, e volto para perto dos meus amigos. Brendan, Dave Magro e Baby Freddy, todos, me encaram com um olhar do tipo você-acabou-de-levar-uma-bronca-que-nem-uma-criancinha.
– O escroto do Eric deu uma de X-9 e contou para minha mãe onde passei a noite. – Levanto o dedo do meio para ele, apesar de Eric estar com as costas viradas para mim. – Vamos começar um jogo, certo?

☺ ☺ ☺ ☺

COMO JOGAR PERSEGUIÇÃO: Uma pessoa é escolhida para ser o perseguidor e todos os outros têm dois minutos para se esconder em algum lugar dentro do quarteirão. Ao ser pego pelo perseguidor, você passa a ser parte da equipe dele, e precisa ajudá-lo a capturar os outros jogadores, até que todos sejam capturados ou a hora tiver passado.

Parece um pouco com pique-pega, mas é muito mais intenso.

Baby Freddy pergunta se alguém quer ser o perseguidor. Ele não pode mais, porque, da última vez, a mãe dele o chamou para casa às nove da noite, que é a hora de ele dormir, e ficamos escondidos por mais uma hora até perceber que ele tinha ido para casa. Os dois Daves odeiam ser perseguidores. Deon aceita a tarefa e começa a contar.

Brendan e eu tentamos acompanhar Eu-Doidão, que dispara para dentro da garagem, onde temos certeza de que veremos Dave Magro a qualquer instante. Ele sempre se esconde debaixo de carros (o que já quase acabou em tragédia... duas vezes). Eu-Doidão é o fanático por perseguição da galera, e estamos muito certos de que ele se tornará uma ameaça para a humanidade da próxima vez que estiver realmente entediado. Mas, por ora, ele é meio que um pioneiro quando o assunto é um lugar para se esconder. Ele foi o primeiro a descobrir que a janela do corredor do Edifício 135 abre para o telhado adjacente, para onde jogamos todas as nossas bolas murchas, garrafas vazias de refrigerante e latas de Arizona do andar térreo. Ele também foi o único jogador até hoje a pegar uma carona em cima de um Nissan em movimento para fugir de seis perseguidores. Por incrível que pareça, o nome dele também é Dave. Ele mesmo se apelidou de Eu-Doidão depois dessas proezas pouco razoáveis, e por causa daquela vez em que ele aparou as asas de um pássaro ferido apenas por diversão. Ainda bem que ele gosta da gente.

As botas Timberland do Eu-Doidão não o desaceleram, mas suas pegadas são tão barulhentas que fico surpreso que elas nunca entreguem sua localização.

– Parem de seguir o Eu-Doidão – diz Eu-Doidão. – Vocês vão fazer com que o Eu-Doidão seja pego.

– Não se todos nos escondermos juntos – digo, arquejando. Brendan está ficando para trás.

Eu-Doidão freia, e não é para nos mostrar onde vai se esconder. Ele revira os olhos, até que tudo o que conseguimos ver é branco. Ele soca o próprio rosto e começa a correr sem sair do lugar.

Ferrou: Modo de Trem Maluco. Quando ele fica assim, levanta pessoas no ombro e as bate contra a parede, os carros ou qualquer outra merda que estiver no caminho.

– Vamos parar de seguir você, porra – digo.

Disparamos ao redor dele, enquanto ele fica parado, sem se virar; Eu-Doidão sabe que não ousaríamos fazer nada.

– Psicopata do caralho – diz Brendan quando alcançamos o outro lado da garagem e damos de cara com o Edifício 155. Entramos escondidos no escritório de manutenção desocupado e recuperamos o fôlego. O ambiente cheira a água suja de esfregão e desentupidores de privada. Brendan cospe dentro de uma pia que está quase transbordando com água amarelada. – Agora, você precisa me contar como são os peitinhos da Genevieve.

– Sem chance.

Ouvimos passos e nos abaixamos, com as costas contra a mesa quebrada.

– Otário – sussurra Brendan, espiando sobre a mesa, tentando avistar Deon ou algum zelador. – Você mandou bem, A. Eu tinha certeza de que daria uma de viadinho e desistiria.

– Nos seus sonhos – sussurro de volta. – Eu tirei onda para caralho.

– Aposto que sim. Sem viadagem, mas eu assistiria a um vídeo do sexo de vocês, só para ver sua mulher em ação. Mas não você.

– Isso está me deixando muito desconfortável – digo, brincando.

– MERDA.

Viro para ver o que fez Brendan perder a linha. Deon está vindo na nossa direção. Nós dois saltamos e nos separamos, para que ele seja obrigado a escolher. Minhas chances não são boas. Deon está em boa forma, depois de anos na equipe de futebol americano, e estou perdido quando ele me agarrar. (Sim, é preciso basicamente abraçar alguém por três contagens de "Perseguição, um, dois, três. Perseguição, um, dois, três..." para realmente capturar a pessoa.) Deon finge que está vindo atrás de mim, mas agarra Brendan, facilitando minha fuga.

Saio correndo, com o coração disparando. Salto pelos degraus da escada, abrindo a porta de supetão. Estou ficando sem fôlego, mas não posso ser pego agora, a não ser que queira passar o resto do jogo tentando descobrir onde diabos está o Eu-Doidão. Seria mais fácil encontrar o Pé Grande brincando com o Cálice Sagrado. Sigo até o pequeno beco, onde poderei me esconder dentro de uma caçamba de lixo... porra nenhuma, esquece isso... atrás de uma caçamba de lixo. Mas o portão está trancado.

O lado positivo: sou magro o bastante para me espremer para dentro, desde que consiga forçar um pouco o portão.

O lado negativo: sou magro e fracote demais para forçar o portão.

Alguém assobia atrás de mim. Quase corro quadra abaixo, até a Esquina do Homem Morto, que apelidamos assim porque é muito fácil ser encurralado lá ao ser perseguido por duas pessoas. Mas quem assobiou não foi Deon nem Brendan. Um cara que não conheço, de pele marrom-clara, com sobrancelhas grossas, está parado no meio-fio. Ele está com uma menina com os cabelos pintados de vermelho, que parece frustrada, ou triste, ou as duas coisas.

– Você está bem? – pergunta ele.

– Sim, estou jogando perseguição – respondo, com certa dificuldade. – E o jogo acabará logo, logo. – Continuo empurrando e empurrando, tentando me espremer pela passagem, mas vou acabar ficando preso. – Vai se foder, portão!

O Cara das Sobrancelhas fala alguma coisa para a garota, depois dá as costas para ela e caminha na minha direção. Ela fica com uma expressão de ódio, e finalmente vai embora, enquanto ele me empurra para o lado. Ele abre o portão.

– Pode entrar – diz.

– Maneiro, valeu. – Esgueiro-me para dentro e me escondo atrás de uns blocos de concreto, porque o fedor de lixo da caçamba me deixa sem ar. Ouço o som de pessoas correndo na nossa direção e me deito no chão. O concreto esquenta o meu rosto, com cheiro de asfalto queimado.

Ouço o Sobrancelhas perguntar:
— Estão procurando um moleque alto?
Imagino que Deon e Brendan tenham acenado que sim, porque ele diz:
— Ele foi por ali.
Os passos seguem na direção da Esquina do Homem Morto.
— A barra está limpa, Comprido.
Eu me levanto e me aproximo dele, segurando as barras da grade que nos separa.
— Valeu, cara.
— Foi um prazer ajudar — diz ele, com um sorriso que provavelmente conquista muitas meninas. — Meu nome é Thomas, a propósito.
— Aaron — digo, estendendo a mão para apertar a dele, mas continuamos de lados opostos da grade. Ele dá uma risadinha. — E aí, o que estava acontecendo com aquela garota?
— Eu estava terminando com ela.
— Caramba. Por quê?
— Ela não é mais certa para mim.
— Por quê?
— Você não quer saber.
Estou meio preocupado que Brendan e Deon me surpreendam por trás, mas também estou um pouco curioso para saber por que este estranho chamado Thomas terminou com sua namorada.
— Então, nosso aniversário de um ano de namoro é hoje — diz ele, baixinho. — Fui para o shopping, para comprar o perfume preferido da Sara. Não consegui lembrar o nome do perfume, mas tinha certeza de que sabia antes. Pensei que não fosse nada de mais. Eu sabia qual era o cheiro do perfume, e poderia descobrir qual era lá. — Ele saca dois ingressos de cinema da carteira. — Depois, vi esses canhotos de ingressos. Não conseguia lembrar se havia visto esses filmes com ela ou com meus primos.
— Certo... — Fico pensando quando será que essa história terá uma reviravolta maluca, como ele ter dormido com a irmã dela ou algo assim.

– Se eu não consigo nem me lembrar disso, estou gastando o tempo dela. Arrastar isso só fará com que ela se iluda, e me impedirá de conhecer uma pessoa nova – diz ele.
– Faz sentido – respondo. – Quer dizer, se Romeu e Julieta não pensassem que o outro podia oferecer a felicidade suprema, os dois teriam sobrevivido.
Ele solta uma risada.
– Então, quer dizer que preciso encontrar uma pessoa por quem valha a pena tomar veneno?
– Exatamente – digo. – Você mora por aqui?
– Moro. – Ele aponta para o conjunto habitacional Joey Rosa.
– Quer jogar?
– Perseguição não é uma brincadeira para moleques de treze anos?
– Que nada. A gente pega pesado, derrubamos os outros no chão e o cacete.
– Por quanto tempo ainda vão jogar?
– Vamos jogar várias vezes durante o dia, sei lá.
– Preciso ir para casa. Talvez a gente se veja mais tarde. Parece que você precisa de alguém para cuidar da sua retaguarda.
– Tenho certeza de que ficarei tranquilo de agora em diante.
– Tem certeza mesmo?
– Aposto a minha vida nisso.
Thomas aponta para o beco atrás de mim, e lá estão Deon e Brendan. Eles estão desacelerando o passo, mas estão perto. Thomas força o portão, e atravesso para o lado dele.
– É melhor eu correr.
– É melhor você correr.
– Nos vemos mais tarde, Thomas.
– Nos vemos mais tarde, Comprido.

☺ ☺ ☺ ☺

DEZ MINUTOS MAIS TARDE, depois de cometer a burrice de me esconder dentro do escorrega de túnel como um amador, Deon me pega.

Agora, procuro pelos outros nas escadas e na garagem, quando sou atraído para o portão onde estava antes. Não há ninguém lá. Nem Baby Freddy, nem Nolan, nem aquele moleque, Thomas. Sigo em frente.

☺ ☺ ☺ ☺

POUCO DEPOIS DAS QUATRO E MEIA, Genevieve se junta à celebração do Dia da Família. Todos os caras comemoram e assobiam quando nos aproximamos. Eu meio que espero que ela finja estar me enforcando, como ela fez antes de transarmos ontem à noite, só que de verdade. Mas, ao nos abraçarmos, ela sussurra:
– Eu também contei para os meus amigos.
Depois, ela me soca. Quando meus amigos começam a fazer perguntas invasivas sobre como eu me saí ontem, nós nos afastamos e sentamos em um banco vazio.
– Como está? – pergunto.
– Bem feliz, eu acho.
Encaro o pescoço nu dela, até que meus olhos descem um pouco. Normalmente, consigo me segurar mais para não encarar o decote quando ela está usando essas camisas largas, mas meus hormônios pós-sexo estão enlouquecidos. Sinto-me fraco para tudo isto. Ela levanta o meu queixo, até nossos olhos se encontrarem.
– Parece que criei um monstro – diz ela.
– Também gosto de você como pessoa.
Mas ela não está sorrindo.
– Sentirei saudade de você, Aaron.
Ela segura a minha mão. Estou confuso para cacete.
De repente, entendo sua expressão. Parece que alguém arrancou o ar dos meus pulmões. Ela está terminando comigo. Ela só queria transar comigo. Talvez o sexo tenha sido ruim. Mandei mal no sexo porque nos adiantamos demais. Talvez a gente não devesse ter transado, nunca. Seria uma vida difícil, mas a vida será ainda

mais difícil sem Genevieve, que nunca me enche o saco quando não tenho mais o que dizer ao final de um dia longo.

– O que foi que eu fiz? – pergunto.

Ela pousa a mão na minha bochecha, em um gesto de pena.

– Eu me inscrevi no acampamento de arte, seu mané idiota. Eles me aceitaram muito tarde, é claro, mas eu liguei, e parece que alguém desistiu. Mas só vou depois do meu aniversário, então isso não estragará o que você tiver planejado.

É verdade, realmente sou o maior mané idiota que já existiu sobre a face da Terra. Mas também sou o mané idiota mais sortudo, porque tenho uma namorada que se importa tanto com seu futuro. E ela com certeza não está indo embora porque o sexo foi mais ou menos.

Provavelmente não.

– Acho que sentirei saudade de você também – respondo, e isso soa muito maneiro, como quando Han Solo disse "eu sei" para a Princesa Leia depois que ela disse que o amava.

Sua mão piedosa se fecha em um punho e soca o meu ombro. Se eu revelasse que ainda não planejei nada para o aniversário dela, ela provavelmente socaria o meu rosto. O que quer que eu decida fazer, não pode ser nada muito caro, porque preciso dar algum dinheiro de aluguel para minha mãe antes do final do mês.

– Você provavelmente quer passar o seu aniversário no parque, esperando as estrelas aparecerem, não é?

– Sim, isso parece perfeito, na verdade.

– Não. Isso seria chato demais. Vamos para a NASA tentar nos pegar na sala de gravidade zero.

– Isso parece impossível e complicado.

– Acho que parece divertido para cacete.

– Você não vai ganhar esta, Aaron. – Ela se levanta, sorrindo, e se afasta.

Eu a persigo.

– Tenho certeza de que eles têm estrelas na NASA, em algum lugar...

☺ ☺ ☺ ☺

A GRANDE DISCUSSÃO SOBRE NASA vs. parque termina quando Genevieve lança um "porque eu disse" para mim. Então, sabe, eu não tinha a menor chance de vencer a discussão mesmo, mas a situação é uma merda ainda assim.

Está mais escuro agora, talvez já tenha passado das oito. Fitas coloridas cercam nossa batalha de balões cheios de água enquanto vaga-lumes piscam em tons dourados ao redor da churrasqueira que estamos usando para assar marshmallows. Genevieve nunca havia comido marshmallows assados, então capturo o instante na câmera de merda do meu telefone. Ela faz uma cara de nojo e aponta o dedão para baixo.

– Está queimado demais – murmura, cuspindo o marshmallow.
– Que refinado – diz Nolan.
Genevieve mostra o dedo do meio para ele.
– Que tal isto? – pergunta ela.
Todos os outros caras fazem um coro de "Ooooooooooh!".

Como o resto do marshmallow dela e nos sentamos. Meu irmão continua jogando cartas com os amigos sob um poste de luz; minha mãe está tentando socializar por trás do barulho alto da salsa; alguns pais estão jogando "horse" com latas de cerveja, usando uma lata de lixo como cesta... e aquele moleque, Thomas, está lá, perdido e olhando ao redor.

Tiro o braço dos ombros de Genevieve e corro para alcançá-lo.
– E aí, cara?
– Comprido, graças a Deus! – Thomas me cumprimenta com um soquinho de punhos fechados. – Não conseguia encontrar você. O que está acontecendo aqui? É aniversário de alguém?

Aponto para a camiseta, que acho que ele não tinha notado antes.
– É o Dia da Família. Uma celebração anual para os moradores do Conjunto Habitacional Leonardo. Vocês fazem alguma coisa parecida no Joey Rosa?

– Não. Tem algum problema eu estar aqui? Posso ir embora se for uma festa só para a comunidade. – Ele olha ao redor com uma expressão que grita *Sei que não sou daqui.*

– É tranquilo. Vou te apresentar aos meus amigos. Voltamos para junto da galera.

– Ei, este aqui é o Thomas. – Genevieve corre os olhos entre mim e ele. – E esta é a minha namorada, Genevieve.

– Oi – diz Thomas. – Feliz Dia da Família, galera.

Todos respondem com acenos desanimados e movimentos discretos com a cabeça.

– Como vocês se conhecem? – pergunta Baby Freddy.

– Topei com ele mais cedo. Ele acabou de terminar com a namorada e pensei que alguns jogos o animariam.

– Espera aí. – Deon, que estava deitado, se senta. – Não vi você perto do portão hoje de tarde? – Ele acotovela Brendan. – Este não é o cara que mandou a gente para a Esquina do Homem Morto?

– É assim que vocês chamam aquela esquina? – Thomas pousa uma das mãos sobre o coração e levanta a outra. – Aliás, admito minha culpa. O Comprido aqui precisava da minha ajuda.

– De onde você é? – pergunta Dave Gordo.

– Do outro lado do quarteirão. Joey Rosa.

Eles todos se entreolham. Tudo bem, já tivemos alguns problemas com a galera do Joey Rosa por vários anos, e eles costumam se meter em confusões quando aparecem sem ser convidados na nossa quadra, mas dá para ver que Thomas não é como eles.

Dave Magro não liga para nossa rivalidade.

– Você conhece o Troy? – pergunta ele. – Ele continua com a Veronica?

– Conheço, mas não gosto dele – responde Thomas. – Meu vizinho Andre estava puto com o Troy por algum motivo, e eu ouvi perguntando para a Veronica o que ela via nele, e ela não tinha a menor ideia sobre o que ele estava falando.

— ISSO! — Dave Magro dá um pulo. — Sabia que aquele filho da puta estava mentindo. Acho que vou ligar para ela.

Thomas coça a cabeça.

— Lamento destruir seus sonhos, mas ela está namorando o Andre agora. — Todos rimos do Dave Magro, que desaba de novo no banco.

— Como terminou o jogo de perseguição? — pergunta ele para mim. — Você venceu?

— Fui pego dez minutos depois — respondo. Sento-me de novo com Genevieve e seguro sua mão. Ela se afasta, e então entendo por quê: ela está estendendo a palma da mão como uma pista de pouso para um vaga-lume. É fácil esquecer que o bichinho está ali quando ele não está brilhando, até ele acender de novo e surpreender você; isto me lembra do sofrimento.

— Vocês sabiam que os vaga-lumes brilham para acasalar? — diz Thomas.

— Não — respondo. — Quer dizer, acredito em você, mas não sabia disso.

— Imagine se pudéssemos brilhar para atrair parceiros, em vez de se banhar com perfumes que sufocam todos em um raio de quinze metros — diz ele, o que é estranho, porque não acho que a colônia dele cheira tão mal.

— Aaron e Genevieve sabem tudo sobre acasalar — diz Nolan.

Genevieve mostra o dedo do meio para ele de novo.

— Vocês sabiam que vaga-lumes também brilham para atrair presas? — diz ela. — É mais ou menos como se uma garota atraísse você para um beco com sua bunda maravilhosa, depois te devorasse.

— Que curiosidade louca. — Pouso o braço nos ombros dela, esperando que ela nunca devore minha cabeça em um beco, porque nunca imaginei que namoradas compartilhassem o mesmo universo predatório que vaga-lumes esfomeados.

☺ ☺ ☺ ☺

EU-DOIDÃO TENTA FORÇAR Baby Freddy a comprar uma bola nova de handball no Good Food's, já que ele isolou a outra no telhado mais cedo, durante uma partida de baseball. Eles discutem durante algum tempo, até que Thomas enfia a mão no bolso, tira um dólar e o entrega ao Eu-Doidão. É uma forma de ele agradecer a todos por deixarem-no entrar de penetra no Dia da Família. Eu--Doidão acena com a cabeça, sem agradecê-lo, e entrega o dólar para Baby Freddy, que chupa os próprios dentes, vitorioso o bastante por não ter que comprar a bola com seu próprio dinheiro, mas ainda perdedor o suficiente para ter que ir comprá-la. Ao voltar da Good Food's, ele quica a bola de handball para Eu-Doidão.
– E agora?
– Suicídio – diz Eu-Doidão, com um grunhido grave. Isso soaria como uma loucura mesmo se ele não estivesse grunhindo, mas ele não está sugerindo que realmente usemos a bola para nos matarmos, porque isso seria a) insensível comigo (não que ele se importe com isso, eu acho) e b) impossível.

Genevieve me encara, como se fôssemos todos integrantes de um culto liderado por Eu-Doidão.

– É um jogo – explico a ela.

Como Jogar Suicídio: é cada um por si. Alguém joga uma bola contra a parede, ela quica de volta, e, se a bola tocar o chão, outra pessoa a lança. Mas se alguém a segurar, a pessoa que a lançou primeiro precisa correr até a parede e gritar "Suicídio!", antes que alguém consiga acertá-lo com a bola.

– ... e o jogo continua até você ser a última pessoa a continuar viva – explica Brendan para Genevieve.

– Parece ser bem violento – diz ela.

– Você não precisa participar da parte de ser acertada com a bola – diz Baby Freddy.

Ele tem razão. Há uma regra que reservamos para meninas e crianças mais novas, em que não temos que acertá-las com a bola, mas apenas tentar lançar a bola contra a parede antes que elas as alcancem, para eliminá-las.

– Ou você não precisa nem jogar – sugiro. Não quero ver o que vai acontecer quando ela estiver correndo até a parede e Eu-Doidão estiver com a bola.

– Eu me garanto – diz ela.

– Já jogou isso? – pergunto para Thomas.

– Já faz alguns anos.

Caminhamos até o muro sob a minha janela. Há um resíduo branco embaçando um dos vidros, por causa da nossa bosta de ar-condicionado ou algo assim. Dá para ver alguns dos meus cadernos de rascunhos sobre uma pilha de revistas em quadrinhos, ao lado dos troféus do meu pai.

Eu-Doidão é o primeiro a lançar. É possível que ninguém tenha pegado a bola de propósito, só para ele não pirar por ter sido acertado forte demais com a bola ou algo assim. Nolan é o próximo, e Brendan e Baby Freddy se chocam tentando pegá-la, ambos encostando na bola. Nolan está seguro, mas Brendan e Baby Freddy correm até a parede. Pego a bola correndo e acerto Baby Freddy.

Ele está fora.

Brendan grita "Suicídio!" antes que alguém consiga recuperar a bola e acertá-lo também. Mas gritar "Suicídio!" no Dia da Família é uma péssima ideia. Todos, especialmente minha mãe e meu irmão, entram em estado de alerta absoluto, temendo que eu tenha você-sabe-o-quê a mim mesmo. Eles levam um tempo para perceber que estamos jogando um jogo que nos imploraram para renomear várias vezes durante os anos.

O jogo continua. Dave Gordo consegue eliminar Nolan, Deon e Dave Magro porque, apesar de obeso, ele tem a mira de um lançador. Ele lança a bola e Genevieve a segura.

– Não erre – imploro.

Genevieve lança a bola e, bem, é bom saber que, se algum dia nos envolvermos em uma briga enorme em quem ela esteja ameaçando lançar uma faca contra mim, não precisarei me mover nem um centímetro.

– Suicídio! – grita Dave Gordo. A situação está tão tensa agora que parece haver minas terrestres sob o chão. Genevieve não corre até o muro (como deveria fazer). Ninguém se move para pegar a bola (como deveriam fazer). Finalmente, Brendan toma uma atitude.

– Não faça isso – digo. Eu mesmo deveria ter pegado a bola. Genevieve corre, e está a poucos metros do muro quando a bola atinge seu ombro. Ela rodopia, revira os olhos e cruza os braços.

– É disso que vocês estavam com tanto medo? – diz ela.

– Eu peguei leve com você – diz Brendan, quando ela se senta com os perdedores. Brendan lança a bola, e ela volta bem na mão de Thomas. Ele o persegue e lança a bola, mas acerta Brendan depois de ele já ter gritado "Suicídio!", e é penalizado. A bola rola na direção de Eu-Doidão, que é simplesmente aterrorizante para o novato, então corro atrás dela eu mesmo, caindo de ombro no chão ao tentar agarrá-la. Eu me levanto, e Thomas ainda não correu até a parede.

– Você está bem?

– Jogue a bola! – grita Eu-Doidão. Lanço a bola, mas erro.

Nós dois corremos para a parede, e Thomas grita "Suicídio!", e, antes que eu consiga gritar também, sou acertado com tanta força que sou lançado direto contra a parede, e depois desabo no chão.

– Aaron!

Genevieve corre até mim, mas estou bem, ou ficarei bem em alguns dias, pelo menos. Ela massageia minhas têmporas, e eu me viro e vejo Eu-Doidão comemorando seu tiro certeiro. E Brendan está balançando a cabeça, certamente decepcionado com meu péssimo lançamento.

– Tem certeza de que está bem, gato? – Passamos o resto do jogo sentados, e minha cabeça está latejando.

— Eu poderia tomar um frasco inteiro de Excedrin agora — digo, apesar de essa ser uma péssima escolha de palavras para um cara com uma tentativa de suicídio no currículo. Assistimos ao jogo enquanto conversamos sobre como ela sentirá falta de ter alguém alto por perto para alcançar coisas altas quando for para Nova Orleans na terça-feira. Estou prestes a dizer algo para ela que seria proibido para menores de dezoito anos se estivéssemos em um filme, quando Thomas acerta Dave Gordo com tanta força que Brendan diz que até *ele* sentiu aquilo. E, claro, todos se comovem quando o cara com um escudo de gordura é atingido, mas, quando eu levo uma bolada na cabeça, a única pessoa que vem me socorrer é minha namorada. Isso deve estar escrito em um contrato ou algo assim.

O jogo é reduzido a Thomas, Brendan e Eu-Doidão. Thomas ou Brendan precisam derrubar a bola nas próximas rodadas, para que Eu-Doidão não vença só pelo medo que a galera sente dele. Brendan lança muito mal (não que eu esteja olhando para *ele* de maneira desapontada ou algo assim) e a bola rola para perto da minha mãe e de nossos vizinhos.

— Eu vou buscar — ofereço, para poder testar minhas habilidades motoras depois do golpe que levei na cabeça. Para meu alívio, não estou andando como um brinquedo quebrado. Quando alcanço minha mãe, ela já está com a bola na mão, e eu a lanço de volta para Brendan. — O jogo está tenso.

— Preferia a guerra de balões de água — diz mamãe.

— Mesmo quando começamos a jogar garrafas d'água no Eu--Doidão?

— Acho que não tem como estragar mais aquele menino — diz minha mãe, um pouco alto demais, o que incita risadas de alguns vizinhos que conheço sem conhecer de verdade, se é que isso faz sentido. Mas há uma mulher que eu, tipo, meio que, definitivamente reconheço, e isso tem algo a ver com seus olhos verdes penetrantes e a massa bagunçada de cabelos ruivos. Seus cabelos são como a chama de uma vela.

– Oi, filho – diz a ruiva com um leve sotaque britânico, que tem também algo do South Bronx.
– Evangeline! – quase grito. Ela é a minha antiga babá, e eu tinha uma queda enorme por ela. É estranho vê-la bebendo casualmente, quando eu nunca a vi bebendo na minha infância, o que, sabe, a tornava uma boa babá. – Quero abraçar você ou algo assim, mas estou completamente suado e, uh, crescido agora.
Ela me abraça mesmo assim. Depois, bagunça meu cabelo e encara meus olhos.
– Então, este é Aaron Soto, nove anos depois. Você está tão bonito. Aposto que tem várias pretendentes bonitas brigando por você, não é?
– Só uma namorada, na verdade – digo, orgulhoso. É meio maneiro poder falar para a primeira pessoa por quem tive uma quedinha que estou basicamente indisponível no momento. Ela não deveria ter me dispensado quando a convidei para sair, depois da maratona de *Power Rangers*.
– Uma namorada adorável, com quem ele fugiu para passar a noite ontem – murmura minha mãe. – Sem me avisar.
– Como estava Londres? – pergunto para Evangeline, ignorando minha mãe. Se me lembro bem, ela é só nove ou dez anos mais velha do que eu. – Você partiu o meu coração para estudar fora, não foi?
Eu chorei sem parar quando ela foi embora, mas não estou disposto a assumir isso agora.
– Fui estudar filosofia na King's College. Mas, se eu pudesse voltar no tempo, trocaria facilmente as aulas sobre ideologias pré-socráticas por corridas de carrinho com você.
– É tudo o que eu queria ouvir. – Abro um sorriso. – Então, você voltou. De vez?
– Voltei, voltei. Preciso arrumar um emprego agora, mas estou apenas aliviada em estar de volta aos Estados Unidos. Prefiro muito mais nosso terrível tráfego de metrô do que o London Underground. – De repente, ela me encara com o mesmo olhar triste

que tinha sempre que precisava me dizer que minha mãe ficaria presa no trabalho por mais uma ou duas horas. – Lamento pelo seu pai. Se precisar conversar a qualquer hora, garoto, é só me chamar, mesmo que seja só para dedurar seu irmão por não compartilhar o controle 1.

Enfio a mão no bolso para que ela não veja a cicatriz. Minha mãe baixa a cabeça. É melhor conversar com Evangeline do que com o Dr. Slattery, aquele terapeuta horrível com quem passei algumas semanas conversando.

– Com certeza. – Finjo um sorriso, porque todos querem que eu seja feliz, como eu também quero. – Seja bem-vinda de volta.

Retorno para o jogo a tempo de ver Eu-Doidão acertando Brendan com a bola. Thomas deve ter sido eliminado há um ou dois minutos, porque já está sentado com Genevieve, provavelmente conversando sobre vaga-lumes de novo. Sento-me do outro lado de Gen, e Baby Freddy me pergunta:

– Quem é aquela ruiva com sua mãe?

– É minha antiga babá – respondo. – Muito gata, né? – Isso chama a atenção de Genevieve. Ela para de conversar com Thomas e se vira para analisar a concorrente. – Eu tinha uma queda enorme pela Evangeline quando era criança. Mas já superei isso.

– Como que eu não sabia disso, seu merdinha? – pergunta Brendan.

– Porque ainda não ilustrei a minha *graphic novel* autobiográfica, babaca.

☺ ☺ ☺ ☺

MAIS TARDE, GENEVIEVE E EU escapamos para passar um tempo sozinhos, antes de o pai dela vir buscá-la. Não nos encontraremos amanhã. A tia dela vai levá-la para comprar coisas para o retiro. Mas certamente entraremos em contato um com o outro e nos veremos no aniversário dela, na segunda. Eu a acompanho até o carro. Ela soca meu ombro antes de se juntar ao pai, e ele grunhe alguma coisa para mim, depois acelera o carro.

Quando volto para a quadra, Thomas parece cansado. Ele está sentado sozinho, assistindo aos outros bebendo ice tea Arizona e rindo.

– Você está bem? – pergunto.

Ele acena com a cabeça.

– Nunca me diverti tanto no meu bloco.

– Está ocupado amanhã?

– Trabalho até as cinco.

– Onde você trabalha?

– Na sorveteria italiana gourmet, em Melrose.

– Isso parece frio e horrível.

– É muito frio e muito horrível.

– Encontro você depois do trabalho, e você pode jogar perseguição com a gente da próxima vez.

– Beleza, Comprido.

Cumprimentamos um ao outro com punhos cerrados.

Quando todos os adultos, que vão ficar de ressaca amanhã, liberam as quadras, jogamos basquete nas latas de lixo, que ressoam com latas de cerveja e papel alumínio, e até um pouco de handball, antes de também encerrarmos os serviços desta noite.

5
UM ROSTO FELIZ SEM OLHOS

Na manhã seguinte, estou na Melrose Avenue. Vim buscar Thomas no trabalho, na Ignazio's Ice Cream, e o ar-condicionado está a todo vapor. Não tenho o menor interesse em comprar nada. Se fosse qualquer outra pessoa atrás do caixa, eu provavelmente faria a babaquice de pedir uma amostra grátis e depois vazar, mas Thomas não parece estar com paciência para esse tipo de baboseira. Ele está usando o pior avental cáqui do mundo, e suas sobrancelhas enormes estão contraídas enquanto ele analisa algumas notinhas na caixa registradora, apertando botões.

– Seja bem-vindo ao Ignazio's. – Thomas me cumprimenta sem levantar o rosto. – Quer no copinho ou no pote de casquinha?

– Não, só um pouco de contato visual – respondo.

Thomas levanta a cabeça abruptamente. Ele parece estar prestes a fincar uma colher de amostras no meu olho, mas rapidamente relaxa.

– Comprido!

– Thomas! – Não tenho um apelido para ele. – Está quente pra cacete lá fora. Retiro o que disse ontem, não é nada frio e terrível aqui. Você tirou a sorte grande com este trabalho.

– Não por muito tempo.

– Como assim?

Thomas tira o avental. Ele abre a porta com uma plaquinha bronze escrito GERENTE, e diz:

– Ei, eu me demito.

Depois, joga o avental no chão e se junta a mim do outro lado do caixa.

Não sei se devo bater palmas, comemorar ou me preocupar com o futuro dele.

Ele me empurra em direção à porta, e, quando chegamos ao lado de fora, grita:

– WOOOOOOOO!

Não consigo conter os risos.

– O que foi isso? Você acabou de pedir demissão? Você pediu demissão, não pediu? – Considerando quanto ele parece feliz, acho que sim. – Cara, estou detectando um padrão aqui. Você terminou com sua namorada ontem, e agora se demitiu. Você é jovem demais para uma crise de meia-idade.

– Sempre abandono as coisas com as quais estou cansado de lidar – diz Thomas. – Sempre farei isso.

Seguimos para o Conjunto Habitacional Leonardo, e ele soca o ar, mas não sei muito bem contra o que diabos ele está lutando.

– Eu não aguentava mais a paranoia da Sara – diz ele. – Não aguentava mais as pessoas entrando na loja para experimentar oito amostras diferentes, mesmo sabendo exatamente qual sabor queriam. Não aguentava mais ficar enchendo pneus de bicicletas, então também pedi demissão desse trabalho. Pronto, eu admito: sou um desistente.

Não sei como responder. Esse cara era um ninguém para mim ontem. E agora, ele é... o quê, exatamente? Não sei ao certo, mas ele é mais que um "desistente".

– Uh...

– Você já desistiu de alguma coisa, Comprido?

– Sim, de andar de skate. Eu devia ter uns dez anos. Desci uma rampa íngreme para cacete, e vi minha vida jovem de brincadeiras com *action figures* passar diante dos meus olhos antes de me chocar contra uma van estacionada.

– Por que não simplesmente saltou do skate?

– Por que está questionando a irracionalidade de uma criança de dez anos?

– Faz sentido.

– Mas entendo o que você quer dizer. Acho que você pode desistir do que bem entender. Sabe, desde que não esteja desistindo de algo ou alguém que se encaixe bem na sua vida.

– Exatamente! – Thomas acena com a cabeça para mim, como se estivesse surpreso em ter encontrado alguém que o entende. – Onde está Genevieve hoje?

– Com o outro namorado dela – respondo.

– Ah. Ele é legal?

– Ele é meio otário, mas é sarado como o Thor, então não posso fazer muita coisa. Não, falando sério agora, ela está indo para um retiro de artistas em alguns dias e precisou comprar ferramentas e malas. O aniversário dela é amanhã, e ela está me pressionando para que seja muito maneiro, porque só voltaremos a nos ver em três semanas.

Cara, três semanas sem Genevieve. Que merda.

– Você deveria pintá-la nua, que nem no *Titanic* – sugere Thomas.

– Acho que não conseguiria fazer nada com peitos na minha cara. Vou repensar essa ideia quando for mais velho e já estiver acostumado a ver peitos.

Ao chegarmos no quarteirão, começamos um jogo de perseguição. Nolan se candidata para ser o perseguidor, e todos se dispersam. Thomas dispara para um lado, e Brendan corre para o outro; sigo Thomas sem a menor vontade de ser pego cedo, como ontem. Ainda bem que o sigo, porque ele comete o erro de principiante de atravessar o saguão do Edifício 135, passando bem na frente de um segurança. Antes que o segurança consiga nos perseguir, guio Thomas até a escada com a tranca quebrada, e nós subimos, rápido. Alcançamos o terceiro andar, abrimos a janela do corredor e subimos no telhado, onde há um velho gerador e todas as coisas que jogamos lá em cima.

Daqui do alto, conseguimos ver a segunda quadra e o meio da terceira. Há mesas de piquenique marrom-escuras e o trepa-trepa onde costumávamos brincar de Não Toque no Verde. Vemos Dave Gordo saindo correndo na terceira quadra. Ele está sem fôlego e desiste. Nolan se lança contra ele e, bum, homem ao chão. Thomas não está nem prestando atenção.

– Belos tesouros – comenta, agachando-se para pegar um ioiô quebrado. Ele tentar girar o ioiô, mas o brinquedo solta do barbante e rola até uma Barbie sem cabeça. – Então, há quanto tempo você e Genevieve namoram?

– Há pouco mais de um ano – digo. Pego um velho controle de GameCube e giro o fio sobre a cabeça, como um laço, antes de lançar o controle de novo nos cascalhos. – Tenho sorte por estar com ela há tanto tempo. Ela não me odiou quando dei motivos para isso.

– Você chifrou ela? – Seu tom se torna muito prático. – Quando comecei a me ligar nas outras garotas da rua, sabia que não estava mais tão a fim da Sara.

– Não chifrei. Meu pai morreu. Bem, ele cometeu suicídio, e isso me deixou muito mal. – Não falo muito sobre isso. Às vezes, porque não quero; outras, porque meus amigos não gostam de meter morte e dor no meio das nossas conversas.

– Eu lamento. – Thomas se senta no chão e encara algumas garrafas vazias. Não há nada de fascinante nelas, mas acho que isso é menos constrangedor do que encarar meus olhos. – Mas não entendo por que você acha que Genevieve terminaria com você.

– Não é só isso – digo. Meus olhos vagueiam até a cicatriz curvada no meu pulso.

– Me diz quem você é – diz Thomas.

– O quê?

– Me diz quem você é: pare de se esconder. Prometo que não vou vacilar nem contar seus segredos para ninguém, Comprido.
– Mas você não vacilou com os seus amigos ontem, para ficar amigo dos meus?
– Eles não são meus amigos – diz Thomas.
Sento-me de frente para ele. Antes que eu consiga pensar duas vezes, estendo o braço, exibindo a cicatriz sorridente, duas palavras tão desconexas. De onde ele está, ela parecerá mais uma careta, mas ele vem para o meu lado, inclina-se para a frente e segura o meu braço. Thomas puxa o meu pulso para mais perto do seu rosto, inspecionando-o.
– Sem viadagem – diz ele, encarando meu rosto. – É estranho como ela parece um sorriso. Um rosto feliz sem olhos.
– Sim. Sempre pensei a mesma coisa.
Ele acena com a cabeça.
– Eu ficava me culpando por não ter sido um filho bom o bastante, e minha mãe jurou que ele se matou porque estava infeliz, e isso me fez pensar que talvez eu ficaria mais feliz se também estivesse morto... – Corro uma unha sobre a cicatriz, da esquerda para a direita, da direita para a esquerda. – Então, acho que fiz isto como um grito por socorro, porque não gostava do jeito que eu estava.
Thomas também corre o dedo sobre a cicatriz, depois cutuca o meu pulso duas vezes. Seus dedos estão sujos do ioiô e de outras coisas do telhado. Mas agora eu entendo; ele desenhou olhos, com duas impressões digitais sujas sobre a cicatriz.
– Que bom que você não conseguiu, Comprido. Teria sido um desperdício.
Ele quer que eu continue existindo. Eu também quero isso, agora.
Puxo o braço de volta e dobro as mãos sobre as pernas.
– Sua vez: me diz quem você é. – Suas sobrancelhas se encontram no meio da testa, como se ele estivesse considerando as possibilidades de quem poderia ser. Ele não fala nada, então pergunto.

– Sei que é uma pergunta boba, mas o que quer ser quando crescer?

– Acho que diretor de cinema – responde Thomas, imediatamente. – Mas você já deve ter notado que minha vida não tem muita direção.

– Eu não diria isso, mas também não diria o contrário. Por que diretor de cinema?

– Gosto dessa ideia desde que assisti a *Jurassic Park* e *Tubarão*, quando era criança. Eu me curvo diante do Spielberg, a direção dele fez dinossauros e tubarões serem ainda mais assustadores.

– Eu nunca vi *Tubarão*.

Thomas arregala os olhos, como se eu tivesse acabado de falar isso na língua dos elfos.

– Eu arrancaria meus próprios olhos e os daria a você, se isso fizesse com que você pudesse ver a magia que é *Tubarão*. O Spielberg fez uma coisa irada no final... Na verdade, não quero estragar o filme para você. Você precisa vir na minha casa para assistir qualquer dia desses.

Uma janela se fecha atrás de nós.

Ambos nos desesperamos por um segundo, e vemos Brendan e Baby Freddy parados atrás de nós. Eu me levanto com um salto, como se tivesse sido surpreendido com as calças arriadas, fazendo algo com alguém com quem eu realmente não deveria estar fazendo nada.

– Uh. Vocês já foram pegos? – pergunto.

– Não – diz Baby Freddy. – O que estão fazendo?

– Recuperando o fôlego – minto.

Mas Thomas responde ao mesmo tempo:

– Conversando.

Brendan nos encara com uma expressão estranha, mas, de repente, seus olhos se arregalam. Eu me viro e vejo Nolan vindo em nossa direção, enquanto Dave Gordo se esforça para atravessar a janela. Corremos até a janela do outro lado. Thomas corre ao meu lado, mas, de repente, desaba no chão. Tenho um décimo

de segundo para decidir se continuo correndo ou o ajudo. Paro para conferir se ele está bem.
Nolan me agarra.
– Perseguição um, dois, três. Perseguição um, dois, três. Perseguição um, dois, três.
Fui pego, mas não ligo. Agacho-me ao lado de Thomas, que está massageando o joelho.
– Você está bem?
Ele acena com a cabeça, assobiando, depois me dou conta de que ele poderia me empurrar e fugir, e eu passaria o resto do jogo perseguindo-o. Foda-se isso. Eu o agarro.
– Perseguição um, dois, três. Perseguição um, dois, três. Perseguição um, dois, três.
Descemos todos para procurar Eu-Doidão antes de o jogo terminar. Junto-me a Thomas, enquanto Brendan e os outros se espalham dentro da garagem. Corro até a sacada, com Thomas mancando logo atrás de mim, e procuro Eu-Doidão em varandas vazias, atrás de churrasqueiras e sob piscinas infláveis murchas.
– Então, sei um pouco sobre você, e você sabe um pouco sobre mim – diz ele, fazendo uma careta ao tentar me acompanhar.
– Me conte a história de Genevieve.
– Acabo com você se tentar pegar minha namorada.
– Não se preocupe com isso, Comprido.
– Genevieve é... ela é a mais foda de todas. Ela fica obsessiva quando descobre novos artistas e sempre me manda e-mails enormes sobre seus artistas preferidos, e por que eles deveriam ser mais famosos. Ela fica acordada na chegada do horário de verão só para ver a hora mudar no relógio. Ah, e ela costumava acreditar em horóscopo quando era mais nova, e se sentia pessoalmente ofendida quando era enganada por ele. – Olho para o céu, e ele está naquela fase estranha azul-rosado, sem estrelas. – Ela quer ir para o parque para observar estrelas amanhã, mas quero fazer algo melhor.
– O planetário?

– Já desisti disso. Tenho medo de ela querer lanchar ou algo assim e eu não poder pagar.

Thomas derruba uma pá que está encostada em uma parede em uma das varandas, e ela desaba fazendo barulho. Ele salta rapidamente para fora da varanda e se esconde atrás da parede, antes que os vizinhos saiam e nos xinguem. Eu engatinho até ele e esperamos um pouco antes de descer as escadas correndo.

– Já tem algum plano? – pergunta ele, quando estamos seguros.

– A colega de trabalho da minha mãe me deu um cupom para uma aula de cerâmica. Então de manhã vamos fazer algo maneiro juntos, mas preciso de algo bom para terminar o dia. – Alguma coisa me diz que sexo em um quarto sujo de motel não conta como um presente de verdade, a não ser que você seja um babaca completamente arrogante em um filme adolescente que se passe durante o baile de formatura. – Tem alguma ideia?

– Mostre estrelas para ela, como ela quer – diz Thomas. – Sei onde encontrar algumas.

Ele me conta o plano, e é muito foda.

6
O FELIZ ANIVERSÁRIO DELA

Gosto de acordar de pesadelos.
Claro, o pesadelo em si é insano, mas saber que estou bem? É disso que gosto de verdade. O pesadelo do qual acabei de acordar começou como um sonho. Nele, eu era uma criança de uns oito ou nove anos. Estava em Jones Beach com meu pai. Jogávamos uma bola de futebol americano um para o outro. Perdi a bola e tive que correr atrás dela, mas, ao me virar, meu pai havia desaparecido. A areia ao meu redor explodiu como minas terrestres, e vi o cadáver do meu pai sendo levado por uma onda de água vermelha. Acordei logo que a onda me atingiu e me arrastou para o fundo.
– Bom dia – diz minha mãe.
Ela está tirando os troféus de basquete do papai do parapeito da janela e os jogando dentro de uma caixa cheia com as velhas camisetas de trabalho dele.
Pulo da cama.
– O que está fazendo?
– Transformando nossa casa novamente em um lar. – Ela se agacha e pega outra caixa, cheia de sei lá o quê. – Estou cansada

de ver pessoas perdendo as vidas no hospital e ter que voltar para casa e me deparar com este cemitério.

É por isso que ela já está em casa; outro paciente perdido para uma overdose de drogas, violência, ou o que quer que tenha acontecido desta vez.

E entendo o que ela quer dizer. Consigo ver uma ilustração se formando na minha cabeça, sobre como seria se pudéssemos atear fogo à nossa casa: janelas entortadas, paredes ficando côncavas, chamas engolindo tudo o que não queremos, depois todos nós deixando nossas pegadas nas cinzas, enquanto as memórias derretem e se dispersam ao nosso redor. Mas a verdade é que eu nunca desenharia a mim mesmo cercado por fumaça escura, porque não estou pronto para assistir a tudo sendo reduzido a cinzas.

– Por que precisamos fazer isto agora?

Eric sai do quarto dela, deixando para trás a maratona de *Star Wars* que ele planejou para si mesmo no seu dia de folga. Ele ajuda mamãe a carregar as caixas. Este é o mesmo cara que não lava um único prato ou dobra as próprias camisetas.

– Meu filho, já faz quatro meses. Do que adianta guardarmos maços de cigarro vazios e cartas fechadas? É coisa demais. Não gosto do fantasma dele ao meu redor.

– Mas ele era o seu marido – digo. – E nosso pai.

– Meu marido costumava trazer aquele refrigerante de gengibre para mim quando eu estava doente. Seu pai brincava com vocês, meninos lindos, quando eram crianças. Mas não perdemos esse homem. Ele nos roubou dele mesmo. – Minha mãe engasga com as palavras e chora ao admitir. – Parte de mim queria nunca tê-lo conhecido.

Lembro-me dos panfletos do Leteo na cama dela.

– Quem sabe a gente pudesse ter feito algo a mais para deixar ele feliz – sussurro. – Você mesmo disse isso, há alguns dias.

Eric bufa.

– Isso é papo de zumbi. Ele se foi, entendeu? Então, cale a boca e a deixe em paz.

Também há um buraco dentro de mim, e perguntas na minha cabeça que não consigo ignorar. Sinto saudade do homem de quem minha mãe sente saudade, que ria quando eu e meus amigos estávamos no carro dele, fingindo estar em uma espaçonave sendo perseguidos por invasores alienígenas; que assistia a desenhos animados comigo sempre que eu tinha um pesadelo; que fazia com que eu me sentisse seguro ao me colocar de volta na cama, para que ele pudesse sair para seu turno de noite na agência de correios. Não gosto de pensar no homem que ele era logo antes de o perdermos.

Mamãe coloca uma caixa no chão. Acho que venci, mas ela apenas segura minha mão e soluça um pouco mais, correndo o dedo pelo meu pulso.

– Já temos cicatrizes demais, está bem?

Eric carrega mais algumas caixas até o corredor, onde o próximo destino será o incinerador. Fico imóvel. Não demora muito para todas as caixas desaparecerem.

☺ ☺ ☺ ☺

THOMAS ME ENCONTRA NA FRENTE do seu prédio, e seguimos de elevador até o telhado. Pergunto para ele se o alarme sobre a porta não fará um escândalo, mas ele diz que está quebrado há anos, desde uma enorme festa de ano-novo. Thomas diz que, apesar disso, quase nunca usa essa entrada. Ele prefere a escada de incêndio, para apreciar a vista e fazer algum exercício, mas temos pouco tempo antes de eu ter que me encontrar com Genevieve. O sol está baixando atrás do horizonte, e já sinto o calor brutal abrandar.

– ... e então, Eric me disse que aquilo era papo de zumbi, porque não acho que a morte seja o fim de uma pessoa – digo para ele, continuando o papo de antes. Vejo um fio laranja atravessando o chão e o sigo até a beirada do telhado. – Bem, quando coloco as coisas desta maneira, sinto que deveria mesmo estar devorando um cérebro.

– Não deixe que isso estrague seu dia, Walking Dead. E, principalmente, não deixe que isso estrague o dia da sua garota. – Ele segura o fio e o sacode. – Este fio atravessa a minha janela e entra no meu quarto. Já está tudo conectado, mas me mande uma mensagem se houver algum problema.

Caminho até o projetor preto e cinza, voltado para uma pequena chaminé que está tampada com cimento. Abro um sorriso.

☺ ☺ ☺ ☺

– ESTOU TÃO ANIMADA – DIZ GENEVIEVE. Ela pega um vaso pré-assado na Clay Land, um estúdio de cerâmica na 164th Street que funciona como estúdio de tatuagem depois das quatro, caso alguém queira fazer uma péssima escolha depois de pintar canecas para os pais. As sessões de cerâmica custam trinta dólares cada, mesmo com o cupom, o que pesa para cacete no meu bolso, mas estamos criando algo duradouro, como nós. Especialmente depois que o seu pai pensou que o aniversário dela fosse ontem.

Sentamo-nos em uma mesa de canto. Genevieve não espera pelo instrutor antes de pegar um pincel e começar a pintar. As mãos dela voam, como se estivesse com o tempo contado e faltassem apenas segundos, e ela traça linhas amarelas e rosas, que partem de uma explosão de vermelho.

Pinto um zumbi feliz na caneca que escolhi.

– Desculpe por não termos feito isso antes – digo.

– Não vamos falar de coisas tristes no meu aniversário, Aaron.

– O sorriso de Genevieve se alarga enquanto ela corre dois dedos molhados de tinta roxa ao redor do vaso. – Amo isto mais do que um banho de Skittles.

Ela falou *aquela palavra*. Não sobre mim, mas sobre algo que estamos fazendo juntos, e eu piro um pouco. Mas também não estou pirando (ela não disse que *me* amava), mas estou pirando o bastante para quase derrubar a caneca. Talvez sejam os vapores da tinta, mas pergunto:

– Eu faço você feliz?
Ela para de esfregar a haste do vaso e me encara. – Depois, levanta a mão, encharcada com uma mistura de tintas, e, quando estendo a minha mão também, ela soca o meu braço e me deixa com uma marca colorida de punho.
– Você sabe que sabe a resposta para isso. – Ela mergulha o dedo em uma lata de tinta amarela e traça um sorriso sobre minha camiseta azul-escura. – Pare de implorar por elogios, seu mané idiota e muito alto.

☺ ☺ ☺ ☺

GENEVIEVE PROVAVELMENTE ACHA QUE ESTOU finalmente levando-a para o meu apartamento, algo que sempre evitei, porque não é um lugar adequado para uma namorada. Ele está sempre bagunçado e fede a meia molhada. Passamos direto pelo meu prédio e entramos no de Thomas, depois subimos de elevador até o telhado.
O sol já desapareceu completamente, e a lua já está lá. Há uma toalha de piquenique no chão, presa por blocos de concreto; isto foi coisa do Thomas, e é surpresa tanto para Gen quanto para mim.
– Então, você deve estar se perguntando o que é que estamos fazendo aqui.
– Sempre suspeitei que você conseguisse ler mentes – diz ela, ainda segurando a minha mão, como se estivesse se equilibrando na beirada do telhado. Ela olha para cima e encontra algumas estrelas no céu distante, mas estou prestes a superá-las.
Sentamo-nos na toalha e aperto os botões certos no projetor e no CD player.
– Certo, meu plano de levar você para o planetário não ia rolar por razões que você me bateria por eu ter me preocupado. Então pensei que, se não podia levar você até as constelações, poderia trazê-las até aqui. – O projetor ganha vida e um feixe de luz é disparado contra a chaminé. Uma voz feminina com um tom

ameaçador diz: "Bem-vindos ao Universo Observável." Thomas baixou o show de estrelas da internet e até colocou o áudio no CD player para nós.

Genevieve pisca algumas vezes. Lágrimas se formam nos cantos dos seus olhos, e não é legal ficar feliz quando sua namorada está chorando, mas não tem problema quando são lágrimas de Aaron-fez-algo-certo.

– De agora em diante, você estará sempre encarregado do meu aniversário – sussurra Genevieve. – A toalha de piquenique, a sessão de cerâmica, as estrelas, e agora esta mulher que soa como Deus.

– Nós dois sabemos que Deus é um cara, mas boa tentativa.

Ela soca meu braço. Eu a puxo para perto de mim e nos deitamos para a nossa jornada ao redor do universo. É estranho sentir que estamos sendo sugados para o meio das estrelas diante dos nossos olhos, quando existem estrelas de verdade sobre nós. Satélites artificiais orbitam os planetas e finjo que estou dando petelecos neles, estalando a língua com cada peteleco. Genevieve me soca de novo e me manda calar a boca. Eu teria me calado de qualquer maneira depois de ver os planetas caindo na distância, para podermos admirar as constelações, como a de Gêmeos (que ela comemora ao ver), Peixes, o carneiro de Áries e o resto da família do zodíaco. As constelações desabam. As legendas nos informam que estamos a um ano de distância da Terra, depois sete décadas, perto de sinais entediantes de rádio... e assim por diante, até terminarmos na Via Láctea, 100 mil anos-luz depois. Parece que isto foi tirado diretamente de um videogame.

Viajamos a 100 milhões de anos-luz da Terra, entrando em outras galáxias, onde vemos muitos verdes, vermelhos, azuis e roxos reluzindo contra o preto do espaço, como gotas chapinhadas de tinta em um avental escuro. Ao atingir 5 bilhões de anos-luz da Terra, não sei como não ficamos nauseados. Há algo com o formato de uma borboleta, e descobrimos que é a incandescência do Big Bang, que é bonita para cacete.

Tudo começa a se afastar, o espaço e o tempo desvendam seu presente para nós, meu presente para Genevieve, e nos lançam em direção ao cosmos. A viagem muda tudo para mim. Ou talvez não mude nada, só torne mais claro o que posso encontrar aqui na Terra, no meu lar. O espaço é bem inalcançável para a maioria de nós. Olho para Genevieve, para a garota que levei para as estrelas, depois trouxe de volta à Terra, que espera por mim durante os tempos tão sombrios quanto o espaço. Seguro a mão dela e digo:

– Acho que meio que, talvez tipo... eu acho que te amo.

Meu coração está disparando. Sou tão burro. Genevieve é muita areia para o meu caminhãozinho, ela é demais para este universo. Espero por uma reação, para ela rir de mim, mas ela sorri e espanta todas as minhas dúvidas, até o sorriso dela falhar por um instante. Eu poderia nem ter visto, se tivesse piscado, ou girado meus olhos, aliviado.

– Você não precisa dizer isso – diz Genevieve. Confiro a mão dela para ver se o machado que ela fincou no meu peito é tão grande quanto parece. – Não sei se é isso que você acha que quero ouvir.

– Vou mandar a real. Não pensei que pessoas da nossa idade podiam fazer isto, sabe, mas você é mais do que minha melhor amiga, e com certeza é mais do que uma garota com quem gosto de dormir. Não espero que me diga a mesma coisa. Na verdade, não quero que diga nunca. Ficarei bem. Só queria te contar.

Beijo a testa da minha namorada, desenrosco as nossas mãos e pernas, e me levanto. É difícil, já que sinto um peso esmagador no peito, que faz com que eu me sinta como daquela vez em que levei um caixote nas ondas de Orchard Beach. Sigo o fio laranja até a beirada do telhado e olho para as ruas abaixo: dois caras estão apertando as mãos, ou trocando dinheiro por maconha, uma mãe jovem está se esforçando para abrir um carrinho de bebê, e algumas garotas estão rindo dela. Este mundo é cheio de coisas feias, como drogas, ódio e namoradas que não te amam. Olho para o meu edifício, a alguns blocos de distância. Gostaria muito de estar em casa agora.

Genevieve agarra meu ombro e me abraça por trás. Há um pedaço de papel dobrado na mão. Ela o sacode até eu pegá-lo.

– Vê isso aqui – diz ela, com a voz meio abafada. Este é um abraço de adeus, que vem com uma carta de adeus, com palavras de adeus. Desdobro o papel amassado e vejo a ilustração de um garoto e uma garota no céu, com um pano de fundo coberto de muitas e muitas estrelas. O menino é alto e, quando o examino mais de perto, vejo que a menina está socando seu ombro. É uma constelação da gente.

Genevieve me vira até eu estar de frente para ela, depois encara meus olhos, e eu quase desvio o rosto.

– Desenhei isso depois do nosso primeiro encontro, e carrego sempre comigo, me perguntando quando poderia compartilhar com você. Tudo o que fizemos foi caminhar juntos, e foi fácil, como se estivéssemos fazendo isso pela centésima vez.

De repente, entendo que nosso primeiro beijo desajeitado foi o que a inspirou.

– Eu ri depois de nos beijarmos, mas você não ficou ofendida nem nada assim. Você sorriu e socou o meu braço.

– Eu deveria ter socado o seu rosto. Acho que gosto de machucar o menino que amo.

Eu não me mexo. Pedi a ela para nunca falar isso, mas estou muito feliz que tenha dito. Ficamos presos em uma batalha estranha de encaradas, e nossas bocas se curvam.

Este continua sendo um mundo feio. Mas, pelo menos, é um mundo onde sua namorada te ama também.

7
QUANDO ESTOU SOZINHO

Não faz nem vinte e quatro horas, e já sinto saudade de Genevieve. Eu venderia nosso primeiro filho (que acho que batizaremos de algo irônico, como Fausto) para tê-la de volta me socando.

Nem troquei de roupa ao acordar, porque a camiseta estava com a marca do punho dela, mas nunca revelaria isso para os meus amigos. Tentei me distrair com alguns rascunhos do Guardião do Sol. É engraçado pensar que *eu* era uma distração tão grande para Genevieve que ela teve que viajar para Nova Orleans só para conseguir trabalhar um pouco.

Nunca faço nada certo.

Estes pensamentos são ruins. Aquele terapeuta de merda, Dr. Slattery, disse que eu deveria conversar com alguém, como um amigo, um estranho no metrô, qualquer um, sempre que me encontrasse em um lugar triste e solitário. É um conselho óbvio, e não valeu a grana que gastamos com ele. Saio e procuro por Brendan, já que não há ninguém em casa com quem conversar. Não que eu fosse bater muito papo com minha mãe, ou com Eric. Tento ligar para Brendan; ele não atende.

Lá fora, Dave Magro está jogando handball. Ele me deixa jogar também, o que é ótimo, porque me ocupa o bastante para aguentar a conversa fiada dele sobre "procrastinação de masturbação", quando você guarda o link de um vídeo pornô para mais tarde porque não quer ter que se preocupar em se limpar naquele momento. Mas, logo depois, ele para de jogar para ir conferir a roupa que botou para lavar, deixando-me sozinho com uma bola de handball que "é melhor eu não perder", ou ele me castrará, e depois castrará meus futuros filhos. (Foi mal, Fausto.)

Quinze dias.

Só preciso sobreviver mais quinze dias sem ela.

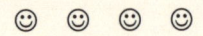

☺ ☺ ☺ ☺

– ALÔ?
– Ei, é o Aaron.
– Eu sei, Comprido. O que está pegando?
– Nada, e esse é exatamente o problema. Eu deveria estar fazendo alguma coisa em vez de simplesmente ficar aqui, com saudade da Genevieve. Você está de bobeira?
– Estou meio ocupado com uma coisa agora. Está ocupado amanhã de manhã?
– Não. A não ser que o que você está prestes a sugerir seja idiota, porque, neste caso, sim, planejo salvar o mundo ou algo assim.
– Bem, se você já tiver acabado de salvar o mundo até o meio-dia, podemos ver um filme.
– Acho que a cidade pode cuidar de si mesma por algumas horas. Mas, e aí, o que está fazendo agora?
– Nada – diz ele.

Ele soa meio envergonhado e escorregadio, como as pessoas (fora Dave Magro) que ficam desconfortáveis quando perguntamos se elas veem filme pornô, mesmo que a resposta seja óbvia. Mas decido não insistir e puxo conversas idiotas, como que tipo de superpoder ele gostaria de ter. Ele diz que gostaria de ter invencibilidade, que Dave Magro sempre confunde com invisibilidade.

Pelo menos, é melhor do que jogar handball.

8
SEM VIADAGEM

Thomas parece cansado para cacete quando o encontro na esquina do seu quarteirão, na manhã seguinte.

São onze e pouco. Não sei se ele conseguiu dormir, nem se vai conseguir ficar acordado durante o filme.

– Você está criando um clone de si mesmo?
– O quê? – pergunta Thomas com voz de sono.
– Estou tentando desvendar no que você estava trabalhando tão obsessivamente.
– Acho que ninguém quer dois Thomas sem noção andando por aí. – Pegamos um atalho por uns conjuntos habitacionais meio barra pesada, para chegar ao cinema o mais rápido possível.
– Não quero te contar, porque você vai pensar que sou um pobre coitado.
– Que nada, você está mais para um processo em andamento. Todos somos – digo. Levanto as mãos, rendendo-me. – Mas vou deixar isso para lá.
– Você deveria tentar me forçar a abrir o bico.
– Está bem. Abra o bico.
– Não quero falar sobre isso.
Então, não falamos.

De novo.

Em vez disso, ele resolve tagarelar sobre como adora as manhãs de verão, por causa dos ingressos de cinema de oito dólares, o que não costuma importar muito para ele, que consegue entrar de graça depois de ter trabalhado lá por dois finais de semana no verão passado, antes de, é claro, pedir demissão.

– Mas você quer ser um diretor... Trabalhar em um cinema não é um bom primeiro passo?

– Pensei que seria, mas parece que trabalhar em um quiosque de balas não ajuda as pessoas a ter ideias para projetos cinematográficos. Você se queima o tempo inteiro com óleo de pipoca, e seus colegas de escola enchem o saco na bilheteria quando você não consegue colocá-los para dentro de filmes proibidos para menores. Rasgar ingressos não torna você um diretor.

– Isso faz sentido.

– Acho que, se eu continuar arrumando uns bicos, vou ter material suficiente para os meus próprios roteiros. Mas ainda não pensei em uma história que queira contar.

Quando chegamos ao cinema, Thomas me puxa pelo cotovelo até o estacionamento. Passamos por algumas saídas de emergência antes de seguir por um beco onde tenho certeza de que não deveríamos estar. Ele saca um cartão de descontos de uma farmácia e o desliza pela fenda de uma porta, até que ouço um clique. Ao abrir a porta, ele olha para mim e sorri.

Sinto um pouco de culpa, mas não muita, e fico tão pilhado que não tenho medo de ser pego. Este também é um bom truque para quando Genevieve voltar, mesmo que ver um filme seja a última coisa que vou querer fazer depois de passar semanas longe dela. Seguimos para o quiosque de balas, compramos pipoca (Viu? Não somos completamente criminosos), depois vamos para o balcão ao lado, onde ele encharca sua pipoca com manteiga.

– Venho sempre para as sessões de meia-noite neste cinema – diz Thomas. – A energia sempre me surpreende. Ninguém no meu quarteirão ousaria se fantasiar em um dia que não seja o Dia das Bruxas, porque não se sentem confortáveis em seus próprios corpos. Mas, para a sessão de meia-noite de *Scorpius Hawthorne*, um monte de gente de quem eu nunca deveria ter ficado amigo estava fantasiada de magos demoníacos e espectros.

– Não sabia que você lia essa série!

– Claro que leio – diz Thomas. – Trouxe o meu livro para a sessão de meia-noite e os leitores assinaram seus nomes e sublinharam suas passagens preferidas.

Adoraria ter vindo para isso.

– Você se fantasiou? – pergunto.

– Eu era o único Scorpius Hawthorne negro – diz Thomas.

Ele me conta sobre outras sessões de meia-noite, nas quais pediu que as pessoas assinassem caixas de videogame e antologias de quadrinhos que as inspiravam. São todas lembranças maneiras. Mas a verdade é que estou feliz por ter outro amigo que leu e assistiu à série do Scorpius Hawthorne.

Olhamos para os pôsteres para decidir o que vamos assistir. Thomas queria que o Spielberg tivesse lançado algo novo, mas está disposto a assistir a um filme em preto e branco sobre um garoto dançando em um ônibus.

– Não, obrigado – digo.

– Que tal aquele filme novo, *O último encalço?* – Thomas para diante do pôster de uma bela menina de olhos azuis sentada na beirada de um píer, como se estivesse em um banco de praça, e um cara de colete de lã estendendo a mão até ela. – Não sabia que esse filme já tinha estreado. Você topa?

Se me lembro bem, o trailer desse filme era meio romântico.

– Acho que não posso – respondo.

– Ele é proibido só para menores de treze anos. Você já é velho o suficiente, não é?

– Sou, malandrão. Isso parece algo que Genevieve gostaria de assistir. Não quer ver outra coisa?

Thomas olha ao redor e vira as costas para os filmes prometendo explosões e tiroteios.

– Eu não me importaria em ver aquele filme francês de novo. Mas só começa em uma hora.

Ele claramente não quer assistir ao filme francês de novo, porque quem diabos gostaria de ver um filme francês duas vezes?

– Vamos ver *O último encalço*. Posso assistir outra vez quando ela voltar.

– Tem certeza?

– Tenho. Se for uma merda, ela vai ter que assistir sozinha.

Entramos na sala de cinema, e há vários assentos vazios.

– Tem alguma preferência? – pergunta ele.

– A última fileira, mas não me pergunte por quê – respondo.

– Por quê?

– Tenho um medo completamente irracional de ter a garganta cortada dentro de um cinema, e acho que isso não poderá acontecer se não houver ninguém sentado atrás de mim.

Thomas para de mastigar a pipoca. Seus olhos me estudam, tentando descobrir se estou falando sério ou não, e então ele começa a gargalhar tanto que quase engasga. Sento-me na última fileira, e ele desaba no assento ao meu lado, finalmente parando de rir.

Mostro o dedo do meio para ele.

– Não aja como se você nunca tivesse surtado com algo ridículo.

– Claro que já surtei. Eu costumava encher o saco da minha mãe quando era criança, com uns nove ou dez anos, para que ela me deixasse assistir a filmes de terror, especialmente os *slashers*.

– Essa não é a melhor coisa para dizer a alguém que tem medo de ter a garganta cortada.

– Cala a boca. Bem, minha mãe finalmente cedeu uma noite e deixou que eu visse *Pânico*. Fiquei cagado de medo, e só consegui dormir às cinco da manhã. Minha mãe sempre me disse para contar carneirinhos quando não conseguisse dormir, e, cada vez que eles saltavam a cerca... – Ele faz uma pausa dramática. – O cara do *Pânico* os esfaqueava, um por um, e eles desabavam no chão, ensanguentados e mortos.

Rio tão alto que as outras pessoas me mandam calar a boca, apesar de os trailers ainda nem terem começado, mas é difícil parar.

– Você é tão perturbado! Por quanto tempo durou isso?

– Para sempre. – Thomas guincha e finge que está sendo esfaqueado. Os trailers começam, e ficamos quietos.

Há um trailer sobre o romance entre um maquinista de trem e uma guardadora ferroviária, chamado *Próxima parada: amor*, um típico filme de terror em que menininhas assustadoras aparecem quando alguém vira uma esquina; uma minissérie chamada *Não se esqueça de mim*, sobre um marido tentando convencer a esposa a não se esquecer dele por meio de um procedimento do Leteo e, finalmente, uma comédia sobre um grupo de colegas universitários em um cruzeiro, que não parece nada engraçada.

– Todos esses filmes parecem horríveis – digo.

Thomas se aproxima de mim e diz:

– Vou cortar a sua garganta se você ficar falando durante o filme.

☺ ☺ ☺ ☺

O FILME É UMA BELA porcaria.

Ele deveria ser engraçado, mas a única coisa que me faz rir é como o estúdio conseguiu passar um filme desconfortavelmente obscuro por uma comédia.

O enredo é sobre um cara chamado Chase que começa uma conversa com uma menina gatinha em um trem, e pergunta para onde ela está indo. "Para algum lugar bom", responde ela. Ele tenta descobrir mais, mas a garota não responde. Ela esquece o telefone no trem, e Chase a persegue para devolvê-lo, mas já é tarde demais, então ele vasculha o telefone e descobre uma lista de coisas que ela quer fazer antes de se matar.

A esta altura, Thomas já caiu no sono. Eu deveria fazer a mesma coisa, mas espero que o filme melhore... só que isso não acontece. Perto do fim, Chase se dá conta de que ela vai se matar no píer, e, quando ele finalmente chega lá, é recebido pelas ofuscantes luzes vermelhas e azuis dos carros de polícia. Ele destrói o telefone.

Também quero destruir alguma coisa.

Quando Thomas acorda, resumo o filme para ele: "Porcaria, porcaria, porcaria."

Ele se espreguiça e boceja.

– Mas sua garganta parece intacta – diz ele.

☺ ☺ ☺ ☺

EU, TIPO, MEIO QUE, definitivamente gosto do verão no meu bairro: garotas riscando jogos de amarelinha no chão; caras jogando cartas sob qualquer sombra que consigam encontrar; amigos com aparelhos de som bombando no último volume; a galera falando merda nos degraus. E, embora meu apartamento seja pequeno, são momentos como este que fazem com que aquelas paredes pareçam maiores do que são.

Aponto para o hospital vermelho do outro lado da rua.

– Minha mãe trabalha logo ali, mas, mesmo assim, se atrasa uns 20 minutos todos os dias. – Do outro lado do quarteirão, encontra-se a agência dos correios. – E meu pai trabalhava como segurança ali.

Talvez o que tenha feito mal para ele tenha sido passar tanto tempo sozinho com seus pensamentos.

O hidrante na esquina foi aberto. As crianças gritando me lembram de todas as vezes em que enchemos baldes e derramamos água por todo o playground, descendo pelos escorregas molhados, já que não tínhamos dinheiro para visitar parques aquáticos de verdade.

– Não sei o que o meu pai faz – responde Thomas. – A última vez que estive com ele foi no meu aniversário de nove anos. Eu o vi da minha janela, indo para o carro buscar meu Buzz Lightyear, mas ele entrou no carro e foi embora.

Não sei quando paramos de andar, ou quem parou primeiro, mas estamos ambos imóveis.

– Que babaca – digo.

– Vamos evitar assuntos ruins, está bem? – Thomas olha para a água jorrando e ergue as sobrancelhas de maneira maliciosa, depois tira a camiseta, flexionando os braços. Ele tem um abdômen de *God of War*, e tudo o que tenho é uma caixa torácica saliente. – Vamos lá.

– Não quero molhar meu telefone.

– É só enrolar dentro da sua camiseta. Ninguém vai roubar.

– Você sabe que não estamos no Queens, não é?

Thomas enfia o celular dentro da camiseta e a guarda ao lado de uma caixa de correio.

– Você que sabe, cara.

Ele corre com uma pose de atleta e salta de um lado para o outro em meio à água, com o sol reluzindo na fivela do cinto. Algumas pessoas o encaram como se ele fosse louco, mas ele não parece ligar.

Não sei o que dá em mim, o que apaga todas as minhas inseguranças e permite que eu tire a camiseta, mas é libertador. Thomas ergue os dois dedões para mim. Não me sinto como um magricelo agora.

Pego meu celular, mas antes que consiga enrolá-lo na minha camiseta, ele vibra. Genevieve está ligando. Fico paralisado.

– Ei! – atendo.

– Oi. Não sei como, mas já estou com saudade do seu rosto de mané idiota. Pegue um avião até aqui, para a gente construir uma casinha na floresta e criar uma família – diz ela.

– Estou com mais saudades ainda, mas odeio demais acampar para isso.

– Não seria acampar se passássemos as nossas vidas aqui.

– Tem razão. – Imagino-a sorrindo, apesar da distância, e isso me faz feliz... não, mais feliz. Quero implorar para que ela volte para casa, mas também quero que ela se concentre na sua arte, e não se preocupe comigo. – Você já começou a pintar ou há algum tipo de orientação chata?

– A orientação chata foi ontem. Estamos fazendo um pequeno intervalo, antes de começar a pintar umas naturezas mortas com árvores e...

Quase derrubo o celular ao ver Thomas fazendo flexões entre os jatos d'água, exibindo-se para umas garotas do outro lado da rua. Levo o telefone de volta ao ouvido quando Genevieve grita meu nome.

– Desculpe. Thomas está pagando mico aqui. – O que não falo é: *E ele nem se importa, como eu me importaria.*

– Vocês estão jogando Suicídio de novo?

– Não, estou sozinho com ele. – Sinto-me exposto demais sem minha camiseta. – Mas acho que vou voltar para casa daqui a pouco. Estou bem cansado. Você acha que terá algum tempo para me ligar esta noite? Quero que você me conte sobre as quinhentas pinturas que provavelmente vai terminar hoje, sem eu por perto para atrapalhar.

– Claro. Ligo esta noite, gato. – Ela desliga antes que eu consiga me despedir, ou falar que a amo.

Agora, sinto-me mal para cacete por ter me distraído, mas ela me ligará mais tarde. Explicarei que realmente precisava me divertir com alguma coisa, o que é meio que culpa dela, já que ela me deixou sozinho aqui. Mas, se Gen não tivesse ido embora, seria culpa minha, então acho que não posso culpá-la. Espero que ela só me mande um soco interestadual e tudo fique bem. Escondo o celular dentro da camiseta e tiro os tênis, deixando tudo no chão. Corro na direção do hidrante, vestindo calça jeans e meias, e atravesso os jatos d'água com um salto. Ao aterrissar do outro lado, estou gargalhando.

– Woo-hoo! – Thomas assobia. – Já estava na hora.

O frio faz com que eu estremeça.

– Certo, uh, estou com saudade das minhas roupas.

– Seja livre por sessenta segundos, Comprido. – Thomas agarra meus ombros, como se estivesse me preparando para o último jogo da temporada. Mas não sei que jogo é esse. – Esqueça tudo. Esqueça seu pai. Esqueça sua namorada. Finja que está sozinho aqui.

Depois das instruções de treinador, ele me solta e senta no chão. A água continua a derramar sobre ele.

Sento-me de frente para ele e fico encharcado.

– Estou sozinho – digo para mim mesmo, libertando-me das minhas preocupações, como se elas pudessem ser lavadas para dentro dos bueiros. Fecho os olhos e começo a contar, sentindo-me mais leve com cada minuto que passa, e mais como eu mesmo. – Cinquenta e oito, cinquenta e nove... – Não quero abrir mão do último segundo. – Sessenta.

Abro os olhos e vejo um grupo de crianças brincando de pique-pega ao nosso redor.

– Será impossível tirar essa calça – digo. Quase não consigo ouvir minha voz com a água batendo contra meus ouvidos e as crianças saltando nas poças ao redor. Thomas se levanta e oferece a mão para me levantar.

Agarro o antebraço dele.

– Sem viadagem! – grita ele.

Nós dois gargalhamos ao caminhar de volta para nossos pertences abandonados. Thomas seca o peito com a camiseta, encharcando-a.

– Não sei se é por causa da soneca que tirei, mas me sinto ótimo! – diz ele. – Não me divirto assim desde... não consigo nem lembrar.

– Que bom. Quer dizer, que merda para você, mas fico feliz em saber que não estou gastando seu tempo. – Começo a vestir a camiseta, mas acabo enfiando a cabeça no buraco errado e me perco. Debato-me dentro da roupa, até sentir as mãos de Thomas me apoiando.

– Pare! Pare! – Ele está caindo na gargalhada. Não existe "Sem Viadagem" o suficiente para desculpar o fato de que ele está me vestindo agora. Depois de alguma confusão, estou vestido e o encarando. – Não posso levar você a lugar nenhum. Você está pagando mico.

Olho para o outro lado da rua. As garotas que estavam conferindo Thomas antes estão rindo de mim agora. Eu provavelmente teria ficado muito puto se não fosse pela Genevieve. Então, vejo Brendan e Eu-Doidão de bobeira, não muito longe de onde estamos, fumando os cigarros que Eu-Doidão rouba do pai. Eles estão olhando para mim como se nem me reconhecessem. Aceno com a cabeça para dizer olá, mas eles devem estar muito chapados da maconha do Brendan.

– Vai fazer alguma coisa hoje à noite? – pergunta Thomas. – Além de dormir, o que você pode fazer lá em casa. – Ele sorri.

– Caramba, isso não soou nada bem. Sem viadagem.

– O que tem em mente?

– Já que sinto que você talvez tenha ficado decepcionado com *O último encalço...*

– Sim, fiquei cem por cento decepcionado – digo, interrompendo-o.

– Pensei que poderíamos assistir a *Tubarão* no meu telhado.

– Eu topo.

Sempre pensei que a pior hora para ser tratado como uma criança é no verão. Claro, a maioria dos pais aqui exigem que voltemos para casa antes das dez da noite, mas geralmente ficamos na rua até a meia-noite, e às vezes até uma ou duas da manhã. A questão não é se rebelar, ou ver até onde conseguimos ir antes que os adultos saiam com seus cintos na mão. (Dave Gordo levou uma surra e tanto por isso.) A questão é que somos expostos a coisas mais adultas do que os jovens em regiões mais seguras e bairros com cercas brancas. Mas, quando ligo para minha mãe para avisar que vou dormir na casa de Thomas, ela fala comigo como se eu tivesse cinco anos de idade. Ela precisa conhecer o Thomas para se certificar de que ele não é um traficante, ou um diabinho no meu ombro, convencendo-me a saltar de um telhado.

Esperamos por ela perto de uma das mesas de piquenique marrons na segunda quadra. É o mesmo lugar onde Brendan me deu a notícia de que passaria o verão na Carolina do Norte com sua família, quando tínhamos treze anos. Comecei a desenhar quadrinhos durante a ausência dele, e, quando ele voltou, eu o havia desenhado como um treinador Pokémon.

Minha mãe desce vestindo minha camisa de educação física da oitava série, e queria que ela tivesse deixado as chaves em casa, para que Thomas não visse todos os seus cartões de descontos de supermercado.

– Olá.

– Oi. Sou o Thomas – diz ele, estendendo a mão.

– Elsie – diz ela, apertando a mão dele. – Por favor, diga-me que isso não é suor em vocês.

– É água do hidrante – digo.

– Graças a Deus. O que planejam fazer esta noite, garotos?

– O filme que acabamos de ver era uma porcaria, então quero mostrar *Tubarão* para o Comprido aqui – diz Thomas.

Minha mãe olha para mim.

– Você não me ligou para avisar que ia ao cinema.

– Eu voltei inteiro.

Ela olha para a cicatriz, depois para meu rosto.

– Ele já sabe – digo.

Thomas nos interrompe:

– Se ajudar, sra. Elsie, anote o meu endereço, meu telefone e o telefone da minha mãe. Mas acho que Aaron não pode dizer que viveu de verdade até ter visto *Tubarão*. Você pode assistir com a gente também, se ainda não tiver visto.

Isso faz com que minha mãe volte a sorrir.

– Assisti no cinema quando era criança. Obrigada.

Thomas parece até invejar o fato de que ela estava viva para assistir ao filme no seu lançamento. Talvez ele ache que era melhor ter nascido Naquele Tempo. Pessoalmente, acho que Muito Depois é uma época bem melhor que Agora Mesmo.

– De qualquer maneira, ficarei no supermercado até tarde hoje, então pode ir – diz minha mãe.

Sorrio como um mané idiota. Não fico tão animado assim por dormir na casa de um amigo desde que a mãe de Dave Gordo levou a galera para comprar o novo jogo de *Throne Wars* à meia-noite, e todos passamos a noite inteira jogando na casa dele.

– Thomas, por favor, não deixe que ele durma depois das duas, lembre-o de ir ao banheiro antes de dormir e não deixe que ele gaste mais de um dólar em balas.

Penso em fazer uma piada sobre você-sabe-o-quê por ela estar me envergonhando tanto, mas isso só prolongaria esta agonia. Minha mãe o abraça, depois me abraça também. Ela o agradece por me deixar dormir na casa dele, anota todas as informações dele (endereço, telefone e telefone da mãe) e começamos a bater em retirada.

– Sua mãe é maneira – diz ele.

– É, quando não está me tratando como uma criancinha. Acho melhor eu ir buscar umas roupas para dormir.

– Não se preocupe. Tenho umas coisas.

Só estamos indo para alguns quarteirões de distância, mas, como alguém que provavelmente nunca terá dinheiro o bastante para ver as pirâmides do Egito ou passear de barco por um canal de Veneza, este dia longe de casa parece uma viagem para outro país.

☺ ☺ ☺ ☺

O FIO LARANJA NOS SEGUE até o telhado e serpenteia pelo chão de cascalhos, onde todas as evidências da minha noite com Genevieve já desapareceram. Thomas posiciona o projetor, mas ainda está claro, então ainda não podemos assistir ao filme. Deito-me com os braços abertos, como se fosse tentar fazer um anjo de neve.

– O que está fazendo? – pergunta Thomas.

– Estou me secando. – Fecho os olhos, mas ainda consigo ver os raios laranja e sentir o sol cozinhando meu rosto. Não sei quanto da minha camiseta encharcada é água e quanto é suor. Nesse

sentido, o verão é um saco, mas o inverno pode morrer duas vezes, porque sempre me recuso a deixar a casa, mesmo quando Genevieve quis sair, construir bonecos de neve e tirar fotos bobinhas de casal.
– Sem viadagem, mas você deveria tirar a camisa – diz Thomas.
Levanto a cabeça e vejo que ele já tirou a dele, e a está pendurando sobre a mureta para secar. Eu me sento, tiro a camisa, jogo-a para ele, depois me esparramo.
Os cascalhos quentes me queimam, mas não é nada pior do que a areia em Jones Beach. Falando nisso, dois caras sem camisa sobre um telhado não é tão diferente do que dois caras sem camisa na praia, então não deveríamos ter que usar "Sem Viadagem" para isto.
Thomas desaba ao meu lado.
– Eu costumava ver filmes com Sara aqui em cima. Bem, a gente começava a assistir alguma coisa, depois se pegava.
– Você transou com sua ex aqui em cima?
Ele ri.
– Não, nunca fizemos sexo. Só outras coisas.
– Ela foi a sua primeira? – pergunto.
– Foi. E você?
– Sim, Sara foi a minha primeira também – respondo. Thomas dá um tapa tão forte no meu ombro que deixa uma marca de mão. Soco seu peito, mas o dele é mais firme do que o meu. – Seu peito é duro.
– Isto se chama peitoral, e paguei muito caro por eles.
Por algum motivo, sinto-me desconfortável falando sobre o corpo dele, talvez por ser melhor do que o meu.
– Você sente saudade da Sara? Seja sincero.
– Não e sim – responde ele. – Precisei terminar com ela porque realmente já não éramos mais certos um para o outro. Sinto falta apenas de ter alguém para quem ligar, para sair e me divertir. Mas nunca *precisou* ser a Sara.
– Entendo.

Deixamos isso de lado e começamos a conversar sobre coisas aleatórias, enquanto o sol desaparece atrás dos prédios da cidade: nossos videogames e quadrinhos preferidos; sobre como odiamos a escola, e sobre as professoras e garotas gostosas que tornam as coisas mais fáceis; sobre o aniversário dele que está chegando (no mesmo dia em que Genevieve volta) e como ele nunca fumou antes, nem um cigarro. Ele parece desapontado quando admito que já fumei bagulho com Brendan e os outros caras algumas vezes. Para manter o papo leve, admito uma coisa muito vergonhosa.

– Não sei andar de bicicleta.

– Como você não sabe andar de bicicleta? – pergunta ele.

– Ninguém me ensinou. Minha mãe também não sabe andar, e meu pai ia me ensinar, mas acabou nunca fazendo isso.

– Então, terei que te ensinar. É uma técnica básica de sobrevivência, como nadar e se masturbar.

☺ ☺ ☺ ☺

AGORA, O CÉU ESTÁ escuro.

A resolução de *Tubarão* é muito baixa porque a) o filme é antigo e b) estamos assistindo-o em uma parede de tijolos. Mas nunca trocaria esta experiência por um DVD com resolução perfeita em uma TV de tela grande.

Está ficando frio, mas não consigo me levantar para buscar minha camiseta porque estou preocupado demais com a menina que entrou correndo no mar sem saber que está em um filme de tubarão.

– Quantas vezes já assistiu a isto? – pergunto.

– Já perdi a conta – diz ele. – Mais do que *Cavalo de guerra*, menos do que *Jurassic Park*.

Depois de vários momentos de "Ah, merda!", quando o tubarão come mais gente e o barco dos sobreviventes explode, vestimos nossas camisetas, guardamos o projetor e descemos cuidadosamente pela saída de incêndio, apesar de a porta do telhado estar aberta.

– Minha mãe já deve estar dormindo, então precisamos fazer silêncio – diz Thomas, abrindo a janela e entrando.

O quarto cheira a roupas limpas e lascas de lápis apontado. As paredes são verdes e decoradas com pôsteres de filmes e fotos dos seus diretores preferidos. Passo por cima das bolas de meia no chão e vejo a cesta de basquete de brinquedo presa à porta, onde ele deve jogar quando está entediado. Há jogos da velha empatados desenhados por toda a porta, além de citações de filmes de Steven Spielberg, rascunhos de desenhos de dinossauros, uma ilustração perfeita do E.T. e várias outras coisas aleatórias que não consigo decifrar.

Sua cama não está feita, mas parece confortável, ao contrário da minha, que é pouco mais do que uma maca. Ele tem até a própria mesa, enquanto a única superfície que eu tenho para desenhar é um livro escolar apoiado no meu colo. Há um caderno aberto sobre a mesa, onde ele parece ter rabiscado algumas notas de uma música que estava compondo e começado um roteiro, mas que ainda não está muito desenvolvido.

Thomas abre a porta do armário, outra coisa que não tenho, e começa a jogar algumas camisetas sobre a cama.

– Venha escolher alguma coisa para dormir, Comprido.

Confiro as camisetas. A maioria é larga demais, apertada demais, infantil demais, geriátrica demais, e, juro por Deus, extraterrestre demais. Segundo ele, esta última foi um presente que sua tia trouxe de uma visita a Roswell, no Novo México. Escolho uma camiseta branca e a visto rapidamente. Em um canto do quarto, atrás do cesto de roupa suja, há uma tábua com um gráfico circular com vários bilhetes pendurados. Nele, está escrito: GRÁFICO DA VIDA.

– O que é isto? Um velho trabalho para a escola?

– É nisso que tenho trabalhado nos últimos dias – diz Thomas, vestindo suas calças de pijama do Snoopy e uma camisa regata. – Decidi dirigir a mim mesmo pelo caminho de vida que quero levar. Sabe, como a hierarquia de necessidades de Maslow, mas sem toda a obsessão para saber todos os minúsculos detalhes.

Não tenho a menor ideia de quem é esse tal de Maslow, mas o gráfico de Thomas já parece bem obsessivo. Ele carrega o quadro até o outro lado do quarto e o apoia no armário. Nós nos sentamos de frente para o quadro. As categorias no gráfico estão divididas entre escola/trabalho, saúde, autorrealização e relacionamentos.

– Acho que estou indo bem na saúde. Como bem e faço exercícios. Estou meio mal no quesito segurança financeira, porque não consigo encontrar um emprego que eu ame. O dinheiro na minha poupança não dá nem para comprar um ingresso de cinema.

Ele pelo menos *tem* uma poupança, algo que sugere que ele um dia teve dinheiro o suficiente para valer a pena guardar. Quando ganho algum dinheiro de aniversário ou no Natal, geralmente enfio boa parte dele na bolsa da minha mãe, porque ela sabe onde precisamos mais. É uma merda pagar por uma casa onde não gostamos de morar, mas é melhor do que a outra alternativa. Entendeu? É o lado positivo da situação.

– No momento, minha dificuldade maior é com amor e propósito – continua Thomas. Este gráfico é a obra de um louco que quer um final feliz; eu deveria imitar sua insanidade. – Talvez terminar com Sara tenha sido um golpe para a minha autoestima. Mas acho que ficar de bobeira com você me ajudou a não desabar para dentro de um buraco negro por isso.

– De nada – digo. Meu celular vibra dentro do bolso e vejo que é Genevieve. Ignoro a chamada. Ligarei para ela antes de dormir.

– Estou falando sério. Você me deu algo. Seja o que for, não posso conseguir isso com meu pai ausente, nem com minha mãe, que trabalha demais, ou minha ex-namorada. Então, talvez você precise me ajudar a descobrir o meu verdadeiro potencial.

Estudo o quarto dele por um instante. Este lugar pertence a alguém que vive o máximo de vidas possível. Há partituras musicais e roteiros inacabados. (Depois, descubro que há até um musical abandonado no armário, sobre um robô que viaja através do tempo até o Mesozoico para estudar os dinossauros, enquanto canta sobre a vida sem tecnologia.) Há caixas de Lego amontoadas no canto, uma torre colorida da época em que ele queria ser arquiteto e cenógrafo.

É como quando você é criança e quer ser astronauta, até se dar conta de que isso é impossível, apesar de todos falarem que nada é impossível, fazendo até questão de citar momentos específicos da história só para fazer você se sentir um idiota. Mas você segue em frente mesmo assim. Você conhece suas capacidades e circunstâncias, então começa a pensar que talvez seja maneiro ser um boxeador, apesar de ser magro demais. Não tem problema, você pode ficar mais forte. Mas tudo isso muda quando você decide que quer ser jornalista e ter sua própria coluna no jornal, então começa a fazer isso. E um dia, quando está escrevendo conselhos para alguém sobre como ser mais organizado, você volta a pensar em pilotar uma nave até o espaço.

É assim que Thomas vive a vida, com um sonho fracassado após o outro. Essa jornada pode durar uma vida inteira, mas, mesmo que ele só descubra essa fagulha depois de velho, Thomas morrerá com rugas que mereceu ter e um sorriso no rosto.

– Desde que você me ajude a ser feliz, para que eu não termine como meu pai, temos um acordo – digo.

– Está combinado.

9
FORA DOS BECOS SEM SAÍDA

A única coisa caída ontem à noite é que acabei não conseguindo retornar a ligação de Genevieve. É a primeira coisa em que penso ao acordar.

Ouço um rangido da cadeira da mesa do Thomas, onde ele se sentou ontem à noite para me demonstrar suas "habilidades sinistras em origami". (Mas, quando ele tentou fazer uma concha, ela pareceu apenas um papel amassado.) Sento-me no colchão e esfrego os olhos. Sei que está cedo, por causa da inclinação dos raios solares que atravessam as janelas. Mal acredito que ele está acordado, inclinado sobre a mesa, escrevendo alguma coisa, enquanto bate silenciosamente com o pé no chão; parece que está fazendo uma prova final e não quer que eu copie.

– Ei. O que está fazendo?
– Escrevendo no meu diário.
– Você escreve muito no seu diário?
– Quase todas as manhãs, desde a sétima série – diz Thomas.
– Estou quase acabando. Dormiu bem? Meus lençóis continuam secos?
– Vai se foder. – Minhas costas doem um pouco, mas não é nada com o qual eu não consiga me acostumar.

– Deixei uma escova de dentes nova e uma toalha para você no banheiro, se quiser tomar uma ducha antes do café da manhã.
– Os olhos dele continuam colados na página.
– Você vai preparar o café da manhã?
– Até parece. Só sei fazer torrada e Pop-Tarts. Vamos inventar alguma coisa. – Thomas sorri, depois volta a escrever no diário.

Preciso esperar um segundo antes de sair das cobertas, por causa daquela coisa que acontece com os caras quando eles acordam. Mas ele não está nem olhando para mim. Saio correndo do quarto dele, e imagino que sua mãe já tenha saído para trabalhar, pela maneira como ele deixa que eu circule livremente pela casa. Encontro o banheiro e começo a mijar, enquanto vasculho as prateleiras, empilhadas com toalhas limpas e felpudas. Lá em casa, compartilhamos as mesmas, puídas e rasgadas, lavadas no máximo duas vezes por mês. Quando termino de escovar os dentes, volto para o quarto, mas Thomas não está mais lá.

Sigo o som do tinido de talheres até a cozinha, parando uma vez para conferir todas as fotos na parede. Há uma com Thomas criança, jogando basquete, com as mesmas sobrancelhas malucas. A cozinha tem o dobro do tamanho da minha. Há panelas e frigideiras vermelhas penduradas na parede, e elas parecem impecáveis. Há uma pequena TV sobre a geladeira, e Thomas ligou no noticiário, como um adulto, mas não está escutando, porque está no telefone.

– ... posso mandá-los de volta para você pelo correio – diz ele, servindo dois potes de cereal Corn Bran e me entregando um. – Não, Sara, acho que é cedo demais para nos encontrarmos... Olha, eu... – Ele olha para o telefone, depois o pousa sobre a bancada. – Ela desligou.

– Está tudo bem?

– Ela quer todas as cartas e cartões que escreveu para mim. Não sei... Ela espera que eu os releia ou algo assim, e sinta saudades. – Ele se senta de frente para mim, depois dá de ombros. – Enfim, deixa isso para lá. Lamento informar, mas este era o único cereal que eu tinha. Acabei com o Lucky Charms outra noite, mas temos biscoitos e marshmallows. E um coelhinho de chocolate que sobrou da Páscoa, que podemos usar. Espero que isso seja tranquilo.

A última vez em que me sentei para comer uma refeição em uma cozinha foi na casa dos meus avós, e os dois já morreram. Apesar disso, salto do meu banco e esmigalho alguns Chips Ahoy sobre o cereal, e Thomas abre um sorriso enorme para mim.

☺ ☺ ☺ ☺

DEPOIS DO CAFÉ DA MANHÃ, saímos para a rua, caminhando sem rumo. Na verdade, estamos nos afastando do meu quarteirão.

– E aí, quem são seus amigos por aqui? – pergunto.

– Você – diz Thomas. – E acho que Baby Freddy e Dave Magro até que gostam de mim.

– Não, no seu quarteirão.

– Sim, eu entendi. É constrangedor. Meu único amigo aqui é o sr. Isaacs, do primeiro andar. Ele adora gatos e é obcecado por fábricas. – Ele dá de ombros. – Precisei esquecer meus amigos, depois que eles vacilaram comigo.

Fico um pouco nervoso, mas preciso perguntar.

– O que eles fizeram?

– Depois do que meu pai fez no meu aniversário, parei de querer comemorar, mas, no ano passado, meu amigo Victor não parava de me ligar. Ele ia organizar uma festa, com uma noite de jogos de tabuleiro e bebidas. Eu estava pronto para ir para a casa do Victor, mas ele me ligou e cancelou no último minuto para ir a um show com nossos amigos. Pensei que isso fosse parte de uma surpresa maior. Mas meu telefone não tocou mais depois disso. Fiquei deprimido demais para beber sozinho, então fiquei meio que sentado no meu quarto, sem fazer nada. Eles não me trouxeram nem uma camiseta de volta do show.

Nem conheço o Victor, mas já sei que ele é um escroto.

— Você não precisa de babacas como ele na sua vida, de qualquer maneira. Ele só atrasam você.

Thomas para de andar e me vira até eu encará-lo, depois diz:
— É isso que gosto em você, Comprido. Você se importa com o que acontece com você. Todos os outros parecem resignados em crescer e se tornarem ninguéns, presos a este lugar. Eles não sonham. Não pensam no futuro.

Preciso desviar os olhos, porque todo esse papo sobre o futuro mexe comigo. Massageio minha cicatriz.

— É aí que você se engana — digo. Talvez eu devesse dar meia-volta e retornar para casa, para não gastar o tempo dele. — Pensei que a morte fosse uma estratégia de saída com um final feliz. Agradeço tudo o que você falou, mas...

— Mas nada. — Thomas agarra meu punho. — Todos cometemos erros. Todo trabalho ruim que começo é um erro, mas também é um passo na direção certa. Pelo menos, é um passo para longe do erro. Você nunca mais faria isso a si mesmo, não é? — Ele me encara, forçando-me a encontrar seus olhos.

— Nunca.

Thomas me solta e continua a andar.

— Só isso já faz com que você seja diferente.

Continuamos a descer a quadra em silêncio, até que uma jovem com uma placa de protesto passa por nós, andando na direção oposta.

LETEO ESTÁ AQUI HOJE, MAS PRECISA SER ESQUECIDO AMANHÃ

Corro atrás dela, e Thomas me segue.
— Com licença, com licença. Perdão. Qual é a desta placa?
— Uma menina sofreu morte cerebral por causa do Leteo — responde a mulher. Seu tom é solene e os olhos, inexpressivos.
— Já é a quarta vítima esta semana. Nós vamos protestar, para fechar esse lugar. — A mulher soa orgulhosa e arrogante. Ela tam-

bém deve pertencer àqueles malucos da PETA que jogam sangue falso em velhinhas vestindo casacos de pele.

— Nós?

A mulher não responde. Thomas e eu trocamos olhares. Nós a seguimos. Quanto mais nos aproximamos da 168th Street, mais ouvimos uma multidão escondida pelos prédios. Há carros de polícia bloqueando a rua, mas as sirenes não conseguem afastar as pessoas. Viramos a esquina, e a rua está lotada como em um desfile de feriado, mas, em vez dos balões em forma de personagens no ar, há placas de protesto sendo levantadas.

10
UM PROTESTO INESQUECÍVEL

Já vi fotos do Instituto Leteo do Bronx, mas os manifestantes insatisfeitos dão um toque a mais quando vejo o lugar de perto. Pensei que o instituto teria um visual mais futurista, como a Apple Store de Manhattan, mas, para falar a verdade, até o Museu de História Natural parece mais moderno do que o Leteo. O edifício tem quatro andares, com paredes feitas de tijolos cinza.

Com seu número de vítimas, o Leteo está ganhando a fama de ser um verdadeiro necrotério. Ainda acho estranho que hospitais não incitem esse tipo de reação, já que são culpados por mais casos de negligência médica do que o instituto. Talvez seja porque o Leteo é o tipo de coisa que só deveria existir em antigos programas de ficção científica, e esse tipo de avanço assusta as pessoas.

Um homem careca nos deixa a par dos detalhes sobre a cirurgia fracassada mais recente. Parece que uma menina esquizofrênica com vinte e poucos anos decidiu participar do procedimento, para apagar da mente os personagens imaginários que a assombravam desde a juventude. Mas ela nunca mais acordou, e esteve muito perto de morrer, só que não o bastante. Representantes do instituto ainda não se pronunciaram com qualquer informação adicional sobre o coma da menina.

Uma mulher de cabelos encaracolados e um homem mais velho estão tentando atravessar a multidão, sem sucesso. Os dois carregam cartazes:

> SEM MILAGRES PARA CRIMINOSOS
> O LUTO É NATURAL. A CULPA É MERECIDA.

Isso não combina com esse negócio de morte cerebral.
– Vocês fizeram um favor a um criminoso! – grita o homem mais velho sobre a multidão, como se alguém do Leteo estivesse ouvindo pessoalmente as reclamações dele. – Qual é o próximo passo, salvar alguns terroristas?
– Com licença, senhor – diz Thomas. – Qual é a dos cartazes?
É a mulher quem nos responde.
– Estamos aqui para protestar contra o acidente de carro, é claro.
– Não sabemos sobre o que você está falando – digo.
Ela acotovela o homem.
– Harold, conte para estes garotos sobre o acidente. Você sabe contar melhor do que eu.
– Vocês jovens deveriam sair dos celulares e assistir ao noticiário – diz Harold. Olho para Thomas, que abre um sorriso debochado. – Há alguns meses, um idiota bateu com o carro e matou a mulher e o filho de quatro anos. Por algum motivo bizarro, os arruaceiros do Leteo concordaram em apagar a memória das existências da mulher e do filho dele, depois que ele tentou se matar na cadeia.
– Por que ele desejaria esquecer a família? – pergunto.
– Por culpa – diz Harold. – Segundo o Leteo, ele consegue lidar melhor com suas funções na cadeia quando acredita que matou estranhos. Eu e Maggie achamos que isso é babosseira. A culpa é *dele*, e ele precisa sentir.
– É certamente pior do que um caso de atropelamento e fuga – diz Maggie. – Eles enxergam todos nós como clientes, e não

pacientes. Existe uma diferença enorme. – Ela vira as costas e levanta o cartaz o mais alto possível, gritando: – Sem milagres para criminosos! Sem milagres para criminosos!

A polícia abre caminho correndo entre a multidão, tentando chegar na entrada do instituto. Thomas me puxa para trás, para não sermos atingidos por nada disso. Viro-me uma última vez, esbarrando em várias pessoas, e vejo uma criança nos ombros de um homem levantando uma placa que diz "ABAIXO A TÁBULA RASA". A criança certamente não tem a menor ideia do que isso significa, mas, se alguém tirar uma foto da cena, ela provavelmente irá viralizar na internet.

Do outro lado da multidão, há apoiadores do Leteo. Deve haver apenas um quarto do número de manifestantes, mas eles estão aqui. Devem ser amigos e parentes de esquecedores, que valorizam o fato de que o Leteo repara vidas. Meio que espero que os pais de Kyle estejam lá, mas não consigo imaginar que tipo de cartaz eles estariam levantando. Talvez algo como "OBRIGADO POR FAZER MEU FILHO SE ESQUECER DO IRMÃO GÊMEO. ELE SEMPRE QUIS SER FILHO ÚNICO". Não, se eles estivessem aqui provavelmente estariam dentro do Leteo para também esquecerem o Kenneth; eu faria isso, se tivesse que viver com alguém com o mesmo rosto e risada dele.

Thomas finalmente me solta quando alcançamos a esquina, mas paramos para ver os manifestantes começarem a cantar:

– Jamais esquecer! Jamais esquecer!

☺ ☺ ☺ ☺

– EU COSTUMAVA PENSAR que o procedimento era o golpe mais duvidoso do mundo – digo a Thomas enquanto caminhamos de volta para casa, mantendo a voz baixa ao passarmos por um ponto de ônibus lotado, como se o país inteiro já não soubesse do Leteo. Há três filiais do instituto em Nova York: uma aqui no Bronx, outra em Long Island e uma terceira em Manhattan. Será que os protestos também estão acontecendo no Arizona ou no Texas, na Califórnia ou na Flórida? – Sei de uma pessoa que passou pelo procedimento. Não o conheço mais. Quer dizer, eu o conheço, mas ele está diferente agora, sabe.

– Espera aí, como assim?

– Kyle, um garoto que conheço desde criança. O irmão gêmeo dele foi assassinado e foi meio que culpa dele, então ele se esqueceu da existência do Kenneth para conseguir sobreviver. Espero que esteja bem, e não esteja tendo nenhuma reação adversa tardia – digo.

– Você não o vê mais?

– Não. A família dele se mudou antes de ele passar pelo procedimento. Não sei nem para onde eles foram. De alguma maneira, a mãe de Baby Freddy descobriu tudo sobre o procedimento, e, dentro de vinte e quatro horas, todo o nosso quarteirão já sabia. Teria sido impossível impedir que todos os seus conhecidos perguntassem sobre o gêmeo dele, então fazia sentido ir embora.

Kyle e Kenneth, os gêmeos Lake. Não nos lembramos deles tanto quanto deveríamos. Em cada geração do meu quarteirão, um grupo de amigos perde um integrante. Benton, um dos Moleques Grandes, pedalou bêbado até o meio dos carros há alguns anos. Não sei maiores detalhes sobre esse caso mais recente, mas acho que Kenneth se sacrificou pela nossa galera. O mínimo que poderíamos fazer é lembrar dele, merda, especialmente porque Kyle não pode mais fazer isso.

Meu coração está disparando só em pensar nisso, como acontece sempre que sou o último a ser pego em um jogo de perseguição.

– Você faria isso? O procedimento? – pergunto.

– Não tenho nada para esquecer, e nem faria, mesmo que tivesse – diz Thomas. – Todos têm um papel para cumprir, até os pais que mentem e abandonam os filhos. O tempo cura toda essa dor, e, por isso, se alguém falha com você, tudo ficará bem um dia. E você?

– Vendo as coisas dessa maneira, também não tenho nada que gostaria que fosse apagado – digo. – Bem, talvez palhaços. Eu poderia passar sem lembranças de circos.

– Os médicos deveriam se dedicar a apagar os palhaços. E ponto final.

11
TROCA ENTRE AMIGOS

Tenho feito horas extras no Good Food's porque minha mãe não está se sentindo bem. Ela faltou dois dias de trabalho, e isso realmente nos prejudicará. Mohad até confiou em mim o bastante para pedir que eu fechasse a loja ontem à noite, e é claro que todos os meus amigos queriam se trancar lá dentro e fazer uma festa com todas as cervejas, cigarros e lanches disponíveis. A última coisa da qual minha família precisa agora é eu ser preso, ou processado.

Este é o meu primeiro dia de folga desde que assisti ao protesto contra o Leteo com Thomas, da última vez que o vi. Daqui a pouco, vou encontrá-lo, mas agora estou de bobeira com Brendan e Baby Freddy em uma escadaria. Em um dos degraus, Brendan está enrolando um pouco de maconha sobre papéis milimetrados e contas vencidas.

– Pensei que seus clientes fizessem isso sozinhos.

– Não são para os clientes – diz Brendan, lambendo a ponta do baseado que acabou de apertar. – Estou diversificando meus negócios. Trabalharei em algumas esquinas e faculdades, e, se eu mesmo apertar os baseados, eles não notarão que estão levando vinte por cento a menos do que estão pagando.

– Meu chefe está procurando outro lavador de louças – diz Baby Freddy. – Caso você queira parar de traficar.

– Lavar louças é para latinos como você e Dave Magro. Estou fora.

– Você é quem sabe. Pode me dar um de graça?

– Não, mas te dou cinquenta por cento de desconto. – Brendan é esperto. Já vi Baby Freddy tentando fumar, e isso seria um desperdício de bagulho que ele poderia estar usando para enganar outras pessoas.

– Kenneth gostava de fumar – digo.

Brendan olha para mim.

– Pena que o irmão de Kenneth comeu a irmã do cara errado. De um cara com uma arma.

Baby Freddy o ignora.

– Ele adorava fingir que era o Kyle, apesar de o Kyle odiar isso.

– Talvez esse tenha sido o verdadeiro motivo que levou Kyle a se esquecer do irmão – diz Brendan, acendendo o baseado que acabou de apertar e puxando fundo. – Ótimo, agora você me forçou a fumar o bagulho de outra pessoa. – Ele joga todos os baseados em um saquinho Ziploc, depois joga o resto da maconha lá dentro. – Vamos começar um jogo. Estou com vontade de correr.

– Na verdade, vou encontrar Thomas daqui a pouco. Mas topo quando eu voltar.

– Beleza, então – diz Brendan.

Deixamos a escadaria e o segurança nos avista com saquinho plástico de Brendan. Ele nos chama de delinquentes, mas não faz nada. Baby Freddy me diz que nos veremos mais tarde. Brendan nem para de andar.

Eu realmente deveria ter deixado as memórias de Kenneth e Kyle mortas e enterradas.

☺ ☺ ☺ ☺

– O QUE DEVEMOS FAZER?
– Tem uma coisa que faço com Genevieve...
– Se você está pensando o que acho que está pensando, eu estou fora – diz Thomas, com um tapinha nas minhas costas.
– Muito engraçado. Não, isso também não soará muito bem, mas fazemos Trocas Entre Namorados.
– Vocês saem com outros casais e trocam de namoradas, ou algo assim?
– Não. Meu Deus, por que ninguém entende isso? – Odeio repetir as coisas mais do que qualquer outra coisa no universo, mas explico para ele o que é uma Troca Entre Namorados, esperando que possamos fazer algo igualmente divertido, mas sem viadagem. – Pensei que poderíamos fazer uma Troca Entre Namorados ao Contrário, sem chamar isso de Troca Entre Namorados ao Contrário, ou de qualquer coisa que tenha a ver com namoro. Mas você poderia me levar para algum lugar que tenha importância pessoal para você, e eu faço o mesmo.
– Parece maneiro. O telhado não vale, porque já fomos lá. Deixe eu pensar um pouco. Você primeiro.

Vamos para a Comic Book Asylum. Tentei arrumar um emprego lá uma vez, mas eles disseram que preciso esperar até acabar a escola, por causa de alguma baboseira como as leis trabalhistas ou algo assim, não lembro muito bem. Não consigo imaginar um lugar mais maneiro para trabalhar.

– Este é o lugar mais foda do mundo – digo ao chegarmos. – Quer dizer, olha a porra desta porta. Ela não é a porta mais foda que você já viu na vida?

– Sim, é a porta mais foda que já vi na vida – repete Thomas.

– Você fala muito palavrão.

– É verdade. Minha mãe costumava ficar puta quando o motorista do ônibus da escola contava para ela que eu e Brendan estávamos falando palavrões, mas, uma vez por ano, ela organizava campeonatos de soletração para mim e meu irmão, tarde da noite, usando apenas palavrões. Acho que era a maneira dela de nos ajudar a colocar isso para fora de uma vez.

Thomas solta uma risada.

– Sua mãe é maneira para c-a-r-a-l-h-o.

Ele vai direto para o armário de capas e experimenta tanto a capa do Superman quanto a do Batman, citando diálogos de cada filme. ("KRYPTON JÁ TEVE SUA CHANCE!" e "JURE PARA MIM!") Ele me segue até a gôndola de descontos, pega uma revista e diz:

– Odeio como os super-heróis podem ter vinte anos de idade durante trinta anos, só para que os artistas não precisem criar novos personagens. É muita preguiça.

Alguns geeks de quadrinhos da pesada se viram e o encaram. Fico um pouco preocupado que eles tentem nos matar.

– Não sei. Pelo menos essas máquinas de fazer dinheiro garantem que eles terminem suas revistas. A minha revista em quadrinhos...

– Você tem uma revista em quadrinhos?

– Não à venda.

– Onde está ela?

– Não está aqui.

– Posso ler?

– Eu ainda não acabei.

– E daí?

– Ela não é muito boa.

– E daí? Comprido, deixei você usar o meu telhado para o aniversário da sua namorada. Você me deve uma.

– Pensei que eu fosse te ajudar a descobrir quem você é.

– Só me deixe ler a sua revista.

– Está bem. Em breve.

Penso sobre a página onde parei, com o Guardião do Sol em dúvida entre salvar a namorada ou o melhor amigo de se tornarem comida de dragão. Se alguém me obrigasse a escolher entre Genevieve e Thomas, eu provavelmente preferiria mergulhar de cabeça na boca do dragão. Estou prestes a falar para ele que não tenho desenhado muito desde a morte do meu pai, mas levanto os olhos e vejo Collin, da escola, e ele também me vê.

Me sinto um bosta. Não o apoiei muito quando ele me contou que havia engravidado Nicole. Mas, bem, sexo é uma coisa bem básica: usar camisinha significa menos chances de ter um bebê, e não usar camisinha costuma resultar em um bebê. E eu não deveria ter que me sentir como um babaca só porque ele não pensou direito em embrulhar o pau. Sinto-me obrigado a falar alguma coisa com ele, apesar de acreditar piamente que, um dia, todos no universo deixarão de papo furado (e, tipo, poderemos apenas acenar educadamente uns para os outros, em vez de gastar nossas vidas curtas com conversas sem sentido).

Aproximo-me de Collin. Ele cheira a perfume barato, tipo aqueles que são vendidos em farmácias.

– E aí? Como anda o seu verão? Estamos sentindo sua falta no pátio, cara. – Isso é meio que uma mentira, porque ele sempre achou que perseguição era uma brincadeira infantil. Não que ele estivesse errado, mas nunca tirou onda no jogo, como nós. Ele preferia esportes, especialmente basquete.

Os olhos do Collin estão vermelhos. Ele não parece chapado, mas parece muito com a maneira que eu fico quando estou completamente exausto e frustrado, ou segurando muito a raiva. Não posso culpá-lo, já que fiquei sabendo que ele está com dois trabalhos, para pagar pelo bebê que provavelmente não queria, e para o qual certamente não está pronto. A última coisa que eu deveria ter feito é lembrá-lo de toda a diversão que está perdendo. Ele está segurando o sexto volume de *Os substitutos sombrios*, aquela série que nunca comecei a ler de verdade. Já tenho a minha dose de mágica com *Scorpius Hawthorne*.

Collin não responde, então pergunto:

– Está gostando dessa série?

– Por favor, me deixa em paz – diz ele, sem olhar para mim. – É sério. Vaza.

Antes que eu consiga me desculpar, ele joga a revista no chão e sai da loja, meio andando, meio correndo.

Eu me viro. Thomas está vestindo a capa do Superman de novo.

— Você viu aquilo?
— Não. Não me diga que perdi alguém lançando teias das mãos.
— Não, o Homem-Aranha lança teias dos punhos, não das mãos — eu o corrijo. (É uma diferença muito importante.) — Aquele babaca costumava ser da minha escola, e ele acabou de me ignorar.
— Qual é a história dele?
— Ele fez sexo sem camisinha e agora está esperando um bebê. Fim.
— Ele deve estar estressado. — Thomas vê mais algumas coisas na loja, depois bate na lareira. — Você escolheu um lugar bem maneiro.
— Valeu. Estou pronto para partir, assim que você tiver escolhido um lugar.
— Já decidi. Espero que esteja disposto a correr um pouco — diz ele, caminhando até a porta.
— Thomas?
— Que foi?
— Que tal devolver a capa para a loja?

☺ ☺ ☺ ☺

ESTAMOS NA PISTA DE ATLETISMO da escola dele.

O portão está escancarado, e parece que a pista é aberta para o público durante todo o verão. Há seis pessoas correndo na pista agora; duas delas estão ouvindo música, mas as outras são obrigadas a ouvir os trens das 2 e das 5 passando por perto. Como é uma pista de escola, ela também é usada para outros esportes, como futebol e futebol americano. Há um ventinho agradável aqui, e é exatamente o tipo de lugar para vir quando a vida está sufocante.

— Você faz parte da equipe de atletismo?
— Eu tentei, mas não era rápido o suficiente — diz Thomas. — Mas aposto que sou mais rápido do que você.
— Até parece. Já vi você correndo durante o jogo de perseguição.

– Há uma diferença entre correr e ser perseguido.
– Para mim, não. Sempre fico na frente.
– Quem perder é obrigado a comprar sorvete para o vencedor.

Inventamos nossas próprias linhas de partida e chegada, e nos agachamos como profissionais.

– Eu quero de pistache – digo. – Só para você saber.
Três.
Dois.
Um.
JÁ!

Thomas assume a dianteira, botando toda a velocidade nestes primeiros segundos. Sei que preciso ser rápido, mas também monitorar o meu ritmo. Depois de cerca de dez segundos, ele já começa a desacelerar o passo. Thomas pode estar a um mês ou dois de ter um abdômen definido, mas tenho disputado corridas de revezamento com Brendan desde a nossa infância. Meus pés se chocam contra a borracha pressurizada, e meus tênis estão apertados demais, mas corro, corro, corro, até ultrapassá-lo, e não paro até saltar sobre a garrafa d'água velha que usamos para marcar a linha de chegada. Thomas nem termina; ele apenas desaba na grama.

Salto para cima e para baixo, até minha caixa torácica começar a doer.

– Eu te esculachei!
– Você roubou – diz Thomas, arquejando e tentando recuperar o fôlego. – Você tem uma vantagem de peso. Pernas mais longas.
– Nossa. Isso vai entrar para o Hall da Fama das Idiotices. – Desabo ao lado dele, de cara no chão, e a grama mancha minha calça jeans na parte do joelho. – Que tal, da próxima vez, não escolher um lugar onde você será humilhado? Aliás, por que escolheu este lugar?
– Estou acostumado a desistir das coisas...
– Sério? – Soco o ombro dele.
Ele me soca de volta.

– Sim, é sério. Mas este lugar rejeitou a minha tentativa de me tornar algo, e foi a primeira vez que isso aconteceu.

– Valeu por fazer eu me sentir culpado por provar quanto você é lento.

– Não é nada. Não estou exatamente empenhado em correr, mas, pelo menos, aprendi que não podemos sempre escolher quem queremos ser. Às vezes, somos rápidos o bastante para participar da equipe de atletismo. Às vezes, não somos. – Ele leva as mãos à nuca, ainda recuperando o fôlego. – De qualquer maneira, é um lugar tranquilo para apenas lembrar-se das coisas e pensar um pouco, sabe?

Sei muito bem.

Não compramos sorvete. Esperamos até as nossas caixas torácicas pararem de doer, contando os trens que passam acima, depois subimos e descemos correndo as arquibancadas, até desabarmos de novo na grama.

☺ ☺ ☺ ☺

QUANDO VOLTO PARA O MEU QUARTEIRÃO, meus amigos estão sentados ao redor de uma mesa de piquenique marrom, cercados por suas bicicletas. Quando éramos mais novos, jogávamos Tubarão aqui. O jogo começa com uma pessoa (o tubarão) tentando arrastar as outras da mesa (o bote) pelos tornozelos. Quando a pessoa é arrancada da mesa, torna-se um tubarão também. Às vezes, quando havia tubarões demais, alguns jogadores apenas montavam nas suas bicicletas e circundavam os sobreviventes de maneira ameaçadora.

– Ei. Estão a fim de jogar perseguição? – Estou bem cansado da corrida, mas, se conseguir encontrar um bom esconderijo, isso não importará.

– Acho que vamos andar de bicicleta – diz Nolan.

– Já jogamos perseguição – diz Deon.

– E já fumamos também – diz Dave Magro, rindo.

– Vou subir e buscar meus patins – digo, virando para correr até meu apartamento, mas Nolan me detém.

– É só bicicletas, cara.

Olho para Brendan. Não sei por que esperava que ele me defendesse, mas isso foi burrice. Ele ainda está claramente puto porque puxei o assunto sobre Kenneth e Kyle. Ele obviamente contou para todo mundo sobre isso.

– Tudo bem. Vou para casa ler *Scorpius Hawthorne*, ou...

Eles não me esperam terminar de falar. Montam em suas bicicletas e pedalam para longe de mim.

12
BRIGAS E FOGOS DE ARTIFÍCIO

Sim, Brendan demorou três dias inteiros para superar seu chilique. Se ele esperasse mais um dia, teria sido seu rancor mais longo desde que tínhamos quatorze anos, quando ele ficou louco porque não o escolhi como minha dupla para um torneio de jogos na Third Avenue. Brendan pensa basicamente que quem não está com ele, está contra ele. Isso é ridículo, mas tanto faz. Ainda bem que ele resolveu crescer a tempo para que eu pudesse sair correndo da Yolanda's Pizzeria com ele e o resto da galera.

Eu-Doidão está brigando com um cara de vinte e poucos anos no meio da rua.

Eu tinha nove anos quando me envolvi na minha primeira porrada com alguém sem ser meu irmão. Eu nem sabia cerrar os punhos direito, então Brendan teve que me ajudar. Toda vez que o moleque, Larry, me batia, eu corria de volta para o Brendan e ele fechava meus punhos para mim, até que não aguentei mais apanhar.

É, perdi minha primeira briga, por um apito de plástico, para um moleque chamado Larry.

Mas aprender a cerrar os punhos me ajudou em uma luta mais tarde contra Nolan. Estávamos todos brincando de luta greco-romana, e ele me bateu forte demais contra o tapete. Fiquei puto e soquei o queixo dele. Perdi de novo, mas consegui dar alguns bons golpes antes de o Brendan separar a briga.

Ninguém está separando a briga do Eu-Doidão, e, bem, o Filho da Puta Idiota pediu por isto. É disso que estou chamando ele, porque você precisaria ser um filho da puta idiota para se meter em uma briga com o Eu-Doidão. É verdade: Eu-Doidão esbarrou no cara na pizzaria e não se desculpou. Mas o Filho da Puta Idiota não o deveria ter chamado de "sem-teto inútil" só porque o Eu-Doidão tem um problema sério de acne, dentes amarelados e fede como alguém que não toma banho há uma semana. Claro, não havia como o Filho da Puta Idiota saber que a expressão "sem-teto" é o ponto fraco do Eu-Doidão, porque a família dele já foi despejada duas vezes. Mas que isto sirva de lição para qualquer um, que nunca é uma boa ideia mexer com alguém cujo futuro parece ser a prisão.

Então, Eu-Doidão atingiu o rosto do Filho da Puta Idiota com a própria bandeja de comida, depois o arrastou até a rua a pedido do proprietário do estabelecimento.

O nariz do Filho da Puta Idiota está sangrando, mas não é por causa da bandeja... Não, é porque Eu-Doidão bateu com o rosto do pobre coitado contra uma placa que diz "NA COMPRA DE TRÊS FATIAS, LEVE UMA BEBIDA GRÁTIS".

– Alguém deveria separar essa briga – diz Thomas, com uma urgência que nunca ouvi de nenhum dos meus amigos.

– Ele mereceu – diz Dave Magro. Ele está quicando no chão, como se precisasse mijar, e sei que é porque tem o hábito de segurar o xixi para dar uma grande mijada mais tarde, em uma escadaria qualquer. Ele é um moleque estranho.

– Ninguém merece *aquilo* – diz Thomas, depois de Eu-Doidão socar o saco do Filho da Puta Idiota repetidas vezes.

Quer dizer, ele tem razão.

Os carros na rua param e começam a buzinar; alguns motoristas saem para gritar com Eu-Doidão, outros assistem à briga. Sorte a desse cara que estamos perto de um hospital, porque, cacete, tenho certeza de que ele nunca levou uma surra tão grande quanto está levando hoje. Eu-Doidão lança o Filho da Puta Idiota contra um carro estacionado, mas antes que consiga dar com a cabeça dele contra a janela, ouvimos sirenes de polícia.

– Partiu! Partiu!
– Corram, seus merdas!

Apesar de nunca termos tocado no Filho da Puta Idiota, também não tentamos apartar a briga. Os policiais nunca encontrarão Eu-Doidão depois que ele tiver se escondido, e nenhum de nós quer se encontrar em uma situação em que seremos forçados a escolher entre ir para a cadeia ou entregar a identidade do Eu--Doidão, então corremos. Thomas me segue, e corre muito mais rápido do que na nossa corrida, há três dias. Eu o guio até a garagem, onde nos escondemos atrás de um Mazda prateado.

– Você faz isso sempre? – pergunta Thomas.
– Não muito. – Ele visivelmente não curte o fato de a gente brigar, então evito revelar para ele que, às vezes, corremos até outros conjuntos habitacionais para que os policiais procurem o suspeito (que é quase sempre o Eu-Doidão) lá, e não no nosso quarteirão. – Em quantas brigas você já se meteu?
– Só uma – diz Thomas.
– Como isso é possível? – Até Baby Freddy já se meteu em mais de uma briga, e ele é um viadinho.
– Não saio por aí arrumando confusão.
– Eu também não, mas preciso revidar quando alguém me ataca. Não é? – Tenho sido exposto a brigas durante toda a minha vida, e nunca parei para pensar que havia alternativas para apanhar. Mas gosto dessa ideia de que Thomas nunca tenha precisado que alguém o ensinasse a cerrar os punhos, e não consigo evitar sentir que estamos fazendo algo de errado por sempre apelar para os nossos.
– É, definitivamente não quero que você apanhe até a morte, mas foi meio caído ver que você nem se importou ao ver alguém

levando uma surra – diz Thomas, e isso é um golpe que faz com que eu me sinta como alguém que joga fora sanduíches inteiros na frente de uma família sem-teto. Mas também faz com que eu sinta que alguém se importa comigo o bastante para se pronunciar, independente de como irei reagir.

– Acho que meu medo do Eu-Doidão não é exatamente uma desculpa, não é?

– É uma desculpa ótima, na verdade.

Nunca mais olharei para o meu histórico de brigas como feridas de guerra, das quais devo me orgulhar. Sério, quem sou eu, algum tipo de supervilão que vive de destruição, como Hitler ou Megatron? Posso atingir o meu final feliz sem que o circo pegue fogo.

– Será que já podemos ir conferir se a ambulância chegou para ajudá-lo?

Thomas se levanta e me oferece a mão, como fez no meio dos jatos d'água na semana passada. Fico nervoso com o que encontraremos quando deixarmos a garagem.

☺ ☺ ☺ ☺

PELO QUE DÁ PARA VER, o Filho da Puta Idiota está bem. Com certeza, alguns dos nossos vizinhos também testemunharam a briga, e provavelmente até torceram de suas janelas. Mas se foram interrogados sobre a identidade do Eu-Doidão, eles provavelmente mentiram para se protegerem. Independente de ser ou não um psicopata, ele é um dos nossos, e estamos presos a ele como um gêmeo siamês que pode matar alguém na nossa frente um dia. Ele pode até acabar matando a gente.

Mas isso aconteceu há dois dias. Hoje é Quatro de Julho, Dia da Independência dos Estados Unidos, então toda a nossa atenção está voltada para um dia de fogos de artifício. Brendan gastou cinco pratas em estalinhos e jogou todos cuidadosamente dentro de um velho balde de pipoca. Depois, subiu na sacada, e eu fiquei no térreo, perto da mesa de piquenique, para fazer o sinal quando fosse a hora de jogá-los. Tentamos fazer esse trote no ano passado, mas Brendan derrubou todos os estalinhos, como um babaca, e nenhum de nós dois teve dinheiro para encher o balde de novo. Baby Freddy sai do Good Food's. Chuto o muro com as mãos nos bolsos. Brendan vira o balde, e todos os estalinhos desabam no chão; a explosão de pequenas faíscas e estalos ensurdecedores faz com que Baby Freddy quase cague nas calças. Faço um *high five* no ar para Brendan, depois nos cumprimentamos de verdade, ao nos juntarmos de novo.

– Um dia, serei rico e famoso, e nunca mais voltarei aqui para ver como vocês estão, seus babacas – diz Baby Freddy. Ele tem só um ano a menos do que nós, mas realmente o sacaneamos como se fosse nosso irmãozinho.

– Se continuar carregando esse apelido pelo resto da vida, eu duvido muito – digo.

– Aposto qualquer coisa que consigo. Tenho fé.

– A fé não passa de arrogância disfarçada por Deus – diz Dave Magro. É exatamente o tipo de coisa que espero ouvir de um maconheiro.

Eu-Doidão saca alguns fogos de artifício do bolso (o que, podemos concordar, é extremamente perigoso) e ameaça Baby Freddy com eles.

– Deixe eu ver isso – digo para Eu-Doidão, entrando na frente de Baby Freddy. Prometi a mim mesmo que não ficaria mais indiferente quando a vida de alguém estiver em perigo. Não sei o que Eu-Doidão teve que fazer para convencer alguém a vender fogos de artifício para ele.

– Acha que podemos usar o telhado de Thomas para disparar esses fogos? – pergunta Baby Freddy. – Nossos fogos voarão mais alto do que qualquer outro.

Convidei todos eles para a festa de Thomas no telhado, no dia nove, e, se eles não forem, não será uma festa propriamente dita, porque Thomas não parece ter amigo algum além da gente. Sem eles, seria apenas ele, Genevieve e eu.

— Os vizinhos dele estarão no telhado também — digo. Acho que todos os telhados estão proibidos, desde que Dave Magro, mais chapado do que um maconheiro na lua, quase estourou a janela de alguém com um fogo de artifício no ano passado.

Decidimos que é melhor soltar os fogos do térreo mesmo, e começamos a montar as coisas. Dave Gordo roubou o acendedor de fogão da mãe; ele acende o primeiro rojão, enquanto ainda estamos perigosamente perto dele. Por sorte, ele dispara para o céu, estourando em explosões amarelas algum lugar acima do vigésimo sétimo andar do edifício de Dave Magro.

Relaxamos, comendo rosquinhas de mel e bebendo ice tea Arizona, enquanto Dave Gordo dispara mais fogos de artifício, que zunem e explodem no ar.

Thomas finalmente se junta a nós. Ele não fala nada, apenas pega uma rosquinha de mel e assiste ao espetáculo. Não o vejo desde a manhã de ontem, quando deixei a casa dele. Não dormimos nada aquela noite, e meu relógio biológico está completamente desregulado agora. Mas valeu a pena poder jogar forca na parede sobre a cama dele, e agir como espiões, andando nas pontas dos pés entre o quarto dele e a cozinha para esquentar Hot Pockets sem incomodar sua mãe.

Dave Gordo me oferece o acendedor. Queria muito que Genevieve estivesse aqui para segurar a minha mão agora. Sobraram quatro fogos de artifício, e escolho o pequeno e laranja, porque os outros três parecem explosivos, e seria uma merda se eles realmente fossem. Acendo o pavio, e o rojão dispara para o céu. Naquele instante, queria que minha existência fosse tão simples quanto ser aceso e explodir no céu.

13
SEM CORAÇÃO

Estou acompanhando Thomas no seu "Grande Sábado de Busca Por Emprego". As coisas não estão exatamente indo a seu favor. A mãe dele falou de um emprego como assistente em uma barbearia em Melrose, e, apesar de Thomas não estar muito a fim de varrer cachos de cabelo enquanto ouve os barbeiros contando histórias grosseiras sobre mulheres com quem dormiram, ele ficou chateado ao descobrir que a vaga já havia sido preenchida. E o pior é que havia um moleque metido limpando orgulhosamente uma navalha quando Thomas foi mandado embora. Depois, ele foi para um florista. Thomas imaginou que aquele seria um bom lugar meditativo para trabalhar, mas o florista ficou preocupado com o currículo inconstante dele. Assim como o padeiro, o cara da banca de frutas, o dono do estúdio de arte e, por último e talvez mais insultante, o cara de vinte anos que pensou que Thomas não conseguiria oferecer profundidade o bastante para o seu novo negócio.

Quer dizer, qualquer um que pense que é preciso profundidade para embrulhar presentes para o aniversário de um animal de estimação é um imbecil sem profundidade nenhuma.

– Foda-se tudo isso, Comprido – diz Thomas agora. Ele joga seus últimos currículos no lixo, cuspindo sobre eles, o que parece um pouco desnecessário, mas vou deixar ele aproveitar este momento.

— A verdade é que você não queria nenhum daqueles empregos — digo.

— É, mas e se algo incrível se apresentasse para mim ao tentar fazer algo que nunca pensaria em fazer?

— Há muitos outros trabalhos que você pode tentar arrumar. — Queria que Mohad estivesse contratando no Good Food's.

— Quem sabe não posso ser um limpador de piscinas?

— Ou um salva-vidas — digo. — Ou um professor de natação. Eu seria o primeiro aluno.

— Você não sabe nadar?

— Não. Nunca precisei aprender, mas até que teria sido bom saber no verão passado, quando quase me afoguei.

— Como diabos isso aconteceu?

— A água estava muito fria, e resolvi mergulhar no lado fundo, em vez de me torturar lentamente, começando na parte rasa — digo, carregado pelo pânico daquele dia, como uma corrente, antes de começar a rir um pouco. — Fui muito idiota, e pensei que fosse alto o bastante para ficar em pé a uma profundidade de mais de dois metros.

— Isso foi bem idiota, Comprido. O que pensou enquanto estava acontecendo?

— Pensei que queria desenhar uma história em quadrinhos com um herói poderoso, mas que não sabia nadar, e acabou se afogando.

— Não pensou na sua família e nos amigos? Na vida pós-morte? Que deveria ter feito aulas de natação na infância?

— Não.

— Você é muito sem coração — diz Thomas. — Essa cena de afogamento está na revista em quadrinhos que você mentiu que me deixaria ler?

— Não menti! Só fico adiando porque... Quer saber, vem comigo. — Não quero ser taxado de mentiroso, então vamos para meu apartamento. Procuro a revista em quadrinhos do Guardião do Sol, enquanto Thomas espera no corredor, e decido que não quero ler isto com ele no seu telhado. Deixo a revista sobre a cama e abro a porta.

– Entre – digo.

– Pensei que você não gostasse de receber visitas de amigos.

– Mudarei de ideia em cinco, quatro, três, dois... – Estendo o último segundo, porque Thomas percebeu que estou blefando. – Vamos logo, ou vou me sentir um idiota.

Thomas entra.

Observo seus olhos, enquanto ele analisa o apartamento. Fico imediatamente envergonhado pelo apartamento cheirar a roupa molhada, como Eu-Doidão disse uma vez. Não consigo mais notar o cheiro. Da primeira vez que Baby Freddy veio me visitar, ele procurou imediatamente o quarto (que não é muito difícil de achar) para tentar ver a cama na qual dormíamos todos juntos. Era um conceito muito estranho para alguém que tinha seu próprio quarto. Brendan não me julgou, graças a Deus. E Thomas também não está julgando. Ele passa pelos videogames do Eric, até a minha coleção de revistas em quadrinhos, antes de se virar para mim.

– Eu queria ter uma Batcaverna como a sua – diz ele.

– Cala a boca! Você tem seu próprio quarto.

– Quero trocar com você.

– Se você não se importar em compartilhar o quarto com Eric, eu topo.

Apertamos as mãos para selar o acordo.

Thomas pega a revista do Guardião do Sol e nos sentamos na minha cama, lendo-a juntos. É muito gratificante ver alguém rindo de piadas que eu havia duvidado que outra pessoa acharia engraçadas. Ele também fica impressionado com o painel em que o Guardião do Sol lança bolas de fogo contra o olho rubi do ciclope, que carrega duas espadas do tamanho de montanhas. Eu me esforcei para cacete para acertar este desenho. Ele chega no último quadrinho, onde o Guardião do Sol precisa decidir entre salvar a namorada ou o melhor amigo, depois olha para mim.

– *Spoiler?* – pergunta.

– Não sei o que ele vai fazer. – Dou de ombros. – Parei aí.

Thomas pensa por um instante, voltando a olhar para o painel.

– Talvez o GS consiga se dividir em dois de alguma maneira, como se acessasse um novo poder por causa da sua exposição ao reino celestial. Ele poderia salvar Amelia e Caldwell ao mesmo tempo, depois se dividir ainda mais. Sabe, para destruir o dragão, com todos disparando seus raios de sol ao mesmo tempo...

Thomas continua a história pelo que parecem ser mais uns dez minutos, e pego um caderno para desenhar um rascunho do lagarto com cauda de diamante que ele quer que eu inclua na história. Quando ele fala em dar ao lagarto o poder de mudar de forma, transformando-se em um velhinho com Alzheimer, que não consegue lembrar que era vilão, eu o interrompo e peço para ele me lembrar dessa ideia para o segundo volume.

Continuo escrevendo enquanto ele vai no banheiro mijar, mas, ao voltar, ele está diferente. Fico apavorado de ele ter visto algo vergonhoso, como o sutiã da minha mãe, ou talvez simplesmente notado o fedor do cesto de roupa suja. Seja o que for, ele não vai falar nada. Ele nunca faria nada para me deixar desconfortável, mas não se dá conta de que não posso apenas ignorar isso, então simplesmente pergunto o que mudou.

– O que aconteceu?

– A banheira – diz Thomas. – Ela me fez pensar... – Ele não precisa nem continuar. A imagem do pai de alguém se matando deixa as pessoas assim, qualquer pessoa. – Desculpe.

– Não precisa se desculpar.

– Quem o encontrou, Comprido?

– Minha mãe – respondo. – Não sei por que ele fez aquilo, Thomas. Minha mãe diz que ele nunca bateu muito bem, tipo, ele tinha um temperamento ruim ou algo assim, mas sinto que ele deveria ter uma outra vida que não conhecíamos, que o levou a fazer o que fez... – Encaro meu colo, tentando desesperadamente lembrar todas as coisas boas sobre meu pai, para não ficar puto e triste de novo. – Nem fomos para o funeral dele, porque, como a gente ia conseguir olhar para uma pessoa que queria escapar de nós? Thomas se senta ao meu lado e envolve os meus ombros no seu braço. Não falamos nada, pelo menos por alguns minutos, depois ele revela que ainda pensa em onde pode estar seu pai. Ele reconhece que a situação é diferente (meu pai cometer suicídio e o dele o abandonar, mas ainda estar vivo, provavelmente), mas, mesmo assim, não deixa de ser uma perda; isso mudou tudo para ele. Thomas não tem muitas lembranças boas do pai, exceto pela vez em que ele o levou para pescar, mas não consegue deixar de pensar em experiências que poderiam ter compartilhado, como aulas de direção, jogos de hóquei e conversas sobre sexo.

– Acha que estaremos ferrados sem nossos pais? – pergunto.

– Acho que estaremos ferrados se a gente ficar se perguntando *por que* eles nos abandonaram sem explicação, mas espero coisas melhores para nós – diz Thomas. – Bem, espero coisas melhores para você depois que eu tiver te ensinado a andar de bicicleta *e* nadar. Você vai me manter ocupado, Comprido.

Não consigo conter um sorriso. O braço dele continua sobre o meu ombro. Nenhum dos meus amigos me reconfortaria desta maneira. Isto até que é tipo, meio que, definitivamente diferente. Estou longe de ser sem coração, como Thomas disse de brincadeira. Ele também sabe disso.

14
PENSAMENTOS DE QUATRO DA MANHÃ

Genevieve chega amanhã.
Finalmente.
Ela pegará um táxi do aeroporto, e espera que eu esteja do lado de fora do prédio dela quando chegar. E claro que estarei lá. Não vejo minha namorada há três semanas e estou com muita saudade dela. Acho que é a ansiedade em vê-la que está me mantendo acordado muito tempo depois que todos já dormiram, até o Eric, que, por causa da dupla jornada de trabalho, está finalmente apagando uma hora depois de chegar em casa.
Sento-me e olho pela janela. Não há nada acontecendo lá fora.
Quero conversar sobre uma coisa, mas não é o tipo de papo que posso ter com qualquer um. Precisa ser a pessoa certa, mas essa pessoa certa é exatamente o motivo pelo qual preciso conversar. Decido desenhar, porque colocar os pensamentos no papel ajuda, de verdade.
Faço rascunhos rápidos de coisas diferentes que meus amigos gostam: Dave Gordo gosta de jogos de luta, em que ele pode fingir que é uma pessoa sarada; Baby Freddy ama baseball mais do que futebol americano, que é o que seu pai quer que ele jogue;

Brendan amava ser o filho de alguém, e não apenas o neto de alguém; Deon ama brigar; tudo de que Dave Magro precisa na vida é um baseado e uma escada onde possa mijar; a coisa que deixa Genevieve mais feliz é estar diante de uma tela, mesmo nos dias em que não consegue terminar suas pinturas; e, por fim, Thomas gosta de meninos.

Assim como ninguém jamais precisou me falar que Dave Magro gosta de fumar um, ou que Brendan está se afundando em um buraco negro de tráfico de drogas porque seus pais estão presos, não preciso que alguém, nem o próprio Thomas, me diga que ele é gay. Acho que talvez ele até goste de mim, o que não faz nenhum sentido, porque ele certamente conseguiria alguém melhor do que um moleque com o dente quebrado, que é hétero e comprometido.

A questão é que tenho medo do Thomas. Talvez meus amigos não liguem se ele um dia decidir nos contar, mas e se ligarem? E se não conseguirem aceitar que ele apenas se interessa naturalmente por outros caras, como Eu-Doidão e Deon gostam de brigar? E se eles enfiarem a porrada nele para tentar tirar do Thomas algo que simplesmente não pode ser tirado?

Arranco a página do meu caderno de desenhos.

Olho mais uma vez para o desenho de Thomas beijando um cara alto, depois amasso o papel.

PARTE DOIS:
UMA FELICIDADE DIFERENTE

1
O FELIZ ANIVERSÁRIO DELE

Estamos dentro do elevador, subindo para o apartamento de Genevieve, e carrego a bagagem dela com os braços. Ela está encostada em mim e diz:
— Você precisa ir no ano que vem. O instrutor me ensinou tanto sobre sombreamento, e você poderia usar isso para os seus quadrinhos e também...

A confiança dela no nosso futuro deveria me deixar tranquilo, e é um lembrete de que estou fazendo tudo certo. Poderíamos ficar presos neste elevador agora e eu não entraria em pânico, mesmo que ela insista em continuar tagarelando sobre acampamentos de arte, universidades e bairros para onde nos mudaremos e outros papos de adulto.

Ela entra no apartamento para se certificar de que o pai não está em casa antes de me convidar para entrar. Ela me atualiza sobre quem eram os amigos dela lá e sobre o quanto odiou mijar no mato um dia, durante uma longa caminhada, e depois me diz:
— Tenho uma surpresa.

Eu a sigo até seu quarto, e ela tira da mala uma pintura de uma tela de vinte e cinco por vinte e cinco centímetros.
Ela terminou alguma coisa.

É uma menina de cabelos escuros com binóculos prateados olhando para a janela do sótão de uma casa. Em vez de ver móveis velhos e esquecidos, ela vê um universo estrelado cercado pelos cantos do porão, e a constelação reluzente de um menino estendendo a mão para ela.

– Puta merda, adorei isso.

Sento-me, para admirar cada detalhe da pintura, mas ela a arranca das minhas mãos.

Genevieve pousa a pintura no chão e senta no meu colo. Depois, tira a minha camiseta, brinca com os pelinhos que estão crescendo no meu peito e corre a ponta do dedo pela minha mandíbula.

– Acho que sentir saudade de você foi o que me fez avançar. Nunca mais podemos passar tanto tempo longe. – Ela encosta a testa na minha.

– Também senti saudade de você – digo, e, apesar de olhá-la nos olhos, isso não parece mais tão certo. Quer dizer, realmente senti saudade dela, mais ou menos. Não tanto quanto deveria ter sentido, mas não parei de pensar nela, mais ou menos.

Eu a giro e a coloco sobre a cama. Saco uma camisinha do bolso da calça jeans e nós dois nos despimos. Não coloco a camisinha ainda, porque ainda não estou preparado. Estou me afobando demais. Ela me agarra e fecho os olhos, porque vê-la decepcionada faria com que eu desse cambalhota para fora da janela. As lembranças de Thomas tirando a camiseta, correndo entre os jatos d'água e fazendo flexões tomam conta de mim, e embora tente afastá-las da minha mente para me concentrar na minha linda namorada, de repente todos os meus sistemas entram em ação.

☺ ☺ ☺ ☺

THOMAS NÃO É GENEVIEVE, e Genevieve não é Thomas, e, por isso, esse pingue-pongue terrível na minha cabeça é um absurdo. Os dois cumprem funções muito diferentes na minha vida. Sei disso; juro que sei. Genevieve é a menina que amo, e de quem sempre sentirei mais saudade quando estivermos distantes. Thomas é apenas meu melhor amigo, em quem confio muito, mas que nunca arrancará segredos de mim que não posso contar para Genevieve. E daí que ela não correrá por arquibancadas comigo, ou contará os trens que passam? E daí que eu, às vezes, sinto o cheiro da colônia que Thomas usa em estranhos e relembro instantaneamente nossos passeios?

Se eu estivesse diante da decisão do Guardião do Sol, entre salvar a namorada ou o melhor amigo de um dragão, lamento mudar de ideia, mas Thomas desabaria sem que eu movesse um músculo do meu corpo. E eu escolheria isso sem pensar duas vezes, porque, apesar de tudo, Genevieve é minha namorada, e eu sou o namorado dela, e Thomas e eu somos apenas amigos, e ponto final.

☺ ☺ ☺ ☺

TUDO ISSO NÃO SIGNIFICA que não posso celebrar a existência de Thomas no mesmo dia em que minha namorada volta de uma viagem de três semanas.

Ele é importante demais para mim para ser zoado por amigos dois anos seguidos.

Thomas tem ordens expressas para não subir ao telhado até que eu vá buscá-lo. É claro que fui o único que comprou um presente para ele. Bem, Baby Freddy roubou três garrafas de Smirnoff de framboesa do armário de bebidas da mãe. (Esse moleque pode até ser um merdinha esquisito de vez em quando, mas certamente aproveita qualquer oportunidade para ficar doidão.) Espero que Thomas não ache o meu presente ridículo ou bobo, como Genevieve achou quando contei para ela o que era.

Comprei impulsivamente algumas lanternas baratas na loja de descontos no caminho até aqui, mas apenas duas brilham com o tom de verde preferido de Thomas. A playlist que Brendan preparou e nomeou de *Ficar Chapadaço* está bombando do seu estéreo, e Dave Magro já está dançando e se esfregando na nossa vizinha, Crystal, enquanto a amiga dela paira sobre os bolinhos que comprei na loja de um dólar. Queria muito comprar um bolo de sorvete na loja onde ele costumava trabalhar, e pedir que eles fizessem algo especial, como fazê-lo no formato de uma claque de diretor ou algo assim, mas isso custaria os olhos da cara, o que é uma merda.

– Que festa foda – diz Brendan, depois de pousar o estéreo no chão. – Não acreditei que você fosse capaz de organizar algo assim, depois do fracasso da festa na praia.

– Eu tinha doze anos, e Orchard Beach é uma merda. Esquece isso. – Olho para Genevieve. Ela está no segundo drinque e está batendo papo com Eu-Doidão há dez minutos; não é muito saudável passar tanto tempo sozinho com ele. – Pode ir salvar a Genevieve do Psicopata ali?

Saio andando, mas Brendan me chama de volta.

– Para onde você está indo?

– Vou buscar o Thomas. – Ainda não o vi hoje, mas falei com ele ontem, à meia-noite, para desejá-lo feliz aniversário, e há algumas horas, para avisá-lo que começaríamos a arrumar as coisas pouco depois. Por um milagre, consegui guiar todos até o telhado sem começar uma briga com os moleques do Joey Rosa.

– Espero que organize uma festa maneira assim para mim – diz Brendan, e isso me lembra daquela vez na quinta série, quando ele e Baby Freddy competiram no ônibus escolar para descobrir quem seria meu melhor amigo. Algumas amizades nunca serão tão simples quanto o ato de compartilhar. Desço pela escada de incêndio e bato na janela de Thomas, depois me sento no parapeito. Ele está na sua mesa, sem camisa, lendo algo no seu diário. Depois, levanta o rosto e olha para mim, com um sorriso.

– Parabéns, cara. Está escrevendo suas palavras diárias de sabedoria?

Thomas acena com a cabeça.

– Não, fiz isso mais cedo. Estava lendo o que escrevi depois do meu aniversário do ano passado. Eu estava bem angustiado.
– Com razão. Mas as coisas estão boas lá em cima. Eu provavelmente não deveria ter convidado o Eu-Doidão para um telhado onde há bebidas, mas pensaremos nisso mais tarde.
– Tipo quando ele jogar um de nós lá de cima?
– Acho que estamos todos seguros, menos o Dave Magro. Ele realmente gosta de jogá-lo de um lado para o outro.
– Eu deveria te agradecer umas cem vezes por ter organizado isso para mim. Mal posso esperar para ler o meu diário amanhã, com o que eu tiver escrito mais tarde, quando estiver meio louco.
– Ele se levanta e caminha até o armário. Olho para os pôsteres ao redor do seu quarto, para parar de encarar suas costas. Ele me conta sobre todos os ótimos telefonemas que recebeu hoje da família, e sobre o cartão de aniversário da sua mãe, com duzentos e cinquenta dólares dentro.
– Acho que a festa não vai conseguir superar um cartão com tanto dinheiro.
– BUUU! – diz alguém atrás de mim.

Dou um salto e quase bato com a cabeça na janela aberta. Levo um instante para me dar conta de que é Genevieve. Estamos demorando alguns minutos para subir. Não me surpreende que ela tenha vindo conferir o que está acontecendo. Gen olha para dentro do quarto, onde Thomas está parado, cobrindo o peito nu com uma camisa regata listrada. Depois ela volta a olhar para mim.

– A festa está acontecendo aqui embaixo agora? Vamos subir e beber! Wooooo!

Não sou muito fã de Genevieve quando ela está bebendo, porque ela se transforma em uma fanfarrona e sempre se arrepende na manhã seguinte. Ela vira meu rosto na sua direção e me beija intensamente, enfiando a língua com gosto de vodca de framboesa e suco de cranberry na minha garganta. Parece que ela está só esperando Thomas ir embora para podermos usar a cama dele. Ela aperta a minha mão e me puxa até o telhado. Thomas nos segue, poucos passos atrás. Alguns dos meus amigos comemoram quando Thomas chega, mas outros continuam bebendo ou chegando nas outras quatro meninas. Thomas aponta para uma das lanternas, diz que ela é maneira, depois a pega, e ela apaga imediatamente.

Bem, fazer o quê?

Eu me ofereço para pegar bebidas para Thomas e Genevieve (bem, mais uma bebida para ela) e deixo os dois conversando.

Dave Gordo se aproxima de mim com um copo de plástico vermelho cheio até a borda. A bebida derrama na mão dele.

– Um brinde aos belos peitos da sua mulher! – diz ele.

– Tim-tim – digo, sem uma bebida. Encho três copos, com vinte por cento de bebida e oitenta por cento de suco, para o bem da Gen. Depois, os carrego (um em cada mão e outro na boca) de volta para Thomas e Genevieve. Eu os entrego a eles, no exato momento em que Thomas pergunta para Genevieve:

– Você é uma bruxa?

Fico meio confuso pela direção maluca que a conversa tomou.

– O que diabos...?

– Ele acha que sou uma bruxa por causa... – Genevieve corre até sua bolsa de pano largada no chão, derramando metade da bebida no caminho, o que é ótimo. Ela volta com uma maço de cartas estranhas, amarradas com uma fita azul. –... disto. Cartas de tarô. Fiz isto durante o retiro. Usei tiras de casca de árvore, e não papel, para dar a elas um visual sobrenatural.

– Isso é exatamente o tipo de coisa que uma bruxa diria – comento.

– Queime, bruxa, queime – diz Thomas, com um sorriso no rosto. – O Comprido me disse que você adorava horóscopos. Sou mais adepto dos biscoitos da sorte.

– Biscoitos da sorte podem ser abertos por qualquer um – responde ela.

– A questão é se arriscar – defende Thomas. – Eles são muito mais fáceis de seguir do que todos os horóscopos conflitantes publicados em tudo quanto é lugar.

Ela segura um arroto, depois argumenta:
— É por isso que os horóscopos são melhores. Se o biscoito da sorte promete que você ficará rico até o final do dia, mas você volta para casa pobre, alguém mentiu para você. Mas se a leitura no site de um astrólogo estiver errada, talvez a do jornal esteja correta.

Esta conversa é idiota demais. Queria que alguém atirasse em mim. Agora. Duas vezes.

— Então, por que você parou?

Genevieve gira o copo, depois encara o pequeno redemoinho que se formou dentro dele, antes de virar a bebida de uma vez só.

— Porque estava cansada de não ter minhas muitas expectativas cumpridas.

— Bom, teremos que trocar um biscoito da sorte por uma leitura de mapa astral qualquer dia desses – diz Thomas.

Juro que o rosto da Gen fica vermelho. Ele está na defensiva. Normalmente, eu não me importaria, mas ela é a minha namorada.

— É melhor você pegar um bolo, antes que eles comam tudo – digo. Estamos pulando direto para a parte de comer, porque esta galera não é do tipo que canta "Parabéns Para Você".

— Bolo? Com licença – diz Thomas, dando um tapinha no ombro de Genevieve antes de correr até o canto do telhado.

Nós o seguimos, e todos soltam um gemido quando Eu-Doidão enfia o dedo na cobertura do bolo e rouba um pedacinho. Algumas pessoas pegam pratos, mas outras simplesmente enfiam o garfo. Depois que Eu-Doidão enfia a mão no bolo, ele passa a ser apenas dele. (Foi mal, Thomas.) Sento-me no chão, e Genevieve relaxa bem no meu colo, comendo bolo e bebendo mais um copo. Parte de mim queria que outra pessoa se voluntariasse a segurar o cabelo dela hoje mais tarde, mas a parte de mim que a ama está preparada para essa função.

Thomas se junta a nós com uma fatia de bolo ridícula.

— Então, ainda não te perguntei como foi Nova Orleans, Genevieve.

— Tudo bem. Ainda não te desejei feliz aniversário.

Formo com os lábios "Ela está bêbada" para ele, falando em silêncio, mas ele dá de ombros.

— Nova Orleans foi ótimo. Espero arrastar Aaron comigo no próximo verão. Acho que me apaixonei enquanto estava lá... — Ela baixa a bebida e pega a minha mão, segurando-a com força, como se fôssemos fazer uma queda de braços. — Quer dizer, me apaixonei pela cidade, já que o garoto que amo está aqui.

— Dá para ver — diz Thomas. — O Comprido não para de falar de você.

Genevieve se inclina para trás e me beija com força de novo, com a língua completamente fora de sintonia com a minha. Depois, pega o copo e o garfo outra vez, se levanta e bate com o garfo contra o plástico, como se ele fosse soar e chamar a atenção de todos.

— Quem quer jogar um jogo? — pergunta ela.

— Verdade ou Consequência! — grita Dave Gordo.

De jeito nenhum. Sério, a proporção de meninos para meninas aqui é comparável à de uma partida de boxe.

— Vira o Copo! — grita Brendan. Não há mesa nenhuma aqui em cima para brincar disso.

— Reis! — diz Deon. Ótimo, um jogo de beber sem cartas.

— Sete Minutos no Céu! — sugere Crystal, rindo tanto e de maneira tão irritante que ela poderia cair do telhado e eu não faria nada.

— Pensei em Duas Verdades e Uma Mentira — anuncia Genevieve, e todos aplaudem.

Como Jogar Duas Verdades e Uma Mentira: todos compartilham três histórias ou fatos sobre si mesmos, depois os jogadores se revezam tentando descobrir as mentiras dos outros. É o jogo perfeito para quebrar o gelo.

Problema: não gosto de uma Genevieve que conhece esse jogo.

— Você começa, aniversariante — diz Genevieve.

Todos cercam Thomas enquanto ele conta nos dedos o que irá dizer.

– Está bem, já sei. Eu idolatro o Walt Disney. Eu idolatro o Steven Spielberg. Eu idolatro o Martin Scorsese.

– Você não idolatra o Disney – diz Baby Freddy. – Quem idolatraria um cara que criou filmes de princesas?

– Quem idolatraria qualquer outro cara? – diz Brendan.

– Você não idolatra Martin Scorsese – respondo, antes que alguém fale algo idiota. – Você o acha maneiro, mas não o bastante para pendurar pôsteres dele no quarto. – Thomas acena com a cabeça e levanta o copo. – Então, é minha vez agora, não é? – pergunto para Genevieve.

Ela mata o resto da bebida.

– Vamos ver quem te conhece melhor, gato – diz ela.

Preferiria muito estar jogando Reis, Vira o Copo, ou até Verdade ou Consequência.

– Uh... Mando bem em jogo da velha. Adoro andar de skate. Odeio a maioria das músicas latinas.

– Você é porto-riquenho, então com certeza ama música latina – diz Deon.

– É, e provavelmente rebola ao ouvir andando de skate – diz Dave Magro.

– Você não manda bem em jogo da velha – diz Genevieve, de maneira menos ofensiva.

– Você não anda de skate. Anda de patins – diz Thomas.

Aponto para ele e estalo a língua.

– Ele está certo. – Olho para Dave Magro. – Quando foi a última vez que me viu passeando por aí de skate, cacete?

– Não é possível que você seja bom em jogo da velha! – grita Genevieve. – Sempre ganho de você.

– Ele me derrotou todas as vezes que jogamos outra noite – diz Thomas.

Genevieve corre a mão pelos cabelos escuros, e parece muito nauseada, como se fosse vomitar a qualquer minuto.

– Acho que é a sua vez de novo, Thomas – diz ela.

– Não, por favor. Vá você.

Ela cobre o rosto com a mão. Acho que faz isso para que não consigamos detectar quando estiver mentindo. Ou talvez ela vá vomitar em cima de mim.

– Estou pronta. Quando eu era criança, queria ser uma bailarina, uma atriz e uma enfermeira. – Para uma bêbada, a voz dela fica tão estável que acho que todas as opções podem ser verdadeiras. Todos estão prontos para começar a chutar, mas ela levanta a mão. – Quero que Aaron tente primeiro. Qual é a mentira, gato?

– Você nunca quis ser uma bailarina. Na boa, essa foi fácil demais.

– É – diz ela, para o meu alívio. Viva o blefe.

Estou prestes a oferecer minha vez para outra pessoa quando Genevieve se levanta, meio cambaleante. Ela ergue um braço sobre a cabeça e corre uma perna para cima da outra, até se parecer um pouco com um flamingo. Um flamingo bêbado.

– Eu queria muito ser uma bailarina – diz ela. – Tinha até as meias-calças. – Ela tropeça, e Baby Freddy a segura. – Nunca fui boa o bastante, e, por isso, detestava as garotas que eram. – Ela se senta ao meu lado, e acotovela meu braço. – Acho que você viajou nessa.

Dave Magro e Dave Gordo chiam, como se algo estivesse crepitando no fogo, e Eu-Doidão se manifesta:

– Ela te zoou!

Olho para todos eles, em sentido horário...

Brendan desamarra seus cadarços, só para poder amarrá-los de novo.

Thomas pega o celular, mas aposto que ele não está digitando mensagem nenhuma para ninguém.

E todos os outros apenas bebem, parecendo sentir muita pena de mim. Talvez eles sintam pena dela.

– É só um jogo – diz Genevieve, dando de ombros. – Thomas, que tal abrir o presente do Aaron?

Cacete, minha namorada é foda.

– Hora do presente! – grita Thomas, mas ele não consegue abrandar o clima tenso.
A amiga bêbada de Crystal joga o presente embrulhado para Thomas.
– Não é nada de mais – digo.
Thomas desembrulha o presente e balança para a frente de tanto rir.
– Isto é irado! – diz ele.
– É um brinquedo – diz Genevieve.
– É o Buzz Lightyear! – Thomas solta o boneco da caixa e aperta um botão no seu punho; luzes vermelhas piscam.
– É do *Toy Story*? – pergunta Dave Gordo.
– Eu-Doidão gosta do cofrinho de porco falante – diz Eu-Doidão.
Thomas começa a contar a história sobre como o babaca do seu pai prometeu que o presentearia com o Buzz Lightyear no seu aniversário de nove anos, mas acabou fugindo de carro.
– Espero por este cara há tanto tempo. Valeu, Comprido.
– Ele estende a mão e me cumprimenta com o punho cerrado. – Não. Isso não foi bom o bastante. Levante-se.
Eu me levanto e ele me dá um abraço de verdade, e não esse negócio de abracinho com um braço só e um tapinha nas costas.

Razões Pelas Quais Me Sinto Quente Agora:
1. Bebi rápido demais, com o estômago bem vazio.
2. Todos no telhado estão nos encarando.
3. Minha verdade indizível.

– Sem viadagem.
– Sem viadagem – digo de volta.
Todos começam a beber novamente, mas Thomas continua ao meu lado.
– É sério, Comprido: este é o melhor presente desde que comemorei meu aniversário de seis anos na Disney. Ao me presentear com o Buzz Lightyear, você acabou de superar o Mickey Mouse.

– O Mickey Mouse não tinha nenhuma chance de ganhar, não é?
– Tenho uma ideia de como superar esta noite no seu aniversário.
– Não é uma competição, cara.
– Pode se preparar – diz Thomas, com um sorriso. Ele sai para pegar outra bebida.

Cerca de uma hora depois, as garrafas estão todas vazias, e todos vão embora. Paro de ajudar Thomas a limpar as coisas, porque Genevieve está bêbada para cacete e precisa chegar em casa, então vazamos.

Estou tentando chamar um táxi para ela há alguns minutos, sem sucesso.

Se a tensão entre nós fosse uma pessoa, eu quebraria seu pescoço e chutaria o corpo, para me certificar de que ela realmente estava morta.

– Estou perdendo você de novo – diz Genevieve, chorando.
– Não está não, Gen...
– Estou sim! Estou sim, porra! – Ela começa a chorar mais, e não sei o que dizer. Um táxi para e ela abre a porta.
– Quer que eu vá com você?
– Porra, você não deveria ter que me perguntar se deve me levar para casa, Aaron! – Tento segui-la para dentro do táxi, mas ela me empurra para fora. – Esta noite, não. Vou para casa sozinha, para socar um travesseiro ou algo assim. Conversamos sobre isso amanhã.

Ela bate a porta e o táxi vai embora.

Eu deveria correr atrás do carro. Mas não sinto vontade de fazer isso. Jogo uma rodada de Uma Verdade e Uma Mentira dentro da minha cabeça.

Preciso que Thomas seja feliz. Preciso que Genevieve seja feliz.

Não posso continuar mentindo para mim mesmo sobre a verdade.

2
A GUERRA DENTRO DE MIM

Tem chovido sem parar nos últimos dias, e isso é escroto por vários motivos. Genevieve está usando isso como desculpa para não me ver, apesar de eu saber que é porque ela quer passar mais tempo longe de mim. Não posso jogar cartas com Thomas no telhado dele, ou participar de aventuras de caça a emprego com ele. E não posso sair na rua e me distrair com um jogo de perseguição ou Skelzies, nem qualquer outra coisa, sem correr o risco de pegar uma pneumonia. Se há uma coisa pior do que ficar preso no menor apartamento do mundo com pensamentos com os quais eu não deveria ser deixado sozinho, é ficar preso tossindo nas coisas do meu irmão, que vai ficar doente e começar a tossir nas minhas coisas... e aí vai me deixar doente de novo, em um ciclo muito cruel, no qual ferraremos um ao outro até que ambos fiquemos tão imunes que poderemos até comer balas do chão da sala de emergência do Washington Hospital.

Mas minha mãe me encarregou de ir à agência de correios hoje.

O aniversário da minha priminha é amanhã, e ela quer mandar um presente para Albany por correio noturno. O guarda-chuva com o qual saio de casa é nocauteado pelo vento logo que piso na rua, e, embora pagar vinte dólares por um guarda-chuva sempre tenha parecido excessivo para mim, ter que comprar um novo guarda-chuva de cinco dólares toda vez que chove me parece uma conta de merda.

Atravesso o quarteirão até a agência de correios, com o mau humor pesando cada vez mais sobre meus ombros, como uma mochila cheia de tijolos enormes, que batizei de "A GUERRA DENTRO DE MIM". Os tijolos mais pesados se chamam "GENEVIEVE ME ODEIA" e "NÃO SEI O QUE FAZER COM THOMAS" e "AINDA SINTO SAUDADE DO PAPAI".

O último tijolo pesa mais do que todos no momento. Esta é a primeira vez que me aproximo do seu velho local de trabalho desde que o perdemos. Quando eu era criança, gostava de fingir que era um segurança do lado de fora da porta do quarto, e minha mãe era a única que pagava o valor de um *high five* quando queria entrar, enquanto Eric passava direto por mim.

A caixa está ficando molhada, e estou me arriscando a pegar pneumonia, então corro para dentro antes que mude de ideia e caminhe mais doze quarteirões, até a próxima agência de correios. A fila não está muito longa. Ninguém aqui me reconhece como o filho do segurança que se matou, e isso é uma vantagem. O atendente me entrega um recibo, e, ao sair, vejo Evangeline sentada no banco de madeira, perto dos envelopes e papéis de cartas, escrevendo um cartão-postal.

– Oi, Evangeline – digo.

Ela levanta o rosto.

– Ei, filho. O que traz você aqui?

– Enviei uma girafa de pelúcia de presente de aniversário para a minha priminha. Para quem está escrevendo?

– Parti alguns corações em Londres, e prometi manter contato. Não dei meu endereço de e-mail para eles. Assim é melhor. – Evangeline me mostra todos os dez cartões-postais que está mandando. Ela assina seu nome e escreve a data de hoje em um cartão-postal do Yankee Stadium. – Phillip era um doce, mas o

irmão dele também estava se apaixonando por mim. Eu não poderia me meter em uma briga de família.
— E o irmão, não vai receber um cartão-postal também?
— Não, já mandei uma carta para ele, pedindo que pare de me escrever. — Evangeline abre espaço para mim no banco, e embaralha todos os cartões-postais ao me dizer: — De qualquer maneira, decidi passar um tempo aqui mandando estes cartões antes que o canto da sereia dos livros não lidos em casa me capture. E você, como vai?
— Estou completamente molhado.
— Esta é outra razão por que estou escondida aqui.

Não sei por que sinto a vontade repentina de me confessar para minha antiga babá, mas talvez seja porque ela é tanto uma estranha quanto alguém em quem confio.
— Tenho sentido muita saudade do meu pai esta semana. Só não entendo por que diabos ele nos deixou, sabe. — Inspiro e expiro, inspiro e expiro, inspiro e expiro, tentando segurar a raiva, mas ela me vence, e eu boto para fora. — Isso está afetando o meu relacionamento com Genevieve, que pensa que está me perdendo e... não sei.
— E ela *está* te perdendo?
— Acho que eu, tipo, meio que, definitivamente estou perdendo a mim mesmo.
— Como assim, filho?
— Não sei. Talvez eu esteja apenas crescendo.
— Quer dizer que não está mais brincando com brinquedos das Tartarugas Ninjas?
— Eram *action figures*, Evangeline. — Sinto-me um pouco melhor conversando com alguém de fora do meu universo de problemas. Mas não sei se quero contar para ela que alguém que não tem muito senso de direção está me deixando completamente desorientado. — Acho que é melhor eu voltar para casa e ver se Genevieve está a fim de atender meus telefonemas. Ou socar a porra da minha própria cara, se ela não atender.

– Olha a boca – diz Evangeline.
– Você nunca abandonou o lado babá, não é?
– Infelizmente não, filho.

Ela envia seus cartões-postais e me acompanha de volta para casa sob seu grande guarda-chuva amarelo. Nem troco as roupas molhadas antes de pular na cama e ligar para Genevieve. Não sei ao certo o que diria, mas, mesmo assim, é uma merda ela não atender.

3
LADO A

A Guerra Dentro de Mim é uma guerra na minha cabeça. Se eu tivesse que ilustrá-la, seria um lugar com explosões e derramamento de sangue.

Se tivesse dinheiro para um procedimento do Leteo, daria o dinheiro para Genevieve, para que ela me esquecesse, mas, já que isso nunca acontecerá, estou na rua, tentando desenhar como será nosso futuro se ficarmos juntos. A página continua em branco. Já faz uma semana desde o aniversário do Thomas, mas, apesar de outro telefonema constrangedor ontem à noite, estou bastante certo de que Genevieve não acredita mais que eu a amo.

Abaixo o meu caderno ao ver Eu-Doidão atravessando as grades, com a cabeça inclinada para trás e os dedos beliscando seu nariz sangrento. Brendan, Dave Magro e Baby Freddy estão logo atrás dele. Corro até eles.

– O que aconteceu? – pergunto.

– Nariz sangrando – diz Eu-Doidão, rindo.

– O nariz dele está sangrando depois de espancarmos uns manja-rolas do Joey Rosa – diz Dave Magro, saltando para cima e para baixo e batendo com o punho contra a palma da mão, como se tivesse realmente participado da briga. Sempre que brigamos

com os moleques do conjunto habitacional Joey Rosa, ele se caga de medo e se esconde dentro de uma lojinha ou atrás das lixeiras.
– Que merda eles fizeram com vocês?
Brendan senta Eu-Doidão no banco.
– Estávamos passando por ali quando a mesma galerinha de sempre de lá começou a falar merda porque fizemos a festa no telhado do seu camarada. Danny mandou um beijinho para Eu--Doidão e acabou levando porrada.
– Eu-Doidão quebrou todos eles! – grita Dave Magro.
Baby Freddy e Dave Magro estão indo para o Good Food's descolar uns lenços, e eu os ouço recapitulando sua parte preferida da briga, quando Eu-Doidão forçou Danny a beijar a sola da sua bota... sete vezes. Não acho que Danny seja gay de verdade, mas esse é o tipo de coisa que faz o Eu-Doidão estourar, como pequenos lança-confetes brancos. Ele é completamente pirado, mas pelo menos está do nosso lado.
E este é um dos meus problemas: se eu não escolher Genevieve, serei o próximo a levar uma bota na cara.

☺ ☺ ☺ ☺

ANTES DE IR PARA A CASA de Genevieve, de repente tenho uma lista enorme de coisas para fazer. Entre os itens da lista estão juntar os pares de meias em bolas e organizar meus quadrinhos por cor, para dar um pouco de vida ao canto da sala de estar. Mas resolvo deixar isso para lá, porque estou animado para vê-la, ou pelo menos estou me convencendo de que estou, porque é assim que eu me comportaria se estivesse indo encontrar o Thomas.
Ontem à noite, no telefone, Genevieve disse que um mercado de pulgas abriria hoje, e eu me convidei para ir junto, porque é isso que um bom namorado faz.
Ao vê-la, faço questão de mencionar algo bem bacana a respeito dela, como quanto amo a constelação de sardas que corre do

seu pescoço até seus ombros. Estou tentando provar para ela que ela é o meu universo, e que orbito dentro dela, só isso. Aprendi a ser assim por causa dos meus amigos. Não diretamente, é claro, já que Brendan troca de mulher toda hora, e Dave Magro está sempre mandando mensagens de texto para várias garotas ao mesmo tempo, mas exemplos ruins podem ser tão esclarecedores quanto bons. E ela parece pelo menos apreciar o meu esforço. Ou finge que aprecia.

O mercado de pulgas está lotado. Passamos por vendedores entediantes oferecendo broches, cadarços, meias altas e cuecas. Ela experimenta alguns brincos de esmeralda em uma barraca, e eu me afasto um pouco para tentar encontrar alguma revista em quadrinhos que valha a pena comprar. Confiro a barraca seguinte, onde há uma placa que diz VIDEOGAMES VINTAGE. Eles têm os velhos cartuchos da Nintendo de *Pac-man*, *Super Mario Bros. 3* e *Castlevania*, todos marcados com preços de vinte dólares ou mais escritos com caneta hidrográfica. Aceno com a cabeça para o cara com a camiseta de *Zelda* e sigo até a próxima barraca, a dos vários ímãs de geladeira. Considero comprar um para Thomas. Mas isso seria apenas uma desculpa para visitá-lo, então não compro, apesar de haver palavras girando no meu cérebro que quero botar para fora.

Eu me viro, e Genevieve não está mais na barraca de joias. Fico na ponta dos pés e vejo-a acenando para mim. Aproximo-me dela, e ela está segurando um caderno de desenhos moleskine azul.

– O que acha? Quero saber se você gosta dele antes de comprar como um presente surpresa para você.

– Não preciso de um caderno novo – digo. Ainda tenho um bocado de cadernos de espiral com folhas soltas que não usei.

– Mas você quer um caderno novo?

– Não, obrigado. – Sei que ela não é nenhuma riquinha, mas a situação dela é certamente melhor do que a minha. Ela tem o próprio quarto e ganha mesadas semanais. Genevieve não entende de verdade a diferença entre Querer e Precisar, como entendemos na nossa casa; só porque você tem dinheiro para comprar uma coisa, não significa que precisa tê-la.

Coisas que Eu Quero: novos videogames; tênis mais descolados; um laptop com Photoshop; uma casa com mais quartos para que amigos possam passar a noite lá.

Coisas de que Preciso: comida e água; casacos e botas durante o inverno; uma casa para morar, independente do tamanho; uma namorada como Genevieve; um melhor amigo como Thomas, em vez de um meio que melhor amigo, como Brendan.

Genevieve agarra a minha mão e finjo um sorriso. Noto que ela também continua um pouco infeliz.

☺ ☺ ☺ ☺

MAIS TARDE, À NOITE, alguém bate à porta do meu apartamento. Eric está prestes a sair para o turno noturno de inventário, e minha mãe está descansando na cama, depois da dupla jornada. Às vezes, ao ouvir uma batida na porta, ainda me confundo e acho que pode ser meu pai, que esqueceu as chaves de casa. Acho que vou demorar algum tempo para deixar de sentir isso. Meus amigos costumam me chamar pela janela. Pauso o jogo de videogame e espero muito que não seja alguém tocando a campainha e correndo, porque eu juro por Deus que...

Abro a porta e é Thomas.

– Ei – diz ele, com um sorriso.

Retribuo o sorriso.

– Quer ir lá pra casa hoje? – pergunta ele, depois que eu fico em silêncio. – Consegui progredir no meu gráfico da vida, e pensei que a gente poderia colocar o papo em dia. Já faz algum tempo.

É, oito dias desde que nos vimos pela última vez, e dez horas desde que trocamos a última mensagem. Eu deveria ficar em casa descansando, porque passarei o dia com Genevieve de novo amanhã. Mas, se eu ficar em casa, vou passar a noite em claro, ansioso

por ter perdido a chance de ajudá-lo a descobrir quem ele é, para não continuar andando por aí cego e perdido.
— Sim, estou a fim. Me dá um segundo.

Volto para dentro do apartamento e desligo o Xbox, e Eric me encara, como se conhecesse todos os meus segredos e mentiras; ele me olha com a mesma expressão de quando saí de casa para transar pela primeira vez. Deixo mamãe dormir, porque vou voltar para casa antes de ela acordar no meio da noite para fazer xixi. Para evitar todos os nossos amigos no pátio, guio Thomas pela escadaria dos fundos. O lugar cheira a maconha recém-fumada. Pouso a mão no peito de Thomas para detê-lo, e tento ouvir se tem alguém na base da escada.

Não ouço nada, então descemos, mas acabamos dando de cara com Brendan e a amiga dele, Nate. O nome verdadeiro da Nate é Natalie, mas, nos últimos quatro anos, ela tem virado um moleque, com tranças grossas no cabelo, medalhões de ouro falso, bonés ajustáveis e camisetas de basquete. Brendan olha para Thomas, mas se dirige a mim:
— O que está fazendo aqui, A?
— Estou de saída. — Vejo o pacote de maconha na mão dele. — E você?
— Negócios — diz Brendan.
— Você estaria ferrado se eu fosse um segurança — digo.
— Que nada. As chaves barulhentas deles sempre os entregam.
— Mas eu poderia ser um informante deles.
— Meu avô não se importa com o que eu faço para trazer dinheiro para casa — diz Brendan, esfregando os dedos. — É melhor eu terminar aqui.
— É — digo.

Quando saímos, ouço Brendan perguntar para Nate:
— Tem certeza de que não gosta de caras?

Paramos no Good Food's e Thomas compra Pop-Tarts, bala azeda e saquinhos de batata frita o suficiente para um grupo de seis pessoas. O tempo está bom, então subimos no telhado dele para jogar cartas. Está um pouco escuro, mas Thomas guardou uma das lanternas verdes de papel do seu aniversário, que, miraculosamente, ainda funciona. Começo a devorar as balas azedas e pergunto:

— Então, o que há de novo no seu futuro?

— Descobri algo importante. Sobre quem quero ser. — Thomas mata o seu Pop-Tart e solta um arroto. — Na verdade, sobre quem não quero ser.

Não sei se é o açúcar, ou a direção em que a conversa dele está indo, mas estou um pouco trêmulo.

— Quem?

— Não quero ser um diretor de cinema — diz Thomas, o que é exatamente o tipo de coisa que se espera ouvir de alguém tão jovem e perdido. — Acho que não sou tão apaixonado por isso quanto acreditava. Pense bem, eu nunca filmei nada, nem ao menos coloquei alguma coisa no YouTube. A única coisa que faço é pesquisar diretores e assistir filmes, como se isso bastasse.

— Mas você tem escrito roteiros — digo.

Ele dá de ombros.

— Não tenho nenhuma história de verdade para contar. Posso escrever todos os roteiros do mundo, mas tenho apenas dezessete anos, e ainda não vivi nada interessante o bastante sobre o qual escrever. Quando sua vida é uma merda, sua história é uma merda.

— Às vezes, vale a pena ler sua história justamente por sua vida ser uma merda — digo. — E não acho que sua vida seja uma merda.

— É sim, com certeza. Não sei o que quero fazer quando for mais velho. Você é meu único amigo de verdade. Minha mãe não para de trabalhar e nunca tem tempo para mim, e não sei nem se meu pai está vivo. — Thomas olha para mim imediatamente, horrorizado. — Desculpe. Foi vacilo falar isso.

Quero dizer para ele que não tem problema, que meu pai não se matou por minha causa, mas pareceria que estou insinuando que o pai dele foi embora por causa dele. Então, não falo nada. Tudo fica silencioso, exceto pelo vento. Jogo uma pedra no chão.

– Acho que não tem problema algum em você estar se sentindo confuso, Thomas. Somos jovens e ainda estamos descobrindo as coisas, mas nossas vidas não são tão escrotas assim. Acredite em mim, meu quarto é a sala de estar da minha casa.
– Só quero entender o que será do futuro, sabe? – Ele sorri. – Talvez a gente devesse convidar sua namorada até aqui, para ela jogar as cartas de tarô para nós.
– Não sei se eu e ela vamos continuar juntos por muito tempo – digo, olhando para o chão.
– Por quê? – pergunta Thomas, e vejo de soslaio que ele também baixou a cabeça.
– As coisas não são mais como eram antes. E acho que vou seguir o seu exemplo e me distanciar dela. – Estou puxando minhas mangas agora, algo que eu costumava fazer quando era criança e ficava muito nervoso. – Eu a amo, e quero manter contato com ela pelo resto da minha vida, mas não combinamos um com o outro.
– Entendo.
Estou muito focado nas minhas mãos agora.
– Eu me sinto estranho falando desse tipo de coisa. Será que meninos fazem essas coisas? Se encontrar para falar sobre amor?
– Você me pergunta isso como se não tivesse sido um menino durante toda a sua vida. Alguns caras fazem das suas mentes uma prisão. Eu gosto de viver fora das grades. Se somos diferentes, não tenho nenhum problema com isso.
Ele tem razão. Eu vou ousar ser diferente. Vou provar a todos que o mundo não vai se reduzir a cinzas, ou sair do seu eixo, ou ser engolido vivo por um buraco negro. Mas alguém precisa tomar a iniciativa, dar o pontapé inicial.
– Quero te falar uma coisa, mas precisa ficar entre nós – digo. Parece até que as palavras estão sendo ditas por outra pessoa. – E você não pode sair correndo.
– Por favor, diz pra mim que você tem um superpoder, tipo que você descende de alienígenas ou algo assim. Sempre quis ser o melhor amigo em um filme de super-herói, que guarda o segredo

do protagonista – diz Thomas. – Desculpe, vejo filmes demais. É claro que pode confiar em mim, Comprido.

– Há dois lados para esta história, e ainda não sei se estou pronto para revelar os dois. Mas quero fazer isso em breve.

– Certo. Então me conte o Lado A agora. Ou quando estiver pronto.

Olho para baixo, massageando a têmpora, e minha cabeça quase explode por causa do que estou prestes a admitir.

– Cara, você é meu melhor amigo e tudo mais, mas, se o que estou prestes a te dizer for demais para você, não tem problema e...

– Cala a boca e fala logo – interrompe Thomas.

– Você está sendo meio contraditório. – Ele me encara com um olhar que, mais uma vez, pede que eu apenas cale a boca e fale logo. – Está bem. Chega de perder tempo. Vou falar de uma vez. Acho que eu talvez... posso ser... meio que... mais ou menos... possivelmente... seja...

– ... A ideia é que eu complete a sua frase?

– Não, não. Eu posso falar. Deixa eu falar. Vou falar. Acho que eu talvez... meio que... mais ou menos... possivelmente, não, definitivamente... – Não consigo colocar a última palavra para fora, engasgado por não saber o que virá em seguida.

– Talvez ajude se eu tentar adivinhar. Quer que eu tente?

– Está bem.

– Você é virgem.

– Não.

– Você é um descendente de alienígenas.

– Também não.

– Não sei mais o que chutar. Mas deixa eu te dizer algo sobre mim: não me importa que você seja completamente virgem, ou que tenha sangue alienígena. Você é o Comprido, e nada que diga vai mudar isso.

Escondo-me atrás das minhas mãos e cravo as unhas na minha cabeça, como se pudesse arrancar meu rosto e desmascarar a pessoa que estou tentando revelar.

– Está bem, certo, eu meio que, talvez, mais ou menos, possivelmente... Acho que eu talvez... Goste de homens, está bem? – E então fico parado, sem poder retirar o que disse. Espero que o mundo saia do eixo, ou, pior, que Thomas se levante e vá embora.
– É só isso?
– Meio que, talvez, mais ou menos.
– Certo. E daí?
Olho para cima e o céu não está sangrando. Ouço carros buzinando e bêbados gritando. Os pássaros continuam voando e as estrelas estão saindo dos seus esconderijos, como eu. Jovens da minha idade estão se beijando pela primeira vez agora, ou talvez até fazendo algo a mais. Tudo ao redor, a vida, está seguindo em frente.
– Você não se importa?
– Eu me importo com você, mas não me importo com isso. Quer dizer, eu me importo, mas não da maneira que você acha.
– Thomas coça a cabeça e assobia. – Você entende o que quero dizer, não é? Eu não me importo de você ser gay.
– Será que podemos usar uma palavra diferente? Ainda estou tentando me acostumar com isso.
Ele levanta o dedão para mim, concordando.
– Cara, você é que sabe. Se uma palavra em código ajudar você a se sentir mais confortável, eu topo.
– Não consigo pensar em nenhuma.
– Que tal gostador-de-caras? Parece bem direto.
– É – respondo. É uma pena que uma palavra que originalmente significava felicidade tenha sido tão deturpada.
– Você é quem decide, gostador-de-caras. Então, ninguém mais sabe?
– Só nós dois – digo. – Nem a Gen. Vou pensar em como lidar com isso quando entender direito o que está acontecendo comigo. Talvez as coisas aconteçam assim com todos os gostadores-de-caras: um dia você é um gostador-de-garotas, e, da noite para o dia, não é mais. Acho que talvez eu possa ser um gostador-de-caras-e-garotas, mas não sei.

Thomas ajeita o corpo, aproximando-se um pouco de mim, ou talvez ele tenha apenas se inclinado na minha direção por um segundo.

– Então, o que você acha que fez tudo mudar?

Tenho vontade de dizer *você*, mas não digo. O telhado está silencioso. O silêncio me deixa desconfortável, e parece que nunca mais ficarei confortável. Sinto que, se não seguir a estratégia certa, vou acabar com a privacidade da minha vida, e talvez até com a minha felicidade.

– Tenho pensado sobre o meu final feliz mais do que antes, provavelmente porque você tem tentado bolar o seu final feliz. Acho que jamais serei feliz até descobrir quem sou, e a responsabilidade por eu não estar cem por cento feliz com a minha vida agora é toda minha.

– Você se incomoda em ser um gostador-de-caras?

– Ainda não sei. É claro que temo pela minha vida por ser um gostador-de-caras em um lugar como este, mas também não vou sair contando para todo mundo amanhã. Também acho que não vou fazer campanha tão cedo para as organizações de defesa dos gostadores-de-caras. Quer dizer, se eles conseguirem criar um futuro em que eu talvez possa me casar com outro cara sem que isso pareça estranho, vou ficar feliz por eles. Eu vou me lembrar de enviar uma cesta de frutas para eles.

Thomas solta uma risada, e sei que é isto, esta é a hora em que ele confessará que esteve me enganando e fingindo sinais de que gostava de caras só para me fazer admitir tudo.

– F-frutas... f-f-frutinhas. Você fez esse trocadilho por querer?

– Você é um babaca, e eu te odeio.

Ele balança para frente e para trás, e quando finalmente para de rir (até que eu não me importaria em assisti-lo rindo por mais alguns segundos), ele diz:

– Então, e agora? Você está à caça de um cara para o seu final feliz?

– Não tenho a menor ideia.

Thomas se aproxima de mim, com certeza desta vez, e junta as mãos sobre o colo.
— Bem, tudo isso me lembra daquele blecaute há alguns anos. Lembra? Eu estava na rua quando aconteceu, e ficou tão escuro que eu mal conseguia enxergar a minha própria mão, muito menos a rua. Mas segui em frente, passo a passo, até encontrar uma esquina conhecida. Às vezes, é preciso seguir em frente, até encontrar o que você está procurando.
— Você ainda tem o biscoito da sorte de onde roubou isso?
— Não, tive que me livrar das provas.

Eu sorrio, e, como antes, meu sorriso parece legítimo, porque sempre é quando estou com Thomas. Mas ainda sinto um vazio no peito. Não sei o que posso falar para que ele se sinta confortável o bastante para fazer o que acabei de fazer. Thomas nunca mente, então não sei o que faria se eu simplesmente perguntasse se ele também gosta de caras. Se ele disser que não, vou saber que é capaz de mentir. Mas se disser que sim, não sei como vou me sentir em arrancar a verdade dele desse jeito.

— Não sei se é porque você parece preocupado, ou se simplesmente consigo ler mentes, mas quero que saiba que nada mudou, Comprido. Claro, você faz as coisas de maneira diferente, mas tudo bem. Nada mudou — diz Thomas, apoiando o braço no meu ombro, como se isso fosse normal. Este é o cara que me faz feliz.

— Obrigado por ler mentes — digo. Dou um tapinha no joelho dele. — Então, acho que não tenho mais o direito de dizer "Sem Viadagem", não é?

— Não importa. — Ele solta uma risada, e desejo que todas as noites sejam como esta, e que possamos rir, apoiados um no outro, sem que isso seja estranho.

Mas, por hoje, isto basta. Vendo apenas as sombras lançadas pela lanterna verde de papel, ninguém diria que somos dois meninos sentados perto um do outro, tentando encontrar a nós mesmos. Você só veria sombras se abraçando, indiscriminadamente.

4
LEMBRA AQUELA VEZ

Em vez de agir como um homem, estou parado há vinte minutos na rua debaixo de chuva, sob a janela de Genevieve. Um táxi com um anúncio do Leteo passa por uma poça e encharca minha calça jeans. Eu realmente, realmente queria que Genevieve apenas me esquecesse.

E realmente, realmente queria ter outra calça agora. Finalmente subo e deixo meus tênis na porta. Quase escorrego no corredor dela com minhas meias molhadas, mas ela me segura pela mão. Penso em inventar uma desculpa qualquer para ficarmos na sala de estar, para que não molhe a cama dela, mas a verdade é que tenho outros motivos para não querer entrar lá. Mas ela me guia, e eu a sigo.

– O mercado de pulgas está completamente fechado hoje – diz Genevieve. Ela me ajuda a tirar o casaco com capuz e belisca o meu mamilo através da camiseta branca. Faz cócegas, mas quase não rio. – O lado bom de ter um pai horrível é que ele nunca está em casa.

Nós nos sentamos na cama dela. Ela me beija, e sei que deveria afastá-la, mas não afasto.

– Eu te amo – diz ela, e, antes de um silêncio constrangedor, no qual não respondo, ela completa: – Lembra a vez em que sua calça jeans molhada destruiu a minha cama?

Esse jogo perdeu a graça, e talvez seja por causa do meu mau humor, mas também é bem possível que seja porque é, tipo, meio que, definitivamente, ridículo me perguntar se lembro de algo que está acontecendo agora.

Estou sendo injusto.

Eu me sento na cama, cruzo as pernas, seguro as mãos dela e entro na brincadeira:

– Lembra a vez em que compramos armas de água no verão passado e te persegui pelo Fort Wille Park? E você ficava me dando broncas, e me atingindo com água sempre que eu parava?

Ela se senta e enrosca as pernas nas minhas.

– Lembra quando viajamos sem parar de metrô, de um lado para o outro, em fevereiro, porque estava frio demais na rua?

– O que foi burrice, porque, quando finalmente saímos do metrô, uma da manhã, estava mais frio ainda – digo, me lembrando de como o frio estava de matar, especialmente para mim, porque emprestei meu casaco para ela. – Lembra quando escrevemos mensagens um para o outro em um jogo de palavras cruzadas na sala de estudos, e a professora tomou o jogo da gente? Perdi as provas de como você conseguiu escrever *tornado*.

Genevieve me soca.

– Lembra a vez em que trocamos mensagens de texto usando apenas nomes de músicas?

– E daquela vez em que começou a chover e estávamos remando no barco no Central Park, e eu comecei a entrar em pânico?

Genevieve solta uma risada. Embora jogar este jogo talvez seja ainda pior do que fazer sexo com ela, este é tanto o momento certo quanto o errado para relembrar velhas histórias.

– Lembra a vez em que viajamos no tempo juntos no meu aniversário, e você me disse que me amava? – Ela sobe no meu colo e acaricia meus braços.

Encaramos os olhos um do outro e, quando ela se inclina para me beijar, deixo que ela o faça, porque este será nosso último beijo, mesmo que ela não saiba disso. Depois, ela apoia o queixo no meu ombro e eu a abraço, com força.

– Lembra aquela vez em que eu era um namorado melhor, que te oferecia memórias felizes como estas? – Sinto que ela está tentando se afastar, para encarar os meus olhos novamente e me dizer que sou um bom namorado, mas continuo abraçando-a, porque sei que não posso encarar seu rosto ao fazer isto. – Não sou mais o cara de quem estamos nos lembrando.

Ela para de resistir, e me abraça com mais força agora, cravando as unhas nos meus braços.

– Você está...? Está, sim. Não está?

Ela deve estar me perguntando se estou terminando com ela, mas considero a possibilidade de a pergunta ser se sou um gostador-de-caras.

Sei o seguinte: a parte de mim que estava fingindo ser heterossexual por tanto tempo quer se deitar e falar para ela que posso voltar a ser a pessoa que ela precisa que eu seja, mas esta não é mais a pessoa que eu sou, ou que deveria ter sido durante toda a minha vida. Então apenas aceno com a cabeça e digo:

– Sim.

Estou prestes a pedir desculpas e tentar explicar os meus motivos, mas ela se solta dos meus braços e senta na beirada da cama, de costas para mim.

Genevieve foi a garota que me trouxe para casa depois que meu pai se matou e me deixou chorar de uma maneira que eu nunca teria chorado na frente dos meus amigos. Ela me deu aulas de química quando eu estava quase sendo reprovado, apesar de eu estar sempre tão focado nela que não conseguia prestar atenção na matéria. Quando o pai dela começou a trazer mulheres mais novas para casa pela primeira vez desde a morte da sua mãe, eu a distraí com programas nos finais de semana, cruzando a Brooklyn Bridge ou observando pessoas no Fort Wille Park. Agora, ela é a garota que não me deixa abraçá-la.

– É por causa dele – diz ela.
– Não sei do que você está falando – minto.
Ela está chorando e não me deixa ver seu rosto, como sempre. Ela joga o casaco com capuz para mim.
– Você pode ir embora.
Então, eu vou.

5
OUTRA BRIGA

Como Jogar Skelzies: Algumas pessoas desenham seus tabuleiros de Skelzies com giz, mas nós traçamos há anos o nosso da maneira correta, com tinta amarela no asfalto preto. Há treze quadrados numerados, com a Caixa #13 no centro, e você precisa lançar uma tampinha no tabuleiro na ordem numérica certa. A primeira pessoa a acertar todos os treze números vence.

Construir as tampinhas sempre foi a parte mais maneira. Todas as vezes que matamos um galão de leite ou água nas nossas casas, guardamos as tampinhas (ou, às vezes, as roubamos diretamente das geladeiras das lojas) e derramamos uma quantidade igual de cera de vela dentro de cada uma para que elas pesem e não saiam voando se formos surpreendidos pelo vento. Minha mãe gosta de leite desnatado, então minhas tampinhas são azuis, com cera amarela das velas de *santeria* dela.

Estou jogando com Baby Freddy (tampinha verde, cera vermelha), Brendan (tampinha vermelha, cera laranja) e Dave Magro (tampinha azul, cera azul).

Thomas deve se juntar a nós em breve.

Baby Freddy está apoiado nos joelhos e cotovelos, medindo a distância entre a linha de partida e a Caixa #13; se você acertar a caixa de primeira, vence automaticamente. Ele lança a tampinha, mas não alcança o alvo. Brendan é o próximo a lançar a tampinha, e ela parece um cometa, tanto na aparência quanto na maneira como voa. Ela atinge a Caixa #1, depois a Caixa #2, mas erra a Caixa #3.

– Ei, A. Eu estava trocando alguns jogos ontem, e sabe o que encontrei? *Legend of Iris*!

Solto uma risada. Compramos esse jogo quando tínhamos doze anos, porque estava rolando um boato de que a desenvolvedora, uma menina linda de vinte e poucos anos, tinha escondido uma foto da sua bunda no jogo, como um tipo de *Easter Egg* erótico. Jogamos por horas, usando *cheat codes*, uns macetes, para acelerar o jogo, mas não conseguimos nada.

– A Grande Caçada Pela Bunda na Sexta Série. Bons tempos.
– É.

Eis a questão: consigo me lembrar genuinamente de ser um gostador-de-meninas quando era mais novo. Convidei garotas para sair, e quando eu tinha quatorze anos me ofereceram um boquete se eu fingisse ser o namorado de uma garota e deixasse o ex dela com ciúmes (o que realmente deu certo, mas eu arreguei quando ela desabotoou minhas calças), e eu só tinha olhos para as meninas ao assistir pornografia heterossexual. Em janeiro, eu estava enlouquecendo ao tentar pensar no que comprar para Genevieve de Dia dos Namorados, antes de ela me dizer algumas semanas depois que não acredita em comemorar essa data. Um alívio enorme, mas também muito real.

Lanço a minha tampinha depois de Dave Magro e ela atinge em cheio a tampinha de Baby Freddy, sendo lançada para fora do tabuleiro. Tento de novo, e erro a Caixa #1.

Quando Thomas finalmente chega, Brendan e eu já estamos chegando na Caixa #7. Depois da minha vez, nos cumprimentamos com punhos cerrados e eu entrego a ele a tampinha que fiz (topo verde, cera amarela).

– Posso entrar no jogo, galera?

– Você nunca vai conseguir nos alcançar – diz Brendan.

– Está me desafiando?
– Claro. Talvez você derrote o Dave Magro, pelo menos.

Thomas alinha sua tampinha à esquerda da linha de largada, dá um peteleco, e ela cai exatamente na Caixa #13.

Brendan chuta a sua tampinha.

– Isso não vale, cacete.
– Não precisa valer – oferece Thomas.
– Jogo novo – grita Brendan, ao buscar a tampinha. Ele faz Thomas jogar primeiro, e sinto que talvez tenha errado a Caixa #13 de propósito desta vez.

Sou o próximo, e chego até a Caixa #4 antes de errar.

– Como Genevieve recebeu a notícia ontem? – pergunta Thomas.

Brendan está prestes a dar um peteleco na sua tampinha, mas olha para nós.

– Que notícia? – pergunta ele.
– Eu meio que terminei com a Genevieve.

Brendan se levanta.

– Está de sacanagem?
– O quê? Não. As coisas continuam loucas lá em casa e...

Brendan pega sua tapinha e a joga longe.

– Por que porra este moleque de merda ficou sabendo disso antes da gente? Por que você é tão especial?
– Pare de fingir que você tem estado disponível para me ajudar a resolver meus problemas.

Antes que eu consiga evitar, ou registrar o que está acontecendo, meu meio que melhor amigo, Brendan, salta em cima do meu melhor amigo, Thomas. Brendan atinge o queixo de Thomas e começa a gritar com ele:

– Saia da cabeça do meu amigo!

Antes que Brendan consiga atingir um sexto soco, eu o derrubo no chão e o imobilizo, com o braço em sua garganta.

– Larga ele! – Estou ofegante. Aperto a garganta dele com mais força quando Brendan tenta girar o meu corpo com as pernas, um velho truque de luta que costumava fazer muito bem. Aposto que ele está arrependido de ter me ensinado a lutar. Eu o solto e vou conferir como Thomas está enquanto Brendan recupera o fôlego. Thomas não está sangrando, mas dá para ver que se esforça ao máximo para não chorar.

– Você está bem, está tranquilo – digo.

Eu o ajudo a se levantar e ele apoia o braço nos meus ombros. Baby Freddy e Dave Magro se ajoelham ao lado de Brendan, e todos nos observam enquanto vamos embora.

– Desculpe – diz Thomas para mim. – Não sabia que você não tinha contado nada...

– Esquece. A culpa não é sua. Ele é um babaca.

Ele esfrega a mão no rosto e seus olhos apertam; uma lágrima escapa.

– Você não precisava ter ficado do meu lado, Comprido.

Eu tipo, meio que, definitivamente sempre farei isso.

6
LADO B

Defender Thomas ontem foi uma atitude instintiva, mas nada fácil. Se alguém escrevesse a minha biografia, haveria muitas histórias sobre Brendan, Baby Freddy, Eu-Doidão e o resto da galera. Eles representam a minha história. Mas dormi bem esta noite, sabendo que escolhi a pessoa que concorda com o final feliz que estou construindo, e não pessoas que socariam um rosto com o intuito de destruí-lo.

Trouxe cerveja para a casa de Thomas hoje mais cedo. Uma das vantagens de ser caixa no Good Food's: confiro as carteiras de identidade dos clientes, mas ninguém confere a minha quando fecho o caixa. Sento-me, encostado na parede do quarto dele, matando o resto da minha terceira Corona enquanto Thomas gira a tampinha da sua quarta PBR. Pego outra, não para alcançá-lo, mas porque preciso beber alguma coisa ao ver Thomas resfriando o olho ferido com a garrafa congelada.

– Pela milésima vez, desculpe. Não sei o que deu nele.

– Ele acha que estou roubando você deles – diz Thomas, como se não fosse problema nenhum meus amigos ficarem com ciúmes de todo o Tempo Com o Aaron do qual ele dispõe. – Você acha que vai contar para eles algum dia? Sobre o Lado A?

– Talvez algum dia eu me mude e mande um cartão-postal dizendo: "Ei, gosto de rapazes. Não se preocupem, nunca gostei de nenhum de vocês, porque vocês são todos um babacas."

Thomas olha para a esquerda e para a direita, para trás, depois espia para fora da janela.

– Desculpe, só estou me certificando de que Brendan não está por perto para me socar antes de fazer a próxima pergunta. – Nós dois rimos. – Acha que vai contar para Genevieve algum dia?

– Não sei. Ela não me procurou nos últimos dias. Sei de algumas coisas que eu poderia dizer, eu acho, mas acho que ela não receberia isso bem, como se ela tivesse me feito ficar desse jeito ou algo assim.

– Eu daria tudo para ouvir essa conversa.

– Isso só vai acontecer daqui a alguns milênios, então pode esperar sentado.

– Quem é sua celebridade *crush*?

– O quê?

– Estou tentando deixar você mais confortável com tudo isto.

– Está bem. Emma Watson – respondo. Ele ergue a enorme sobrancelha, descrente. – Cara, ela tirou onda como Lexa, a Feiticeira, no filmes do Scorpius Hawthorne, e, se quisesse casar comigo, eu voltaria a ser hétero rapidinho. Mas, do lado dos caras, acho que terei que escolher Andrew Garfield. Ser carregado por aí pelo Homem-Aranha seria foda. E você?

– Natalie Portman realmente me conquistou em *Hora de voltar*. Eu a amo até em *Star Wars: Episódio um*... ela é a única coisa boa naquela trilogia – diz Thomas.

Não é exatamente o que eu esperava ouvir, mas já bebi três cervejas e meia de estômago vazio e estou me sentindo ousado.

– Quem seria seu *crush* masculino? – pergunto.

– Tipo, se eu tivesse que ser gay por alguém?

– É.

– Hmmm. – Thomas se deita e apoia a cabeça no travesseiro, jogando os joelhos para cima. Ele engole sua PBR como um funil,

até esvaziar a garrafa. – Escolho o meu camarada, Ryan Gosling. Ele tem ginga, eu queria muito *ser* ele em *Drive*.
– Eu viajaria no banco de carona com ele, com certeza – concordo.
– Me arruma uma PBR.
Jogo uma lata para ele, como um passe aéreo de basquete, e comemoramos quando ele o agarra. Ele abre a lata e a cerveja jorra em cima dele. Solto uma gargalhada ébria, que é o mesmo que uma gargalhada sóbria, só que irritantemente mais alta, que só acontece quando você está bêbado. Thomas também solta uma gargalhada ébria enquanto troca de camiseta. Ele deve saber que assisti-lo trocando de roupa é como uma tortura para mim, uma provocação sem recompensa. Ele veste uma camiseta regata amarela.
– Levanta aí. Vou te ensinar a lutar.
– Não, valeu, Comprido.
– A não ser que passe o tempo inteiro fazendo flexões para as meninas, está desperdiçando os seus músculos.
– Tenho praticado luta livre.
– Lutas livres são falsas. Vamos, levanta. – Ele apoia a PBR e se junta a mim no centro do quarto. – Irado. Da próxima vez que Brendan ou qualquer um te atacar, você vai acabar com ele. Como Praticar Briga de Rua: você é a sua própria arma, mas, se tiver um soco inglês ou um taco de baseball em uma luta especialmente violenta, melhor para você.
– Bem, para começar, você precisa... – Paro de falar e o prendo em uma chave de braço. – Nunca espere a outra pessoa dar o primeiro golpe. – Eu o solto e ele cambaleia. Antes que ele consiga reclamar, lanço um soco e paro a três centímetros do nariz dele. – O nariz é um bom alvo, porque, mesmo se você errar, tem uma boa chance de acertar o queixo ou o olho. Mas, se quiser muito quebrar o nariz do cara, a melhor opção é a cabeçada. – Agarro os ombros dele, inclino a testa na direção dele e encaro seus olhos meio intoxicados enquanto finjo cabecear o nariz dele várias vezes.

— É muita violência para absorver em apenas um minuto – diz Thomas. – Acho que, para mim, chega por hoje.

— Você poderá parar quando... – Desfiro outro soco, mas, desta vez, ele segura meu punho com uma das mãos e minha perna com a outra, prendendo-me contra o chão.

Ele sorri.

— Eu disse que chegava por hoje. – Ele dá um tapinha no meu ombro e se senta de frente para mim no chão.

— Vamos fazer o Segundo Round mais tarde. Só estou feliz que você conseguirá botar estes músculos para jogo. Talvez eu também devesse malhar mais, pelo menos pela aparência.

— Serei seu amigo, com ou sem músculos – diz Thomas.

— Vou tatuar essa promessa em você, como um lembrete – digo.

— Nunca farei uma tatuagem. E se eu resolver virar modelo de roupas íntimas? Não posso ter um *YOLO* tatuado no peito – brinca Thomas, ou, pelo menos, espero que ele esteja brincando.

Eu me levanto e pego uma caneta hidrográfica na mesa dele. Sento-me ao seu lado e dou um tapinha no seu ombro.

— Você vai fazer uma tatuagem agora mesmo. O que quer que eu faça?

— Nem pensar – diz ele, rindo. Sei que ele quer uma.

— Vamos lá. Caso não vire um modelo de roupas íntimas, que tipo de tatuagem gostaria de ter?

— Tenho medo de agulhas.

— Isto é uma caneta hidrográfica.

— Está bem.

— Que tal uma das suas frases de biscoitos da sorte?

— Surpreenda-me.

Seguro o punho dele, firmo seu braço e começo a desenhar um boneco de palito segurando uma claquete de cinema; um dia, esta tatuagem será muito metalinguística, embora eu não saiba se metalinguagem ainda estará na moda. Minha cicatriz está pressionada contra o antebraço dele, e, se eu tivesse tido a mesma esperança na vida naquela época quanto tenho agora, ela nem existiria. Isso tudo parece tão certo, e as circunstâncias parecem perfeitas para contar para ele a Parte B.

– Thomas?
– Comprido?
– Você ficou chocado? Quando eu te contei a Parte A?
– Um pouco. Você é tão diferente de qualquer outro amigo que eu já tive, e é por isso também que eu queria ser seu amigo – diz Thomas. É curioso que ele fale isso enquanto pinto as sobrancelhas do boneco de palito, que é justamente a minha parte preferida dele. – Mas, quando você me contou, não liguei. Eu me senti honrado por você ter confiado em mim.

– Claro. Você é a minha pessoa preferida – digo, sem qualquer sombra de dúvida. Thomas é mais do que uma pessoa que quero na minha vida. Preciso que ele fique feliz, para manter a morte longe da minha vida, para fazer com que seja mais fácil ser quem eu sou. – Isso pode soar idiota, mas acho que você é a minha felicidade.

Acaricio o ombro dele. Quando ele se vira para olhar para mim, corro o dedo sobre suas sobrancelhas, depois me inclino para a frente e o beijo.

Thomas me empurra e se levanta.
– Cara, desculpe. Sou hétero, você sabe disso.

Ouvir essas palavras, essa mentira, é como tudo que há de errado no mundo: ataques cardíacos, tiros, inanição, pais que abandonam seus filhos. Pisco para tentar conter as lágrimas.

– Pensei... Pensei que você... Desculpe, merda. Acho que bebi demais. – Sinto-me como um maldito idiota. – Merda. Desculpe. Merda. – Eu o encaro, e ele está cobrindo a boca. – Fale alguma coisa.

– Não sei o que dizer. Não sei o que fazer.
– Esquece tudo isso. O que eu fiz e o que disse. Não posso perder meu melhor... Não posso perder o meu melhor amigo.
– Claro. Posso esquecer, Comprido.

— Vou para casa. É melhor eu dormir.

— Está chovendo. — Ele falou aquilo de maneira tão direta que suas palavras giram na minha cabeça como se devessem ter sido óbvias: *Sou hétero, você sabe disso. Sou hétero, você sabe disso. Sou hétero, você sabe disso...* — Quer um guarda-chuva?

— É só chuva.

Ele fala alguma coisa, mas não consigo ouvir por trás dos ecos. Ele estende a mão para segurar meu ombro, mas depois recua.

— Eu falo com você depois — diz ele.

Sinto os olhos dele sobre mim quando saio pela janela, quase derrubando o boneco do Buzz Lightyear do parapeito. Alcanço o final da escada e olho para trás, para ver se ele me seguiu. Mas ele não está lá, nem olhando para fora da janela.

Estou sozinho.

Pedaços de lixo sendo empurrados pelo vento formam sombras que se chocam sob postes de luz. Paro em um ponto quase no meio do caminho entre a minha casa e a dele, sentindo que não pertenço a lugar algum agora. Desabo no meio-fio e fico sentado ali, esperando que Thomas venha atrás de mim. E a realidade é arrasadora.

7
PENSAMENTOS NOTURNOS/MATINAIS

00:22

A lua precisa parar de brilhar na porra da minha cara.

Não temos cortinas, é claro, e nunca consigo ficar com as costas viradas para a janela, porque o lado do quarto do Eric está sempre reluzindo com os jogos noturnos dele. Eu me sento e vejo Brendan, Dave Magro e Eu-Doidão dividindo um cigarro no trepa-trepa. Desabo de volta na cama, para que eles não joguem uma bola de handball na minha janela.

Estendo a mão para pegar meu caderno de desenhos e vejo a tinta preta da caneta hidrográfica nas pontas dos meus dedos.

Não posso desenhar agora.

☺ ☺ ☺ ☺

01:19

Não consigo nem me lembrar do que gosto no Thomas.

Agarrei-me à primeira pessoa que sempre tinha um sorriso para mim, e que não fugiu quando revelei meu segredo. Tudo o que senti não passou de uma ilusão. Ele me lembra de quando eu tinha quatorze anos e minha família parou de dar muita importância para o meu aniversário, ou de quando meus amigos me zoaram por usar a mesma camiseta dois dias seguidos, mesmo que ela não estivesse suja.

As sobrancelhas dele são desproporcionalmente grandes, alguns dos seus dentes são tortos e ele dominou a arte de mentir tão bem que me levou a acreditar que não mentia, quando, na realidade, os melhores mentirosos são aqueles que enganam as pessoas, afirmando que nunca mentem.

☺ ☺ ☺ ☺

(02:45)

Nunca me esqueci do que gosto em Thomas.
Eu é que sou o mentiroso, não ele. Menti para Genevieve, para os meus amigos, para todos. Mas cheguei ao meu limite, e esta é a verdade: este é o momento mais dolorosamente confuso da minha vida, e ele foi a primeira pessoa que me disse todas as palavras certas, e que me lembrou do primeiro dia do verão, quando podemos sair de casa sem casaco, e das minhas músicas preferidas tocando sem parar. Agora, talvez ele nunca mais fale comigo.

(05:58)

Lembro que a esta hora, no ano passado, sempre que eu tinha insônia, podia calçar meus tênis e visitar meu pai no trabalho, a uma quadra daqui. Lembro que, a esta hora, há dois meses, podia ligar para Genevieve, que acordaria e conversaria comigo. Lembro que, a esta hora, na semana passada, eu podia sair e jogar conversa fora com Brendan e os outros caras, se eles ainda estivessem na rua. Lembro que, a esta hora, ontem, eu podia dormir na casa do Thomas sem que isso fosse uma situação constrangedora.

Perdi todas essas pessoas. Tudo o que me resta é um irmão que ronca. O que me resta são infomerciais da pós-programação televisiva sobre remédios contra acne, serviços telefônicos de prevenção de suicídio e caridades para animais. Eu me levanto para desligar a TV antes que comecem as reprises de comédias antigas e sem graça, mas um último comercial chama a minha atenção. Leteo. Ele promete que pode fazer as pessoas esquecerem e seguirem em frente.

Esgueiro-me para dentro do quarto da minha mãe e roubo o panfleto dela.

8
MEMÓRIAS E GOLPES SURPRESA

Quero ser submetido ao procedimento do Leteo.

A princípio, foi um pensamento louco, do tipo que temos às seis da manhã, depois de uma noite em claro, quando a vida está uma bosta, mas passo o final de semana pesquisando tudo sobre o Leteo, e a verdade é que existe esperança para mim. Minha preocupação principal é toda essa controvérsia a respeito dos procedimentos falhos que ocorreram ultimamente. Mas descobri que, no último mês, para cada procedimento que falhou em algum lugar do país, foram realizadas doze alterações bem-sucedidas. Se outras pessoas acreditam que vale a pena correr o risco de sofrer uma morte cerebral, não posso deixar de concordar que isso é provavelmente melhor do que tentar me você-sabe-o-quê de novo, por estar me sentindo completamente derrotado.

O Leteo é um lugar de segundas chances. Li muitas das histórias disponibilizadas no site, todas com os nomes e detalhes excluídos, é claro.

Um soldado, mencionado apenas como F-7298D, sofria de transtorno de estresse pós-traumático, até que o Leteo apareceu na vida dele e apagou suas piores memórias. Agora, F-7298D não sofre mais de sonhos perturbadores e insônia. M-3237E, mãe de gêmeos, foi atormentada por agorafobia depois de testemunhar a explosão de uma bomba durante uma maratona. O Leteo escondeu essa memória, e agora M-3237E não teme mais espaços abertos e pode abrir mais portas para seus filhos e para si mesma.

E eles também atendem jovens como eu.

S-0021P, uma menina de dezessete anos, foi abusada sexualmente pelo tio, e, apesar de ele estar preso, ela começou a queimar as próprias coxas. O Leteo deu a ela o poder de seguir em frente e voltar a confiar em sua família, suprimindo eventos do passado, em que ela se culpava por provocar o tio. Outro jovem de dezessete anos, J-1930S, sofria de estranhos ataques de pânico e sempre esperava o pior quando chegava da escola e a família não estava em casa. O Leteo descobriu a fonte dos problemas dele e o curou.

O Leteo leva nossas histórias a sério.

Mas não é isso que faz com que eu esteja morrendo de vontade de fazer o procedimento.

Deparei-me com a história de um pai de cinquenta anos da Rússia, A-1799R, que se deu conta de que havia passado metade da vida sendo alguém que não era, e um quarto dela casado com uma mulher que não amava, que não podia amar. Mas ele não podia se afastar da sua família, não podia abandoná-los ou abandonar a Rússia para se mudar para um país mais acolhedor, então viajou até aqui e pediu para o Leteo torná-lo hétero. E o Leteo mexeu com a cabeça dele e conseguiu. Segui essa matéria até outra sobre uma adolescente de dezenove anos, P-6710S, que queria fugir do *bullying* e da sensação de estar fazendo algo errado. Depois que os pais dela tentaram de tudo para que ela se sentisse aceita, eles apelaram para o Leteo, para "colocá-la na linha".

Eu não quero mais ser eu.

Não quero não saber se meus amigos aceitarão quem sou, e, mais do que isso, não quero descobrir o que vai acontecer caso eles não aceitem. Não quero ser alguém que não pode ser amigo do Thomas, porque se há algo pior do que não poder estar com

LEMBRA AQUELA VEZ   185

ele é saber que nossa amizade terá uma data de validade se ficar com ele se tornar impossível.

Sei que será uma mentira não ser eu, mas sei também que estarei fazendo um favor para mim mesmo a longo prazo, caso consiga agendar um procedimento do Leteo. Porque, na situação em que me encontro agora, preciso me preocupar com merda demais.

A felicidade não deveria ser tão difícil assim.

☺ ☺ ☺ ☺

A DESVANTAGEM DE TODA ESSA BUSCA pelo Leteo: para marcar uma consulta, é preciso estar acompanhado de um adulto. Já perdi o meu pai, e nem a pau vou pedir para o Eric me acompanhar, mas isso significa que terei que contar para a minha mãe a que tipo de procedimento do Leteo quero ser submetido, o que me causa uma sensação parecida com as vezes em que ela me levava para o barbeiro e falava para ele que tipo de corte eu queria. Mas o Leteo não é um barbeiro. Está mais para uma clínica de remoção de tatuagens. E isso significa que preciso contar tudo para ela.

Corro para encontrá-la no Washington Hospital antes que ela saia para o turno noturno no supermercado. Considerando que o hospital fica logo do outro lado da rua, essa certamente não é a coisa mais difícil que eu fiz hoje. A coisa mais difícil que aconteceu comigo hoje foi estar trabalhando no Good Food's de manhã e sentir o cheiro da colônia de Thomas em um dos clientes, o que fez meu coração doer para cacete. Minha batalha hoje foi sobreviver a isso. Não quero mais lutar.

Chego no consultório da minha mãe, onde ela está terminando de atender alguém.

– Aaron...

Fecho a porta e me sento. A verdade é tipo, meio que, completamente devastadora, mas, se eu contar tudo para ela e ela apoiar o meu plano, o que certamente fará, porque quer o melhor para mim, poderei me tornar um mentiroso feliz. E o melhor de tudo é que provavelmente esquecerei que este momento constrangedor algum dia aconteceu.

— O que houve, filho? Está se sentindo bem?

— Estou bem — digo, mas "bem" não parece ser a palavra certa, porque nem assim eu me sinto. Está tudo me atingindo de maneira bastante forte agora: a rejeição, o medo, a incerteza. Por isso, graças a Deus que estou aqui com minha mãe, porque talvez precise de um dos seus abraços, que sempre faziam com que eu me sentisse tão bem quando criança, como aquela vez em que arrumei confusão com um segurança por correr nos corredores, ou quando o pai do Dave Magro me zoou dizendo que eu era um desperdício de altura em um jogo de basquete, ou todas as outras vezes em que me sentia envergonhado ou inútil.

— O que foi? — pergunta a minha mãe, olhando de soslaio para o relógio no monitor do computador. Sei que ela não está me apressando, especialmente porque não tem a menor ideia do que estou prestes a falar, mas certamente continua pensando na nossa situação bancária, como precisa fazer.

— Quero realizar um procedimento do Leteo.

Agora, ela voltou a prestar atenção em mim. Ela me encara de maneira tão intensa que olho para a mesa dela, perguntando-me quando ela guardou a foto em que estou nos ombros do meu pai, e Eric está no seu colo, sobre a poltrona reclinável do meu avô.

— Aaron, por favor, seja lá o que for...

— Não, mãe, ouça, porque o tempo é um fator muito importante, e já estou me sentindo louco e assustado com o que pode acontecer se eu não fizer esse procedimento.

— O que diabos você quer esquecer?

— Espero que não seja difícil para você ouvir isso, mas eu meio que tenho... tinha uma coisa... — Pensei que botaria tudo para fora de uma vez, mas, apesar das possibilidades de esquecer este momento, viver no agora, com todo esse peso, ainda me parece completamente impossível. — Uh, tinha uma coisa rolando entre Thomas e eu. Talvez você tenha percebido isso, já que tem olhos para ver.

Ela corre a cadeira até perto de mim e segura minha mão.
– Certo... Mas o que há de errado?
– Eu.
– Você não é errado, meu filho. – Ela me abraça de lado, apoiando a cabeça no meu ombro. – Não sei o que esperava que acontecesse. Que eu te batesse com um cinto? Ou passasse algum produto de limpeza em você?
– Seria ótimo se você pudesse fazer isso. – Começo a chorar, porque não há nada como minha mãe me dizendo que não há problema em ser como eu sou para realmente me fazer ter medo de viver com essa dor no coração para sempre. – Quero um recomeço, mãe. As coisas não estão dando certo com Thomas. Sei que prometi ser mais aberto depois do que fiz você passar em abril, então estou te falando agora: toda essa história com Thomas fez com que eu realmente acordasse. Mas ele continua dormindo, e não sei se sou capaz de fazer o suficiente ou falar as coisas certas para acordá-lo.
– O que você quer de mim?
– Quero me consertar.
Ela também está soluçando um pouco, e aperta a minha mão.
– Obrigada por ser honesto comigo, Aaron. Já falei isso antes, e não me canso de repetir: eu sempre te amarei do jeito que você for, mas você está sendo impulsivo com essa história do Leteo. Podemos conversar melhor sobre isso, ou marcar outra consulta com seu terapeuta...
– O Dr. Slattery é uma piada! Ele é um desperdício do seu dinheiro! O Leteo é papo sério, mãe. Dizem que as pessoas não podem escolher se gostam de meninos ou meninas, mas você poderia me ajudar a ser quem eu era.
Saio de debaixo do braço dela, porque ela está fazendo com que eu sinta que estou implorando por um caminhãozinho novo no Natal. Entendo que jovens da minha idade podem ser impulsivos, mas, quando seu filho que quase se matou pede por uma vida melhor do dia para a noite, sua atitude de mãe deveria ser apenas assinar na linha pontilhada.

— Não, Aaron. — Ela solta a minha mão e se levanta. — Preciso ir para o trabalho. Conversaremos sobre isso mais tarde, e...

— Esquece. — Saio correndo do consultório dela, acelerando ainda mais o passo quando ela chama o meu nome várias vezes. Só enxugo as lágrimas das bochechas quando alcanço a esquina.

E agora?

Saco o meu celular. Quero muito ligar para o Thomas ou a Genevieve, mas não posso. Também não posso ligar para o Brendan, porque tenho certeza de que ele já juntou as peças do meu quebra-cabeças cataclísmico em forma de Thomas. Os outros caras também. Vasculho minha agenda, passando por Baby Freddy, Brendan, Collin, Deon...

Ligo para a Evangeline. Ela não atende.

Encolho-me contra a parede, perguntando-me qual é a porra do meu lugar nesta merda de universo que fodeu comigo. Pensamentos que eu não deveria estar tendo invadem minha mente. Eles me dizem para procurar o esquecimento, onde o descanso e a felicidade me aguardam. Choro ainda mais, porque não é isso que quero, mas, mais uma vez, começo a sentir que essa é a minha única saída.

Meu telefone toca. Não é Thomas ou Genevieve, mas é minha única esperança além deles.

— Oi, Evangeline.

— Ei, filho. Desculpe por não ter atendido.

— Tranquilo. Preciso pedir um favor. — E, naquele instante, percebo que uma única mentira me ajudará a alcançar minha vida de mentiras, que é minha única saída. Afinal, essa mentira não fará mal a ninguém. — Tenho conversado com minha mãe a respeito de fazer algumas coisas no Leteo, mas ela não pode vir comigo. Você está livre esta tarde?

Ela fica calada por algum tempo.

— Encontro você em uma hora — diz ela. — Guarde um lugar na fila, está bem?

Há uma chance para o meu esquecimento feliz, afinal.

LEMBRA AQUELA VEZ

😃 😃 😃 😃

ESTOU NA FILA NA ESQUINA da 168th Street há quase uma hora, esperando para entrar no Instituto Leteo. Eu fico entediado e pergunto para o homem mais velho na minha frente por que ele está aqui, e ele me diz que quer esquecer a ex-esposa infiel antes de acabar matando-a, junto com o cara de vinte anos com quem ela dormiu.

Depois disso, deixo que algumas pessoas passem por mim na fila.

Quando finalmente entro, pego uma senha e sento em uma sala de espera tão grande quanto a de uma repartição pública.

Há duas TVs em cada parede, todas passando os mesmos vídeos do Leteo.

> **PERGUNTA:** Quão seguro é o procedimento?
>
> **RESPOSTA:** Muito seguro. Nossa abordagem não cirúrgica permite que todas as memórias no *blueprint* sejam selecionadas e alteradas com precisão molecular. Nossos novos comprimidos aprovados pela FDA são absolutamente indolores.
>
> Para mais informações sobre efeitos colaterais, favor conferir os panfletos, disponíveis em todos os guichês de AJUDA.

> **PERGUNTA:** De onde vem o nome Leteo?
>
> **RESPOSTA:** Leteo é a tradução para espanhol da palavra Lethe, o rio mitológico do esquecimento, do Hades.

> **PERGUNTA:** Quem é o cérebro por trás do Leteo?
>
> **RESPOSTA:** A Dra. Cecilia Inés Ramos, PhD, MD, neurocirurgiã vencedora do prêmio Nobel, desenvolveu o procedimento. A Dra. Ramos desvendou a ciência de alteração durante uma pesquisa sobre doenças psicológicas. Ela tem uma conexão pessoal singular: sua irmã sofre de esquizofrenia paranoide. Em seu esforço para melhorar a qualidade de vida de um ente querido, a Dra. Ramos descobriu a

possibilidade de arquivar as memórias umas sobre as outras. O Leteo cresceu a partir desse ponto. A Dra. Ramos vive na Suécia. Para aprender mais sobre as origens do Leteo, leia os periódicos científicos da Dra. Ramos, e para conhecer mais sobre ela, leia sua biografia, *A mulher que fez o mundo esquecer*.

PERGUNTA: Quanto custa esquecer? Meu plano de saúde cobre isso?

RESPOSTA: Os custos dos procedimentos variam de acordo com a alteração.
Para uma lista dos planos de saúde que aceitamos atualmente, favor conferir os panfletos, disponíveis em todos os guichês de AJUDA.

PERGUNTA: Pacientes podem se lembrar do que esqueceram?

RESPOSTA: Sim, memórias enterradas podem voltar à tona. Esse processo é conhecido como "desenrolamento". Eles costumam ser provocados por lembretes detalhados de momentos exatos e traumas, muitas vezes proporcionados por entes queridos. Odores, sons e imagens específicos também podem provocar um desenrolamento.

PERGUNTA: Por quanto tempo os pacientes são submetidos ao procedimento?

RESPOSTA: A duração varia de acordo com a alteração. Alguns pacientes pernoitam, outros têm alta mais cedo.

PERGUNTA: Esse procedimento é uma palhaçada?

RESPOSTA: Não, esse procedimento NÃO é uma palhaçada.

Certo, essa última pergunta veio da minha cabeça, mas é exatamente o tipo de pergunta zoeira que eu teria enviado para eles antes de o Kyle se submeter a esse pequeno truque de mágica. A sequência de senhas ainda está no número 184, e a minha senha é 224. Pelo menos, isso vai dar tempo suficiente para Evangeline se livrar da fila lá fora antes de entrar. Sério, este lugar tem tantas filas que, se empurrássemos uma pessoa na outra, geraríamos um efeito dominó maluco, e todos terminaríamos com amnésia quando a última pessoa desabasse.

😄 😄 😄 😄

– FINALMENTE – DIZ EVANGELINE, sentando-se ao meu lado. Ela está vestindo um colete de seda que me lembra do que Genevieve usou quando fomos para o cinema uma vez, no ano passado. Mas ela continua sendo a velha babá de sempre. – Quer me contar o que está acontecendo?

– Está tudo uma grande merda. É basicamente isso, Evangeline.

– Olha a boca – diz ela. – Me conta tudo.

Os olhos dela percorrem a sala toda. Eu entendo. Fiz a mesma coisa.

– Quando eu era mais novo, em algum momento, você pensou que eu poderia ser... – Pensei que conseguiria botar isso para fora. – Você pensou que eu talvez gostasse de outros caras?

– Nunca. Por que pergunta? Você acha que talvez seja gay?

– Eu sou... Mas não quero ser. Quero virar hétero.

– Por que acha que ser gay é a raiz dos seus problemas? – pergunta ela, imediatamente. Parece até que ela está me julgando.

– Eu tinha uma namorada que me amava, e amigos. Agora, não tenho mais. E tudo isso mudou depois que conheci um idiota sem rumo algum na vida. – Estou tentando não soar defensivo. Se esse procedimento significa que vou conseguir esquecer meus sentimentos por Thomas e a dor que uma despedida me causaria, preciso dele. – Não estou feliz com quem sou. Isso basta, não é?

Evangeline estuda minhas feições.

— Ouça, filho. Mesmo que o que você está pedindo que eu faça seja possível, e mesmo que você tenha cada centavo necessário para cobrir os custos, este não é o tipo de lugar onde você pode entrar e marcar um procedimento para o próximo final de semana. Para começo de conversa, sua mãe precisa assinar tudo, e eles forçariam você a conversar com terapeutas durante algum tempo antes, para determinarem se seus sentimentos podem ser resolvidos com o tempo.

Eu não respondo.

Ela massageia meu ombro, e eu recuo, porque é a mesma coisa que fiz com Thomas na sexta, antes de beijá-lo; esta é só mais uma das muitas memórias das quais preciso me livrar para conseguir viver.

— Entendo a dor que está sentindo, Aaron — diz ela.

— Claro, porque você é mais velha, e eu não passo de um molequinho de merda, não é?

— Olha a boca — diz Evangeline.

Ficamos sentados em silêncio enquanto espero minha senha ser chamada. Depois, ela ajeita o corpo. Alguém está acenando para ela do outro lado da sala.

— Você conhece aquela mulher? — pergunto.

— Fique aqui — sussurra ela. — Não vá embora.

É, até parece que eu iria embora do lugar que tem minha passagem para Elysium, um lugar perfeito de felicidade. Eu a observo indo falar com a mulher antes de voltar minha atenção novamente para os slides de perguntas frequentes. Evangeline volta para o meu lado alguns minutos depois, e pergunto mais uma vez se ela conhece aquela pessoa.

— Mais ou menos. Ela me entrevistou para um vaga de assistente do Departamento de Filosofia do Hunter College. Não sabia que ela estava buscando o procedimento. Parece que está na sexta, e possivelmente última, consulta para alterar suas memórias sobre um caso que seu falecido marido teve, porque quer se lembrar apenas do lado bom dele. Engraçado, não é?

– Eu diria que é perturbador, isso sim – respondo. Parece que os filósofos são pró-Leteo. Minha senha finalmente é chamada e ando apressadamente até o guichê de AJUDA, quase derrubando uma mulher em prantos.

Uma morena vestindo um jaleco cinza (que, segundo o crachá, chama-se Hannah) limpa a tela do seu tablet elegante, depois sorri para Evangeline e para mim.

– Olá. Bem-vindos ao Leteo. Como posso ajudá-los?

Ela deve estar sendo filmada, porque nunca vi alguém ser tão simpático trabalhando com atendimento a clientes.

– Não tenho uma consulta marcada ou algo assim, mas quero fazer um procedimento.

– Claro. Posso ver sua carteira de identidade?

Entrego minha carteira de identidade para ela. Preciso desesperadamente de um corte de cabelo na foto.

Hannah digita algumas coisas a uma velocidade impressionante, e, depois de o tablet apitar algumas vezes, ela volta a olhar para mim.

– Certo, sr. Soto, quais aflições o trazem para o Leteo hoje?

– Não estou me sentindo muito feliz – digo, e então faço algo realmente desprezível: coloco o braço no balcão e certifico-me de que ela consiga ver a cicatriz sorridente no meu pulso, esperando que me leve mais a sério.

– Há quanto tempo se sente assim?

– Há um tempo.

– Você poderia ser mais específico, Sr. Soto?

– Há alguns dias, na verdade, mas isso tem se acumulado há meses.

– Houve algum evento que precipitou esses sentimentos?

– Sim.

– Você poderia ser um pouco mais específico, Sr. Soto?

– Você será a responsável por cuidar da minha alteração?

– Não, Sr. Soto, estou apenas coletando as informações para o nosso departamento técnico.

– Prefiro manter meus segredos o mais secretos possível, de preferência – digo.

Hannah olha para Evangeline.

– A senhora é parente dele?

– Sou uma amiga da família – responde Evangeline.

Hannah mexe mais um pouco no tablet.

– Posso marcar uma consulta para o sr. Soto com a nossa equipe no dia doze de agosto, ao meio-dia. – Ela enfia a mão em uma gaveta, saca uma pasta e a entrega para Evangeline. Antes que eu consiga pedir para ser atendido mais cedo, ela diz: – Perdão, mas essa é a data mais próxima que temos no momento. Esperamos vê-lo em agosto.

Ela chama a senha seguinte, e Evangeline me leva para fora.

Estou atordoado, olhando para o edifício achatado sob o calor do verão, sem saber como processar o que acabou de acontecer.

– Lamento que as coisas não tenham acontecido da maneira que você esperava – diz Evangeline, parecendo bastante derrotada também. – Mas assim você terá algum tempo para ter certeza de que é isso que realmente quer.

– Não é apenas o que quero – digo. – É o que todos querem.

☺ ☺ ☺ ☺

ESCONDO A PASTA sob o colchão, como se fosse pornografia ou algo do tipo, depois saio para comprar um ice tea no Good Food's. Estou prestes a pagar quando vejo Brendan na seção de salgados enfiando pães doces nos bolsos.

– Precisa de um dólar? – pergunto, e ele dá um salto. – Posso te emprestar um dólar, se você prometer não me bater.

Ele não me mostra o dedo do meio nem fala para eu ir me foder, então me aproximo dele e estendo a nota de um dólar.

– Tenho dinheiro – diz Brendan. – Estou tentando economizar.

– Certo.

– Você vai me dedurar e fazer com que Mohad me proíba de voltar aqui?

– Não se você deixar que eu compre isto para você. Trégua? Brendan abre um sorriso debochado e me entrega os pães doces.

– Trégua – diz ele.

Compro tudo no caixa com Mohad. Sinto algo parecido com esperança ao deixar a loja ao lado de Brendan. Há sempre um silêncio constrangedor depois das nossas brigas. Isso aconteceu na terceira série, depois que ele me zoou na frente da turma inteira por dormir na mesma cama dos meus pais; aconteceu de novo em uma manhã de Natal, há alguns anos, quando ele roubou um controle que minha mãe havia comprado para mim de debaixo da árvore, e disse que o pai dele havia comprado exatamente o mesmo para ele. E, apesar de ter sido Brendan quem atacou Thomas, sinto-me culpado por não ter defendido o lado dele.

– Desculpe – digo.

– Foi mal também. – Brendan rasga o pacote do pão doce e pergunta: – Quer jogar Perseguição? Estava pensando em começar um jogo.

Andamos até a primeira quadra, onde todos estão amontoados ao redor do tabuleiro de Skelzies. Eles conversam sobre como deixar uma menina molhada usando apenas os dedos, e como não é preciso usar camisinha se você está entrando por trás. Não tento fingir uma risada ou opinar sobre o assunto. Eu não faria isso, de qualquer maneira, e assim é mais natural: posso ter a mesma aparência e me sentir da mesma maneira, como se ainda fosse um deles. Brendan acena com a cabeça, como se dissesse que voltei a ser maneiro, e tudo fica de boa.

– Foda-se o Skelzies. Está na hora de Perseguição. Aaron já se voluntariou para ser o perseguidor.

– Babaca – sussurro, enquanto todos correm em direções diferentes.

Procuro por Dave Magro embaixo dos carros, mas ele deve estar sóbrio, para variar, porque não foi burro o bastante para se esconder lá hoje. Faço uma varredura rápida, à procura de onde

Eu-Doidão pode estar escondido por aqui. Não o encontro, mas fico satisfeito em talvez nunca desvendar esse mistério, porque passar mais tempo com aquele lunático não está no topo das minhas prioridades.

Volto para o pátio e avisto Dave Gordo no telhado, e ele mostra a bunda para mim. Mostro o dedo do meio para ele. Vejo Nolan e Deon e os sigo, enquanto eles escapam pelas grades. Eles se separam assim que avisto Thomas se aproximando de mim, e, por um segundo, penso em capturá-lo, até me lembrar de que ele não está participando do jogo.

Ele está aqui de verdade.

Thomas fala imediatamente:

– Sei que as coisas estão estranhas, mesmo que a gente não quisesse que estivessem. – Ele encara meus olhos fixamente, e tento recuperar o fôlego. – Mas você é meu melhor amigo, e sinto falta de ter você por perto. Sei que você não sente algo por mim de verdade. Beber faz as pessoas ficarem confusas assim mesmo, então vamos considerar tudo isso tabu e não tocar no assunto nos próximos dez anos, mais ou menos. Vamos ficar de bobeira e conversar sobre o Guardião do Sol, enquanto procuro um emprego para...

– Por que não posso gostar de você?

– Porque não daria certo, a longo prazo – diz Thomas.

– Por que não me encaixo na sua pequena hierarquia de necessidades?

– Porque sou hétero, Comprido. – A voz dele soa um pouco irritada agora. – Pensei que quiséssemos esquecer que tudo aquilo aconteceu.

– É, bem. Não é tão fácil esquecer quanto você está fazendo parecer. – Minha garganta aperta. – Posso ficar de bobeira com você e fingir que nada aconteceu, ou esperar que você se resolva.

– Não há nada para resolver – diz Thomas. – Sei que posso ser muito confuso a respeito do que deveria estar fazendo com minha vida, e como sinto que não pertenço a lugar algum, mas não tenho a menor dúvida do que faz meu coração bater e deixa meu pau duro. Não estou falando isso para te agredir, Comprido, mas é assim que funciono.

— Eu já fui assim. Eu negava tudo, mas depois te conheci perto daquela cerca e isso mudou tudo o que eu pensava a respeito de mim mesmo. Não queria ser infeliz, então deixei de namorar alguém que não posso amar de verdade. Entendo se você precisar de mais tempo.

— Não posso satisfazer essa fantasia que você está criando na sua cabeça — responde Thomas rispidamente.

Sem pensar duas vezes, eu o abraço e não o solto, apesar de ele não me abraçar de volta.

— Não posso prometer que vou esperar — digo.

Não acho que a dor desaparecerá como Evangeline acredita. Tenho certeza de que alimentar expectativas só vai fazer com que semanas pareçam meses, meses pareçam décadas e décadas pareçam como o meu fim dos tempos. Se não houver felicidade alguma esperando por mim lá, então terei vivido uma vida sem risadas e sorrisos, e isso não é viver de verdade.

Dou as costas para ele.

Caminho de volta para o conjunto e atravesso a terceira quadra quando, de repente, duas mãos grandes agarram meus ombros. Meio que espero que seja Thomas, girando-me para me levar para um lugar mais reservado, mas sou lançado para a frente e rolo no chão, chocando-me contra uma pilastra ao lado do meu edifício. Sou sufocado pelo medo. Duvido que seja um daqueles babacas do conjunto habitacional Joey Rosa, porque não tive nada a ver com Eu-Doidão tê-los espancado.

Este ataque é pessoal. Estes são os meus amigos. Eu me levanto. É Eu-Doidão, apoiado por Brendan, Dave Magro e Nolan. Não conseguirei fugir de todos eles.

— Revide, seu viado — desafia Eu-Doidão, revirando os olhos até eles ficarem completamente brancos. Ele começará a bater contra a própria cabeça a qualquer momento agora, e eu estarei perdido.

– Qual é a porra do seu problema? – pergunto.
– O Eu-Doidão viu você abraçando o seu namoradinho – diz Eu-Doidão.
– Por que está se metendo com outros caras? – cantarola Nolan. – Você tinha uma namorada supergostosa, que o Bren disse que não está mais pegando.
– Isto é para o seu próprio bem – diz Brendan, envergonhado demais para me encarar, como o homem que ele espera que eu seja e acha que é. Ele estala os dedos e balança para a frente e para trás, e quase rio do papel ridículo que ele está fazendo.

Eu me aproximo do rosto dele, tão perto que poderia beijá-lo e realmente deixá-los todos putos.

– Vamos lá, galera – digo. – Tentem arrancar a verdade de mim à força.

As regras da rua não são claras, mas conheço uma pessoa (o próprio Brendan, na verdade) que conseguiu se safar de uma boa surra de alunos da escola rival depois de descer a porrada em um só cara e ganhar o respeito de todos. Talvez, se eu conseguir quebrar o Brendan, ou o Dave Magro, que parece estar chapado demais para o seu próprio bem, isso faça com que eles me deixem em paz.

Brendan me empurra. Eu me recupero. Empurro-o de volta, depois o golpeio com a cabeçada mais forte que consigo dar sem acabar desmaiando. Meio atordoado, ele finge que vai me golpear com a direita, depois desfere um gancho forte no meu queixo com a esquerda. Chuto o joelho dele, com força, como ele me ensinou, e ele desaba, então lanço o joelho no seu nariz. De repente, Dave Magro me dá um soco surpresa, mas é Eu-Doidão quem se lança contra mim e me derruba, e sei que já perdi. Não consigo me soltar dele. Agora, tudo é dor. Fica cada vez mais difícil resistir, e o mundo se torna gradualmente mais escuro e embaçado com cada soco no rosto e golpe no peito. Eu-Doidão está rugindo enquanto me enforca, e Dave Magro e Nolan me chutam.

Eu grito, me contorço, choro e protejo o rosto com o braço que consegui deixar livre. Eu-Doidão sai de cima de mim, e acho que a surra acabou. Estou bem tonto. O chão sobre o qual estou deitado, destroçado, gira para um lado, depois para o outro. Nem me preocupo em tentar me arrastar para fora daqui. Sinto que estou desabando...

Não, alguém está me levantando. Confundi o lado de cima com o de baixo. Mas a sensação de Modo de Trem Doidão é insanamente familiar. Ele corre comigo sobre os ombros, e ouço Brendan gritando para ele parar, dizendo que ele está indo longe demais, mas Eu-Doidão continua correndo. Não sei para onde estamos indo, até estilhaçarmos a porta de vidro do meu edifício e eu me estatelar no chão do saguão.

Ouço uma explosão no fundo da minha cabeça, uma reação tardia. Minha boca se enche de sangue. *Esta é a sensação de morrer*, penso. Solto um grito, como se alguém girasse cem facas dentro de mim, e cuspo sangue. Não estou chorando por causa do ataque. Estou chorando porque há um ruído novo na minha cabeça, e ele cresce, transformando-se de alguns ecos ao longe até uma balbúrdia de vozes misturadas. Todas as lembranças que esqueci um dia se desenrolaram.

PARTE ZERO: INFELICIDADE

AQUI HOJE, ESQUECIDO AMANHÃ

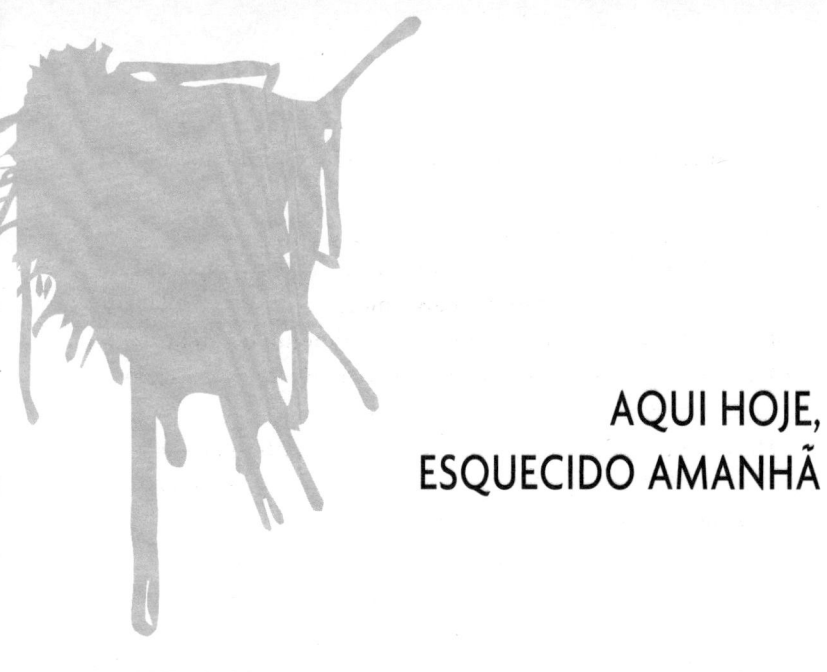

(NOVE ANOS)

Passou da minha hora de dormir, mas não consigo pegar no sono por causa de um pesadelo muito real: eu mesmo.

Já houve choro demais na minha família ultimamente, mas não consigo me conter. Minha mãe tenta me acalmar na cozinha com suco de cranberry. É idiota, mas choro ainda mais, porque tenho inveja de Brendan e de como a casa dele é melhor, com sucos melhores e videogames melhores, porque os pais dele têm mais dinheiro do que a gente.

Estou sentado na bancada da cozinha, e minha mãe me abraça junto do ombro.

– Querido, você pode me contar tudo. Eu te amo do jeito que você é.

Não quero contar para ninguém, mas temo que algo acontecerá comigo se eu não o fizer.

– Querido, meu filho, você está seguro. Nada jamais acontecerá com você, eu prometo.

– Acho que eu... – Respiro fundo. – Não consigo falar sobre isso. Estou com muito medo.

Eric surge de trás do nosso velho aparelho de som quebrado e grita:
— Você é gay! Ninguém se importa!
— NÃO! NÃO! Estou com medo de ficar maluco como Tio Connor, tomar comprimidos demais e morrer. — Soco uma lata de plástico onde guardamos pacotes de sal, pimenta e ketchup que minha mãe pega de restaurantes, derramando tudo no chão. — Você é um escroto!
Herdei meu temperamento explosivo e minha boca suja do papai. Salto da bancada para socar o rosto idiota dele, mas minha mãe me arrasta de volta.
— Aaron! Aaron! Pare com isto! Eric, volte para a cama *agora*!
Eric não me provoca como costuma fazer quando minha mãe, meu pai ou meus primos me impedem de brigar com ele. Apenas dá de ombros.
— Só estou tentando ajudar, aberração.
Aberração. Aberração. Aberração. Aberração.

☹ ☹ ☹ ☹

(DEZ ANOS)

MAMÃE COMPROU O PLAYSTATION mais novo para nós de Natal, além de um jogo de *X-Men* que estava em promoção, porque ela ainda tinha um pouco de dinheiro. Estamos jogando, e Eric escolhe o Wolverine, porque gosta de jogar com as personagens principais. Ele chama a si mesmo de "exército de um homem só", já que sempre manda bem com eles. Escolho Jean Grey, porque ela pode se transformar na Fênix Negra, tornando-se especialmente poderosa. Ela tem um truque muito maneiro de voar e atirar, que vi no demo do videogame na loja.
— Pare de escolher as personagens femininas! Seja um menino!
Decido escolher o Ciclope.

☹ ☹ ☹ ☹

(ONZE ANOS)

O ZELADOR PEGA SUA chave inglesa às onze da manhã, como faz todo verão, e abre o hidrante de incêndio. Jatos de água se libertam, e algumas crianças param para tirar as camisetas, enquanto outras correm diretamente para o meio da água, para se refrescar.
Brendan tira a camiseta.
Ele é meu melhor amigo desde a primeira série, e o vejo o tempo todo, mas não paro de olhar para ele até que Baby Freddy fala que estamos jogando pique-pega e que está comigo. Só corro atrás de Brendan, como um ímã. Quando finalmente o pego, toco seu ombro nu, e minha mão permanece ali um pouco mais do que o necessário.

☹ ☹ ☹ ☹

BRENDAN FINALMENTE VOLTA da visita à família na Carolina do Norte este fim de semana e estou muito animado. Enquanto ele esteve longe, comecei a ler muitas histórias em quadrinhos para ocupar o tempo que eu teria passado brincando com ele. Até desenho uma só para ele.
É uma história em quadrinhos de *Pokémon*, com os desenhos pintados com canetas. Há muitos borrões de borracha, da minha fase de esboços, mas ele não vai ligar. É sobre Brendan se tornando um mestre Pokémon, e mostra como ele é imbatível em todas as suas batalhas nos ginásios.
Espero que ele goste.

☹ ☹ ☹ ☹

(DOZE ANOS)

A SRA. OLIVIA NOS deu uma aula sobre Shakespeare e todas as peças dele hoje.

Estou no sofá ao lado do meu pai, enquanto ele assiste basquete com Eric. O jogo está um saco. Desde que descobri o teatro em geral e o grupo de teatro da minha escola, quero ser um ator que estrelará filmes de ação muito maneiros, como *Scorpius Hawthorne*, com lutas de espadas e batalhas mágicas. Prefiro assistir filmes do que ver um monte de caras suados tentando enfiar uma bola em uma cesta, para poder estudar como ser um ator, especialmente porque muita coisa mudou desde que Shakespeare morreu. (Se é que ele existiu de verdade. Acho que ele pode ter sido inventado, como o Papai Noel e Jesus, mas os adultos falam que ele é real.)

— Pai, você sabia que homens costumavam interpretar papéis de mulheres em peças do Shakespeare? Isso é muito engraçado, não é?

Meu pai desvia os olhos do jogo pela primeira vez esta noite.

— Você é um menino – diz ele. — Nunca aja como uma menina.

☹ ☹ ☹ ☹

(TREZE ANOS)

BRENDAN CORRE ATÉ MIM.

— Fala, cara! Acabei de receber o meu primeiro boquete!

Fico um pouco quente. Estou apenas surpreso, entende?

— Uau. Maneiro. De quem?

— Uma garota que é amiga do Kenneth e do Kyle. Ela acha o Kyle mais gato porque ele já tem bigode, mas eu desenrolei bem e consegui fazer uma sacanagem com ela. Sou um deus!

Dou um tapinha nas costas dele.

— Mandou bem, cara. Mandou bem.

Brendan vê Baby Freddy saindo do nosso prédio com seu equipamento de baseball.

— Espere. Vou ali contar para aquele merdinha. — Brendan sai correndo, e eu me sinto meio enjoado.

☹ ☹ ☹ ☹

(QUINZE ANOS)

HÁ DEFINITIVAMENTE UM CLIMA rolando entre nós: passamos a aula inteira de Ciências da Terra passando bilhetes com desenhos um para o outro, em vez de ouvir a professora. A pronúncia errada dos nomes de minerais, com seu pesado sotaque porto-riquenho; sempre inventamos desculpas esfarrapadas para continuar de bobeira um com o outro depois do horário da escola; contamos histórias um para o outro em uma lanchonete de galetos muito maneira; vamos para o cinema e jogamos balas e chocolate dentro dos nossos baldes de pipoca; apoiamos nossos braços um no outro. Mas, mais do que tudo, brincamos muito no parque, só nós dois, como um segredo. Um segredo que escondemos muito mal, porque todos já suspeitam que estamos namorando, mas, mesmo assim, fico muito chocado ao ouvir:

– Você deveria ser o meu namorado.

Devo admitir, pensei que estava amaldiçoado a ter uma vida de encontros descompromissados, como Brendan e Dave Magro. Ou como Baby Freddy, que sempre corre atrás, mas nunca consegue nada. Nunca pensei que alguém seguraria a minha mão. Isso deve significar que tudo o que eu pensava a respeito de mim mesmo estava errado. Isto é uma dádiva. Aproximo-me um pouco mais de Genevieve no banco do parque. Aperto a mão dela e digo:

– Claro. Posso experimentar esse negócio de ser seu namorado.

☹ ☹ ☹ ☹

EU NÃO ENTENDO.

Tudo pareceu tão certo quando concordei em ser o namorado dela. Eu era o cara mais hétero que conhecia, mas, quando cheguei em casa aquela noite, ainda estava pensando em outros caras. Não mais no Brendan; perdi o interesse por ele depois de ouvi-lo falar sobre dormir com meninas como se fossem conquistas. Não, penso nos caras que vejo se trocando no vestiário da escola, ou nos que se sentam na minha frente no ônibus, olhando para o além, provavelmente pensando nos seus *crushes* normais.

Não penso em Genevieve. Ela me encara agora, como se só pensasse em mim, como se eu devesse estar aproximando meus lábios dos dela, como ela faz com os meus. Faço isso para provar a mim mesmo que estou errado. Viro-me no último minuto, e nossas cabeças batem uma na outra.

– Ai – diz Genevieve, rindo. – Cuidado, seu mané idiota.

– Desculpe. – Esfrego a minha testa.

– Quer tentar de novo?

Aceno com a cabeça e ela se afasta de maneira brincalhona, como se corrêssemos o risco de dar uma cabeçada novamente. Ela me puxa para junto de si, e, ao virar para a esquerda, eu me desespero e também viro para a esquerda, e batemos novamente um no outro. Talvez, desta vez, ela considere isso como uma mensagem do universo, mostrando que não sou o menino que ela deveria estar beijando.

Sei que não é possível que eu a esteja enganando, ou a qualquer um, e este é exatamente o meu problema: sem ela, não enganarei ninguém. Puxo-a para perto de mim, e desta vez acerto, depois solto uma risada, que provavelmente não faria ninguém se sentir bem. Mas Genevieve sorri, depois soca o meu braço.

– Acho que vou te bater bastante de agora em diante.

☹ ☹ ☹ ☹

(DEZESSEIS ANOS – OUTUBRO, HÁ NOVE MESES)

ESTOU NA BIBLIOTECA DA ESCOLA, relendo *Scorpius Hawthorne e a Legião do Dragão*, quando o vejo olhando para mim da seção de fantasia. Collin Vaughn também está no penúltimo ano, e é o que gosto de chamar de quase-atleta: desde o primeiro ano do ensino médio, ele não consegue entrar na equipe de basquete, mas, mesmo assim, age com superioridade na aula de educação física.

Collin se aproxima com dois livros na mão e puxa uma cadeira de frente para mim.

– Tranquilo se eu me sentar aqui?

– Tranquilo – respondo.

– Sempre vejo você lendo esses livros de fantasia e quadrinhos durante as aulas e na hora do almoço. – Os olhos dele encontram o meu livro do Scorpius Hawthorne. – Estes aqui são bons?

Ele desliza *O guia do mochileiro das galáxias* e *O hobbit* sobre a mesa até mim.

– *O guia do mochileiro* é engraçado para cacete – digo.

A bibliotecária revira os olhos para mim, depois volta a ler seu romance, que parece muito ruim.

– Ainda não li *O hobbit*, mas os filmes são foda – concluo.

Ele bate com o dedo no livro do Scorpius Hawthorne.

– Opa – diz ele. – Nunca li *estes* livros, mas assisti aos filmes.

Algumas pessoas são obcecadas pelas obras de Jane Austen, ou William Shakespeare, ou Stephen King, mas eu cresci com o menino mago demoníaco, então, sempre que alguém da minha idade diz que nunca leu estes livros, imagino um feitiço de Ceifa sendo lançado para o céu, porque uma juventude foi assassinada.

– Como assim nunca leu isto?

Collin sorri.

– Nunca tive a oportunidade.

– Mas você entrou, por livre e espontânea vontade, naqueles cinemas, e apoiou os pés na cadeira da frente para assistir os filmes?

– Eles não são a mesma coisa?

– Você é terrível – digo. – Se eu lhe trouxer o primeiro livro do Scorpius Hawthorne amanhã, você pode ler este final de semana?

– Posso tentar. Me encontra aqui amanhã?

– Continuaremos nos encontrando aqui, até que você consiga recitar As Sete Leis da Magia Híbrida.

☹ ☹ ☹ ☹

FINJO LER AS ÚLTIMAS PÁGINAS de *A Legião do Dragão* quando Collin entra na biblioteca procurando por mim. Ele se senta na minha frente, sem pedir desta vez, e pergunta:

— Trouxe a mercadoria?

Se alguém o ouvisse falando assim, poderia até achar que estamos negociando drogas.

Deslizo a mochila na mesa até ele. Trouxe os dois primeiros volumes do Scorpius Hawthorne, além de *O único e eterno rei*, *A guerra dos tronos* e algumas revistas em quadrinhos, caso ele se encaixe na ridiculamente minúscula porcentagem do universo que não gosta do menino mago demoníaco que inspirou um parque de diversões e sete filmes.

— Trouxe alguns clássicos também. O que fez você se interessar por fantasia?

Collin abre a mochila e estuda a primeira página de *Scorpius Hawthorne e o cetro do monstro*. Se esse tal de Instituto Leteo não fosse uma palhaçada e eu conseguisse fazer um procedimento de graça, certamente apagaria minha lembrança de ter lido essa série, só para poder reviver esses livros, como se fosse a primeira vez.

— Acho que gosto de fazer de conta — diz ele. As páginas estão amareladas, e ele encontra minha ilustração do Alastor Riggs, o Senhor Supremo da Escola da Coroa Prateada, com seus chifres.

— Você desenha?

— Sim. É uma coisa que faço — respondo. Normalmente, não acho que sou um artista muito bom, porque devemos sempre mostrar algum nível de modéstia, mas Collin estuda meus desenhos como se pudesse pagar um bom dinheiro por eles em um dos leilões idiotas da nossa escola. — Você deveria se sentir honrado por eu estar te emprestando minhas cópias originais e sagradas, mas devo alertar você de que vou te aniquilar como um Triturador de Ossos se você as destruir.

– Até eu entendo essa referência – diz Collin, e isso faz com que eu sinta que ainda existe alguma esperança para ele. – São os trolls do primeiro filme, não são? Ele acabou de comparar um demônio sem pele com um troll idiota. Lá se vão minhas esperanças.

☹ ☹ ☹ ☹

ALGUMAS SEMANAS DEPOIS, Collin me devolve o volume de *Scorpius Hawthorne e as covas*, o último livro da série. Dentro dele, há um bilhete pedindo que eu marque sim ou não, sem uma pergunta. Mas sei o que ele quer saber, e isso não me assusta tanto quanto pensei que assustaria se este dia chegasse.

Marco o sim e devolvo o bilhete para ele.

Collin lê a resposta, depois dobra o papel e o guarda no bolso da frente, acena com a cabeça e diz:

– Maneiro.

Há um jogo de basquete depois da aula, e falo para Genevieve que vou ficar para assistir. Ela estranha, mas não se incomoda tanto, porque assim terá um pouco mais de tempo para se concentrar no dever de casa sem ser incomodada pelas minhas ligações. Collin falou para a namorada, Nicole, que queria conferir se algum dos jogadores que conseguiu entrar na equipe realmente valia alguma coisa.

Mas não assistimos ao jogo.

Eu o sigo pela escada até o último andar, e pergunto, ofegante:

– Por que eu? E não tente ignorar e fugir da minha pergunta, ou responder apenas que sou maneiro.

Ele ignora.

Finjo que estou descendo a escada.

Ele agarra o meu braço.

– Porque achei que você era diferente, sem que isso fosse óbvio para todo mundo, está bem? Uma pessoa teria que se sentar com você e realmente conhecê-lo direito para se dar conta disso, se é que isso faz algum sentido. E gosto do que vi até agora. Isso basta para você?

— Claro, apesar de achar que você foi um pouco longe demais com esse discurso.

— Babaca. Sua vez: Por que eu?

Dou de ombros, aproximo-me do rosto dele, e falo que ele é maneiro. Nós dois olhamos escada abaixo ao mesmo tempo para nos certificarmos de que ninguém está subindo, depois nos viramos e nos beijamos.

☹ ☹ ☹ ☹

(DEZESSEIS ANOS – NOVEMBRO, HÁ OITO MESES)

— **VOU TE ENSINAR** a andar de bicicleta — diz Collin, ao empurrar uma bicicleta chumbada de dez marchas com uma corrente solta na minha direção. — Você tem dezesseis anos, e seu pai já deveria ter te ensinado isso há uns dez.

Ele se ajoelha e prende a corrente; consigo ver a pele da sua lombar.

— Talvez eu já esteja velho demais para aprender.

— Não, você nunca vai conseguir tirar uma carteira de motorista se não souber nem andar de bicicleta. Vamos lá, pode fingir que é a vassoura do Scorpius. A Fada Vermelha, não é?

— Está bem, você me convenceu.

Subo na bicicleta, e Collin me passa as noções básicas. Espero que ele segure as minhas costas ou o meu ombro, mas estamos no bairro dele, cercados por seus amigos. Pedalo e desabo no chão, quase batendo com a cabeça contra um hidrante. Ele estende o braço para mim e pergunta:

— Será que é melhor eu pegar uma vassoura com rodinhas?

☹ ☹ ☹ ☹

COLLIN JÁ PERDEU suas duas virgindades. Ele transou com uma menina chamada Suria aos quatorze anos, depois que ela bateu uma punheta para ele sob as arquibancadas do ginásio. Depois, ele deixou um cara comê-lo no ano passado, quando estava passando férias nas Montanhas Pocono. Ainda preciso perder minhas duas virgindades. Até agora, só dei uns amassos na Genevieve. Quero chegar na próxima etapa com Collin.

Recentemente, tentamos transar na escadaria de um edifício próximo, mas, quando estávamos começando a tirar a roupa, ouvimos alguém descendo. A mesma coisa aconteceu em uma varanda, há algumas noites. Nós nos arriscamos bastante, mas acho que valeu a pena. Agora, vamos para bem longe do meu quarteirão, onde nos deparamos com um esconderijo, atrás de uma cerca de arame, entre um açougue e uma loja de flores, comércios de vida e morte.

– Este lugar cheira a vaca morta – digo. – Mas até que é legal. Esquisito.

– Jesus, você quer que eu vá comprar uma flor para você? – pergunta Collin, mostrando-me o dedo do meio. Sempre fazemos esse gesto um para o outro, porque é um jeito de continuarmos sendo caras, sabe? Collin passa por cima de uma bicicleta enferrujada e sem rodas, o que me faz pensar em quando será a próxima vez que ele tentará me ensinar a andar de bicicleta, depois puxa a parte debaixo da cerca o bastante para que nós dois consigamos atravessar.

Está escuro, e estamos muito longe dos nossos amigos de quarteirão e das nossas namoradas. Aposto que até a porra da lua não consegue nos ver agora. Eu o empurro, e ele me empurra de volta. Eu o prendo contra a parede, desabotoando sua camisa, e, depois disso, tudo se resume a camisinhas e memórias constrangedoras.

☹ ☹ ☹ ☹

ESTÁ MAIS FRIO HOJE e não podemos fazer sexo quando chegarmos ao nosso esconderijo. Então, decidimos deixar uma marca física no local. Peguei algumas latas de tinta spray emprestadas com Genevieve, que ela deixou na minha casa depois de um trabalho que fizemos há um ano. Fiquei feliz para cacete quando Collin concordou em fazer isso, porque significava que compartilhamos algo além do sexo.

Collin pinta um mundo preto e azul em uma parede suja. Ouço sirenes de polícia e preciso pensar rápido, caso eles estejam vindo atrás da gente. Desenho uma seta verde sobre o mundo. Parece com o símbolo universal para meninos, o que faz sentido, porque somos homens, independente do que fazemos. Collin inclui uma coroa no desenho, tornando-nos reis.

As sirenes somem na distância, então continuamos ali, decorando a parede, por falta de uma expressão mais hétero. Ele pinta uma criatura estranha e sem forma na outra parede.

– Ei, você pode me emprestar um beijo?

– Não.

– Certo, vamos tentar de novo: você me beija ou eu te pinto – ameaça Collin.

Eu sorrio. Caminho até perto dele e ele aponta a lata para mim.

– Nem pense em fazer isso, Collin Vaughn. – Eu me afasto e um jato de tinta azul atinge o meu peito. – Seu filho da puta.

Pego uma lata e pinto as costas inteiras dele de verde, enquanto ele corre de mim. A guerra continua por dez minutos, até nós dois estarmos cobertos de azul, verde e preto, e eu não tenho a menor ideia de como vou explicar isso para os meus pais.

☹ ☹ ☹ ☹

(DEZESSEIS ANOS – DEZEMBRO, HÁ SETE MESES)

KENNETH LEVOU UMA PORRA de um tiro ontem e é tudo culpa da porra do Kyle. Kyle não conseguiu se segurar e teve que comer a porra da irmã do Jordan, apesar de todos nós sabermos que a porra do Jordan é o tipo de pessoa que vai matar qualquer filho da puta que se meter na porra do seu caminho. Aquelas merdas de balas eram destinadas à porra do Kyle, mas não, elas encontraram a porra do caminho até o Kenneth, que caminhava inocentemente até a porra da sua casa, vindo da sua merda de aula de clarinete na escola.

Nunca vamos ter a porra da chance de assistir ao Kenneth em uma merda de palco, tocando uma música, pela qual chamaríamos ele de viadinho de merda, apesar de estarmos orgulhosos para cacete por ele estar fazendo algo da porra da sua vida.

Felizmente, tenho Collin aqui comigo. Ele está sendo compreensivo para cacete e me deixando chorar no seu ombro. Ele me promete distrações, como filmes e histórias em quadrinhos, mas a melhor porra de distração é ter alguém para abraçar quando estou me sentindo perdido e derrotado para caralho.

☹ ☹ ☹ ☹

COLLIN E EU ESTÁVAMOS muito pilhados para assistir ao novo filme dos *Vingadores* juntos, até nossas namoradas se convidarem para vir também. Como bons namorados, no entanto, deixamos que elas nos acompanhassem. Genevieve insistiu em se sentar ao lado de Nicole, para que elas pudessem ter chiliques pelo Robert Downey Jr., mas Collin argumentou que este era um filme de homens, e que os homens deveriam se sentar juntos. Collin até fingiu que estava com ciúmes por elas quererem conversar sobre outros caras. Loucura.

Depois de uma hora de filme, estendo a mão para pegar pipoca no colo do Collin, roçando malandramente contra o braço dele. Não me sinto muito bem sendo tão babaca com Genevieve, que está logo à minha esquerda, nem quando ela está longe, mas Collin me deixa feliz, e isso é tudo o que importa.

– Melhor. Filme. Do. Mundo – sussurra Collin para mim, encostando os lábios na minha orelha por um segundo. Este encon-

tro duplo até que é excitante, mas tem um grande problema: não vamos para casa um com o outro.
— Já vi melhores — sussurro de volta.
— Até parece.
Soco o braço dele e dou uma cotovelada. (Dica: sua namorada não suspeitará que você está dormindo com seu amigo se você ficar batendo nele.)
— Arrumem um quarto, vocês dois — chia Nicole, quando derrubamos um pouco de pipoca sobre ela. (Ou talvez suspeite.)
Genevieve chama meu nome assim que Collin se inclina para sussurrar outra coisa para mim, e eu me viro para ele. Rio da piada idiota dele sobre um macaco e um dragão em um bar, o que irrita as outras pessoas no cinema. Incluindo Genevieve, provavelmente. Quero perguntar para ela o que houve, mas não posso expor o fato de que a ignorei para prestar atenção no meu namorado clandestino, ou seja lá o que somos, então apenas me inclino para perto dela e sussurro:
— Mal posso esperar por esta noite, Gen.

☹ ☹ ☹ ☹

GENEVIEVE PUXA O MEU CINTO e me arrasta até a beirada da cama dela. O pai dela viajou e só volta amanhã, não lembro por quê, e as intenções dela depois do encontro duplo são óbvias. Se quiser manter o que tenho com Collin, preciso fingir que tudo está normal, para que ela não suspeite. Ela sobe na cama e relaxa sobre os joelhos, parando diante do meu rosto.
— Você quer isto, não quer?
Eu deveria falar algo como "Não muito", depois ir embora e ligar para o Collin. Mas agarro os ombros dela e a puxo para junto de mim, beijando seu pescoço, o rosto e lábios.
— Você é linda — sussurro no seu ouvido.
Estas parecem ser todas as coisas certas a se fazer.
Ela tira a minha camiseta e a joga do outro lado do quarto.

– Desabotoe a minha camisa – diz ela, traçando círculos no meu peito com os dedos. Cada vez que abro um botão, ela solta um gemido grave que soa artificial, e é uma loucura pensar que nós dois estamos fingindo isto. Solto a camisa dela e estudamos os corpos um do outro. Ela está vestindo um sutiã verde que provavelmente comprou especialmente para esta noite, e eu estou vestindo as mesmas cuecas *boxers* de ontem.

Genevieve desaba de costas e apaga o abajur ao lado da cama.

– Vem aqui.

Espero que o luar não exponha o terror no meu rosto, que estou disfarçando com movimentos sugestivos de sobrancelhas e sorrisinhos, enquanto engatinho na direção dela. Agarro sua cintura, mas, antes que eu consiga beijá-la, bato com a mão na minha barriga nua e solto um gemido.

– Estou com vontade de vomitar... Acho que foi a pipoca. Manteiga demais.

A Genevieve sensual que me deixa confuso desaparece, e a Genevieve de verdade ressurge.

– Quer que eu vá buscar alguma coisa para você na cozinha? Tenho um pouco de refrigerante e pão...

– Acho melhor eu tentar dormir – digo. – Isso geralmente me ajuda a melhorar.

– Está bem, mas... Gato, você tem certeza de que não prefere ficar acordado para ver se passa? Esta é a última noite em que poderemos finalmente fazer isso, e não sei quando teremos outra chance.

– Eu sei. Quero fazer isso, mas... – Não importa qual mentira venha depois disso, porque já falei a verdade para ela, pelo menos uma vez na vida: não quero fazer isso.

☹ ☹ ☹ ☹

(DEZESSEIS ANOS – JANEIRO, HÁ SEIS MESES)

ISSO FOI MEIO SURPREENDENTE, mas Collin comprou um presente de Natal para mim: um cartão presente de vinte dólares da Comic Book Asylum.

Tenho implorado ao Mohad, o chefão do Good Food's, por um emprego, e ele disse que talvez precise de um caixa em breve. Fiz algumas tarefas para o meu pai, como lavar seu carro e buscar sanduíches do Joey's para ele, e ele me deu quinze dólares para comprar algo legal para Genevieve. Mas não gastei o dinheiro com ela.

Bem, na verdade, gastei quatro dólares em um bloco em branco e criei um folioscópio para ela, mas gastei o resto do dinheiro em duas cópias do primeiro volume de *Os substitutos sombrios*, uma para Collin e outra para mim. É uma nova série da Marvel em que todos os heróis estão lutando contra seus clones sombrios, em uma paisagem medieval de tempestades de fogo e guerreiros mortos. Lemos os nossos volumes no corredor dele, no dia seguinte ao Natal.

Vou para a Comic Book Asylum no dia em que eles reabrem, dois de janeiro. Sigo direto para o caixa, antes que fique tentado a gastar meu cartão presente em algumas revistas que nunca encontrarei na gôndola de um dólar. Bato papo com Stan sobre o que ele fez no feriado, depois pergunto:

– Posso fazer uma assinatura de *Os substitutos sombrios*?

– Você já leu o número um? É épico, cara. Quando o tornado destruiu a base deles, eu pirei.

– Essa também foi a parte preferida do meu amigo – digo. Ele bate a promoção de ano-novo na caixa registradora, e o valor dá vinte e quatro dólares. Uso todo o cartão presente e pago a diferença. – Então, haverá sete volumes, certo?

– O número mágico. Um a cada mês.

Terei mais seis revistas para ler com Collin.

Maravilha.

☹ ☹ ☹ ☹

TENHO ME DEDICADO INTEIRAMENTE a um novo projeto nos últimos tempos, para me distrair de várias coisas, como a morte do Kenneth, o distanciamento do Kyle de nós e a minha culpa por estar enrolando a Genevieve. É uma revista em quadrinhos sobre um herói que criei, o Guardião do Sol. Tive um sonho certa vez em que estava com tanta fome que comi o sol, e meus ossos ficaram muito quentes, mas não explodi, ou derreti, nem nada parecido. Achei uma ideia bem ok. Acho que, quando acabar a revista, vou dá-la de presente para o Collin.

☹ ☹ ☹ ☹

(DEZESSEIS ANOS – FEVEREIRO, HÁ CINCO MESES)

– AARON, VOCÊ PODE me contar qualquer coisa.
Estou sentado de frente para a minha mãe no quarto dela, e meu coração está acelerado.
– Falo isso desde que você era criança. Lembra aquela vez em que você não queria me contar que...
– Gosto de homens, mãe. – Coloco as palavras para fora. Encaro a roupa suja no chão. – Desculpe. Eu apenas... é.
Ela se aproxima de mim e levanta meu queixo, mas, mesmo assim, não a encaro.
– Querido, não tem por que pedir desculpa.
– Eu, sabe, menti e fui um babaca – digo. Ela segura a minha mão e quase começo a derramar o que Collin chama de lágrimas de maricas, porque homens não choram. – Posso ficar em algum lugar, não sei onde, mas em algum lugar, se...
– Aaron Soto, você não vai a lugar nenhum. Não até começar a faculdade. Depois, quero que dê o fora daqui, se forme, arrume um emprego e me pague todo o dinheiro que gastei com você desde que você nasceu.
Ela sorri, e eu forço um sorriso de volta.
– E agora? Você vai me dizer que sempre soube, ou algo assim?
– Eu nunca faria isso, filho.
– Obrigado. Te devo uma.

– Você me deve cerca de um milhão de dólares, mas deixe isso para lá. Fico feliz que você esteja pronto para falar sobre isso, e por parecer estar tranquilo. Isso sempre foi a minha maior preocupação, que você não entendesse isso.

Sei o que ela quer dizer. Tenho passado menos tempo com Brendan e meus amigos, e eles me viram atravessando a rua para encontrar o Collin. Ele passa aqui de vez em quando para me encontrar, mas tento quase sempre mantê-lo todo para mim. Tenho certeza de que eles não serão tão compreensivos com o que estamos fazendo, e todos estão mal-humorados desde que perdemos o Kenneth.

– Há um jovem na sua vida? – pergunta minha mãe.

– Sim, mas aposto que você está se fazendo de ignorante, e sabe que é o Collin. – Falo bastante dele. Quando alguém te faz feliz, é muito difícil esconder a animação.

Ela se senta ao meu lado na cama, onde todos dormimos juntos até os meus treze anos, antes de eu me mudar com Eric para a sala, onde passamos a dormir nas nossas próprias camas.

– Você tem uma foto? – pergunta ela.

– Tenho dezesseis anos, claro que tenho uma foto. – Vasculho o álbum de fotos do meu celular, com minha mãe espiando por trás do meu ombro. Passamos por uma foto minha com Genevieve.

– Então, acho que você e Genevieve não estão mais namorando, não é?

☹ ☹ ☹ ☹

CONTAR PARA A MINHA MÃE foi uma coisa. Contar para o meu pai é completamente diferente.

Ele está na sala, fumando e assistindo o que afirma ser um jogo muito importante dos Yankees. O jogo está no nono tempo, e está empatado. Considero recuar e esperar por mais uma semana, mais ou menos, mas talvez ele não ligue quando eu contar para ele. Talvez tudo aquilo que ele me disse quando eu era mais novo, sobre nunca agir como uma menina ou brincar com *action figures* femininos, desapareça quando ele se der conta de que sou como sou, e não tenho escolha. Talvez ele me aceite.

Minha mãe me segue para dentro da sala e senta na cama do Eric.

– Mark, você tem um minuto? Aaron quer conversar com você sobre uma coisa.

Ele exala a fumaça do cigarro.

– Estou ouvindo. – Ele não desvia os olhos do jogo.

– Esquece. Podemos fazer isso mais tarde. – Eu me viro para voltar para o quarto dos meus pais, mas minha mãe segura minha mão. Ela sabe que eu talvez nunca sinta que esteja preparado para isso, que posso continuar inventando desculpas para adiar isso até bem depois que meu pai já estiver morto, e que só então *talvez* visite o seu túmulo e conte tudo para ele. Mas isso precisa acontecer agora, para que eu consiga me sentir tão confortável na minha própria casa quanto me sinto quando estou com Collin.

– Mark – repete a minha mãe.

Os olhos dele continuam grudados na TV. Respiro fundo.

– Pai, espero que você não se importe, mas estou tipo, meio que namorando alguém e... – Percebo que ele já está ficando confuso, como se eu o estivesse desafiando a resolver uma equação de álgebra sem caneta, papel ou calculadora. – E esse alguém é meu amigo Collin.

Só então ele olha para nós. O rosto dele imediatamente muda de confuso para furioso. Parece até que os Yankees não apenas perderam o jogo, mas decidiram desistir e aposentar o time para sempre. Ele aponta o cigarro para a minha mãe.

– Isto é culpa sua. Você é quem deve dizer para ele que ele está errado. – Ele está falando sobre mim como se eu nem estivesse presente.

– Mark, sempre dissemos que amaríamos nossos filhos independente de qualquer coisa, e...

– Uma *porra* de uma promessa vazia, Elsie. Faça com que ele largue isso, ou tire-o daqui.

– Se há algo a respeito da homossexualidade que você não entende, pode discutir isso com seu filho de maneira gentil – diz minha mãe, mantendo um tom firme que é tão destemido por mim quanto respeitoso em relação ao meu pai. Todos sabemos do que ele é capaz. – Se quiser ignorar isto, ou precisar de um tempo, podemos te dar isso, mas Aaron não vai a lugar nenhum.

Meu pai coloca o cigarro no cinzeiro, depois chuta o cesto de roupa suja sobre o qual estava apoiando o pé. Nós recuamos. Não costumo desejar isso, mas queria muito que Eric estivesse aqui agora, caso as coisas fiquem tão feias quanto acho que elas podem ficar. Ele aponta o dedo para mim.

– Eu mesmo vou expulsar ele da porra desta casa.

Minha mãe me protege.

Meu pai agarra a garganta dela com sua mão enorme, sacudindo-a.

– E aí, continua achando que ele está fazendo a escolha certa? – pergunta ele.

Corro até eles, agarro o controle remoto da TV e bato com ele contra a nuca do meu pai com tanta força que as pilhas saem voando. Ele empurra minha mãe contra o interfone e ela desaba no chão, tentando desesperadamente recuperar o fôlego. Antes que eu consiga ajudá-la, meu pai, o cara que jogou bola comigo, soca a minha nuca e eu desabo em cima de uma torre de jogos usados do Eric. Ele me arrasta pela gola da camiseta e me deixa do lado de fora da porta do apartamento.

– Você só vai trazer outro garoto para a minha casa por cima do meu cadáver, sua bicha de merda.

Ouço a porta sendo trancada e choro mais do que jamais chorei, porque não posso mudar o que sou, pelo menos não tão rápido e com tanta facilidade quanto meu pai acabou de deixar de ser o meu pai.

☹ ☹ ☹ ☹

ONTEM À NOITE, fui deixado no corredor, batendo à porta por mais de uma hora. Não queria que meu pai me estrangulasse ou espancasse, mas temia mais ainda pela segurança da minha mãe. Com todo o meu escândalo, alguém ligou para a polícia. Quando eles bateram à porta, meu pai abriu e simplesmente foi embora com eles. Ele nem sequer olhou para mim enquanto eles o algemavam e o informavam dos seus direitos. Minha mãe foi para o hospital para se certificar de que estava bem.

Este é certamente o pior pesadelo guardado no meu banco de memórias.

Precisava do Collin e do nosso canto no Pelham Park hoje. Ele me ensinou a ser a minha própria bússola pela cidade, já que sempre me perco, apesar de ter crescido aqui. Não conversamos muito sobre o que aconteceu ontem à noite, mas concordamos que está na hora de terminar com nossas namoradas. Claro, elas nos protegem de situações como a que aconteceu ontem, mas não podemos continuar enganando-as para nos mantermos seguros.

– É melhor você não ser grudento como a Nicole – diz Collin, enquanto seguimos de trem para casa. – Ela sempre me liga no meio da noite, quando estou tentando dormir.

– Improvável – digo, apesar de ser bem provável. Gostar de alguém é uma sensação estranhamente possessiva e obsessiva; você quer aprender todas as histórias da pessoa antes de qualquer um, e, às vezes, quer até ser o único a saber.

Bato minha perna na dele, e ele bate com a dele na minha. Se fôssemos um casal típico, de menino e menina, poderíamos nos beijar e abraçar, e ninguém daria a menor bola. Mas, no caso de dois caras como nós, viajando sobre os trilhos do Bronx, é bom não mostrar nenhum sinal de afeto se não quisermos chamar atenção. Sei disso há tempos. Só esperei que isso não importasse. Alguém assobia para nós, e me dou conta imediatamente de que estava errado.

Dois caras que estavam, há pouco, fazendo uma competição de flexões se aproximam de nós. O mais alto, com as pernas da calça jeans enroladas, pergunta:

– Ei, seus boiolas. Vocês por acaso são viadinhos?
Nós dois respondemos que não.
O amigo dele, que cheira a sovaco, pressiona o dedo do meio entre os olhos de Collin. Ele chupa os próprios dentes.
– Eles estão mentindo. Aposto que os pauzinhos deles estão ficando duros agora mesmo.

Collin dá um tapa na mão do cara, um erro tão grande quanto minha mãe tentando me salvar de ser expulso de casa ontem à noite.

– Vai se foder – diz ele.

Um pesadelo seguido de outro.

Um deles bate com a minha cabeça contra o corrimão, enquanto o outro desfere socos contra Collin. Tento socar o nariz do primeiro cara, mas estou atordoado demais, e erro. Não tenho a menor ideia de quantas vezes ele me soca, ou quantas vezes vou parar no chão grudento, com Collin tentando me proteger, até ele ser afastado com um chute. Collin olha para mim, chorando lágrimas involuntárias de choque e dor. Seus olhos bondosos e castanhos reviram quando ele leva um chute na cabeça. Grito por ajuda, mas ninguém aparta a briga, ninguém faz a porra da coisa certa.

O trem para e as portas se abrem, mas não há a menor chance de fugir. Pelo menos não para nós. Os dois caras gargalham, correndo para a plataforma. Novos passageiros entram no vagão, e alguns simplesmente garantem os seus assentos antes que eles sejam todos tomados. Outros fingem não nos ver. Só duas pessoas vêm nos ajudar. Mas já é tarde demais.

☹ ☹ ☹ ☹

COLLIN SE RECUSOU a ir para o hospital. Ele disse que não tinha dinheiro para isso, e, embora minha mãe provavelmente pudesse ajudá-lo de graça, ele sabia que ela ligaria para os pais dele, e talvez contasse tudo a eles, incluindo aquilo que ele nunca quis compartilhar.

Chego em casa trinta minutos depois, ainda segurando minha camisa enrolada contra o nariz para conter o sangramento. Entrei pela garagem, para não correr o risco de topar com meus amigos todo ferrado desse jeito. Sigo mancando direto até o banheiro. A porta está ligeiramente entreaberta, e as luzes lá dentro estão acesas. Eric deveria estar trabalhando no GameStop, e minha mãe está visitando um dos seus pacientes na prisão. Abro a porta e, ao ver quem está dentro da banheira, solto a camiseta, e o sangue escorre pelo meu rosto e peito.

Puta merda.

Pai.

Seus olhos estão abertos, mas ele não olha para mim.

Ele não tirou a roupa antes de entrar na banheira.

O tom da água é vermelho-escuro, tingido pelo sangue que escorre dos seus pulsos cortados.

Ele voltou para casa para se matar.

Ele voltou para casa para se matar antes que eu trouxesse um garoto para cá.

Ele voltou para casa para se matar por minha causa.

Todo este sangue.

Todas estas marcas vermelhas fazem eu apagar.

☹ ☹ ☹ ☹

MINHAS PERNAS DOEM para cacete, mas não paro de correr pelo parque. Salto sobre um banco, depois saio voando dele, aterrissando sobre minha perna ferida pela surra que tomei, mas continuo correndo. Costumo desacelerar quando estou apostando corrida com Collin, para ele não se sentir muito mal. Mas hoje não. Alguns pombos comendo pão de uma lata de lixo virada se espalham quando passo correndo entre eles. Continuo correndo, mas a lembrança do meu pai morto na banheira vermelha não para de me perseguir, e é impossível parar até tropeçar nos meus cadarços e desabar sobre a terra.

Collin me alcança e cai de joelhos, arquejando pesadamente.

– Você... está bem?

Estou tremendo e prestes a socar o chão como uma criança fazendo birra. Ele pousa a mão no meu joelho, e eu me jogo para a frente e o abraço com tanta força que suas costas estalam.

– Ai! Porra – diz ele, soltando-se. – Vai com calma.

Olho ao redor, para ver se há mais alguém no parque. Estamos sozinhos. Mas Collin tem seus próprios receios, por causa da última vez que fiz algo simples, como bater com minha perna contra a dele; naturalmente, alguém nos queimaria na fogueira se nos visse abraçados.

– Desculpe.

Faz apenas dois dias, mas sinto falta do seu rosto sem as feridas e o olho inchado.

Collin se levanta e acho que vai me ajudar a levantar, mas ele apenas coça a cabeça.

– Preciso ir me limpar antes de encontrar Nicole. Ela quer conversar.

– Não pode ficar mais um pouco? – Vejo um *não* se formando na boca dele, então falo rapidamente: – Esquece. Vá fazer o que tiver que fazer.

E é isso que ele faz.

☹ ☹ ☹ ☹

(DEZESSEIS ANOS – MARÇO, HÁ QUATRO MESES)

NENHUM DE NÓS FOI para o funeral. O caixão foi mantido fechado durante o velório. Tenho certeza de que pouquíssimas pessoas foram. Os odiados e odiosos não são as pessoas mais populares do mundo. Além disso, ele não gostaria que eu fosse, então perdi essa oportunidade de mijar no seu túmulo e acabei me encontrando com Collin, o que é poético o bastante para mim.

Estou sentado no chão, e Collin anda de um lado para o outro. Ele ainda não me ofereceu condolências de verdade, nem me abraçou, e isso está começando a me incomodar.

– Ele fez isso por minha causa – falo para Collin, apesar de já ter dito isso a ele diversas vezes. – Por causa do que fazemos juntos.

– Talvez devêssemos dar um tempo – diz Collin. – Talvez algum tempo de distância seja bom para você.

– Essa é a última coisa que eu quero fazer agora. – Não falo o óbvio, que acabamos de ser atacados *juntos* e que meu pai se matou. – Precisamos conversar logo com as meninas. Preciso que você, uh... Preciso que a gente resolva isso. Não vou conseguir lidar com outra coisa dando errado agora.

– Sei que esta é uma péssima hora para falar isso, mas não posso terminar com Nicole, Aaron. Tudo o que aconteceu entre nós foi um erro. Veja só tudo o que aconteceu com você... Você entende por que não pode existir mais nada entre nós, não é?

Esta é uma daquelas vezes em que você jura que está sonhando e vivendo um pesadelo, porque é impossível que sua vida se resuma a uma série de coisas ruins que, no final, te deixarão completamente sozinho.

– Você não pode fazer isso – digo. – Falei de você para minha mãe. Meu pai se matou por nossa causa. Fomos atacados no trem por causa do que a gente é.

Collin continua andando de um lado para o outro, e se recusa a me encarar.

– Escolhemos ser as pessoas erradas. Isto não pode funcionar. Nicole está grávida e eu estava tentando convencê-la a não ter a criança antes de te contar, mas ela vai manter o bebê, então preciso voltar a ser homem.

Outra coisa ruim que sempre foi um risco, mas que não era nada inesperada.

– Então você engravidou ela, e daí? Isso não faz com que você seja hétero, e você nunca será...

– Não vai rolar, Aaron. – Ele caminha até a cerca. Espero que ele volte, como se ainda estivesse andando de um lado para o outro, mas ele se agacha e vai embora, sem mais nenhuma palavra.

Algo estala na minha cabeça, e estou contendo as lágrimas. Eu também vacilei.

E daí? Também tenho uma namorada.

Não preciso dele.

☹ ☹ ☹ ☹

(DEZESSEIS ANOS – ABRIL, HÁ TRÊS MESES)

SEI QUE MEU PAI se matou por minha causa.

Minha mãe acha que sua última passagem pela prisão o empurrou para além dos limites, que ele finalmente foi afetado por seus desequilíbrios químicos.

Agora, não paro de procurar pela felicidade, para não acabar fazendo a mesma coisa que ele fez.

Descobri uma cidade chamada Happy no Texas, e fico imaginando que deve ser o melhor lugar no mundo para se viver.

Aprendo sozinho como falar, ler e escrever a palavra *feliz* em espanhol, alemão, italiano e até japonês, embora seja obrigado a desenhar esta última.

Descubro o animal mais feliz do mundo, o quokka. É um bichinho malandro, que está sempre sorrindo.

Mas não é suficiente.

As lembranças continuam girando na minha cabeça, torcendo dentro de mim como uma faca. Não quero esperar para ver o que vai acontecer comigo nesta história trágica que estou vivendo. Abro uma das lâminas de barbear não usadas do meu pai e corto o meu punho, como ele cortou o dele, talhando-o em uma curva até formar um sorriso, para que todos saibam que morri por felicidade.

Eu esperava me sentir aliviado, mas o que sinto é a dor mais triste que já vivenciei. Nunca deixo de me sentir vazio e indigno de ser resgatado por qualquer um, nem quando a fina linha no meu pulso faz tudo ficar vermelho.

☹ ☹ ☹ ☹

NÃO QUERO MORRER, e não morri. Passei alguns dias no hospital, onde conheci um terapeuta chamado Dr. Slattery, que era péssimo. Pensei ser o único que não o suportava, mas li críticas a respeito dele na internet e descobri que outros pacientes também o consideravam uma piada:
"Dr. Slattery me deixou mais maluco do que antes."
"Dr. Slattery não parava de falar sobre seus próprios problemas."
E assim por diante.
Genevieve está cuidando muito melhor de mim do que aquele palhaço. Minha mãe finalmente me deixou sair de debaixo das asas dela, e da vigia de Eric. Os dois perderam muito trabalho durante os dias em que não fui para a escola. Eles me deixaram sair para celebrar meu aniversário de um ano de namoro com Genevieve.

Ela deve ter achado que correríamos pela cidade, nos divertindo, para me distrair, mas eu me estiro no sofá dela, chorando com a cabeça no colo dela, por toda a dor que não consigo alcançar. Uma dor que outros *podem* tirar de mim.

– Não entendo como um procedimento do Leteo ajudaria você – diz Genevieve. – Foi terrível quando minha mãe morreu, e...

Ela não entende. Ela não foi obrigada a encontrar os restos da mãe no local do acidente de avião, como encontrei meu pai morto na banheira.

– Eu esqueceria o fato de que o encontrei. Acho que isso é fodido o bastante para que o Leteo aceite me limpar.

– É... – diz Genevieve, chorando junto comigo. – Deve ser.

O volume da TV está bem alto, para que o pai de Genevieve não me ouça chorando. Não estou envergonhado, mas acho que isso o deixa desconfortável. O trailer de lançamento de um filme,

O último encalço, começa a passar e parece que levei um soco no estômago quando penso em todos os novos filmes que não verei com Collin, todas as revistas em quadrinhos que não leremos juntos, e em como ele está basicamente agindo como se eu nunca tivesse acontecido.

Ele está se desconstruindo, e preciso fazer o mesmo.

☹ ☹ ☹ ☹

(DEZESSEIS ANOS – MAIO, HÁ DOIS MESES)

DEPOIS DE UMA HORA com o Dr. Slattery, durante a qual chorei copiosamente de frustração, decido que quero algum tempo ao ar livre, mesmo que isso signifique que minha mãe tenha que ficar aqui fora comigo. Há um caminhão de mudança parado diante do Edifício 135. Quando vou conferir quem é o novo vizinho, vejo Kyle empurrando um carrinho de supermercado cheio de caixas até os fundos do caminhão. Ainda meio que espero ver o Kenneth logo atrás dele, cuidando da sua própria vida.

Uma das caixas cai do carrinho. Eu a pego e entrego para o Kyle, que evita meus olhos.

– Vai para algum lugar?

Kyle acena com a cabeça e joga a caixa dentro do caminhão.

– Para onde?

– Não importa. Só não posso continuar aqui.

Brendan, Baby Freddy, Nolan e Dave Gordo se aproximam. Brendan acena a cabeça para mim, enquanto todos os outros olham para o meu punho enfaixado. Ele olha para dentro do caminhão, senta-se na rampa e pergunta:

– O que está pegando, galera?

– O Kyle está se mudando – digo, jogando-o para os lobos, porque realmente quero uma tarde sem falar dos meus problemas. – Ele não quer me contar para onde está indo.

– Porque a porra do lugar para onde estou indo não é da porra da conta de vocês! Não consigo mais entrar no Good Food's sem o Mohad me chamar de Kenneth. Não consigo mais jogar Skelzies com vocês sem fazer tampinhas para o Kenneth, que ele nunca vai usar. Não consigo nem olhar para você, Aaron, porque você conseguiu sobreviver depois de tentar jogar sua vida fora, enquanto o Kenneth não passa de um monte de ossos agora.

Os pais de Kyle saem do saguão do prédio, e ele pega uma caixa das mãos da sua mãe e a lança sobre a cabeça de Brendan, para dentro do caminhão; ouvimos algo estilhaçando.

– Esqueçam que eu existi, está bem? – Ele volta para o edifício, e vamos todos para a terceira quadra antes de ele voltar.

– Aquilo foi constrangedor – diz Baby Freddy.

Brendan dá de ombros.

– Você está tranquilo? – pergunta ele, voltando-se para mim.

Eu aceno com a cabeça, embora, na realidade, eu me sinta mal para cacete.

– Aquele moleque, Collin, veio te ver?

– Não. E não quero que ele venha – digo, e todos mudamos de assunto. Brendan até me dá um tapinha nas costas. Ficamos juntos algum tempo, de bobeira, como se nunca tivéssemos deixado de ser a mesma galera, mas minha mãe me chama e corro até ela, pronto para pedir mais algum tempo aqui fora.

– O Dr. Slattery ligou – diz minha mãe, ainda com o telefone na mão.

– Ele vai nos devolver todo o dinheiro que você gastou com ele?

– Ele conhece alguém do Leteo. – Os olhos dela estão fechados, como se ela não conseguisse me encarar. – Ele conversou com uma mulher, Dra. Castle ou algo assim, e gostaria de nos recomendar para ela, para discutirmos nossas possibilidades.

Merda.

Volto a olhar para os meus amigos. Sei como deixar tudo bem de novo, para que eles nunca mais me odeiem. Penso em como não precisarei mais pensar em Collin.

– Quero fazer isso.

☹ ☹ ☹ ☹

(DEZESSEIS ANOS – JUNHO, HÁ UM MÊS)

PRECISEI DE APENAS UMA SESSÃO com a Dra. Evangeline Castle para admitir a raiz dos meus problemas: minha atração por homens. Mesmo assim, ela ainda me obrigou a participar de algumas sessões antes de aprovar meu procedimento, mas o dia finalmente chegou. Minha mãe não pode me acompanhar, porque perdeu trabalho demais depois disso tudo, e a compaixão do chefe dela está se esgotando. Alguém precisa pagar pelo nosso apartamento e este procedimento, mas pelo menos terei Genevieve comigo.

– Você ficará bem, meu filho.

Ela me prometeu certa vez que nada de ruim jamais aconteceria, e então eu cresci e tudo deu errado, mas acredito nela desta vez, porque a pior coisa que poderia acontecer é não acontecer nada.

– Eu sei – respondo.

– Aaron, você entende por que estou autorizando esse procedimento para você, não é? Não é porque quero mudar você, ou por pensar que você precisa mudar. Acredito que isso será um recomeço para todos nós. Realmente quero meu filho de volta, o menino que não magoou meu coração ao usar a Genevieve e que não tentou me abandonar. – Ela não para de me abraçar, e suas palavras me ferem. Felizmente, nunca precisarei me lembrar de ser uma decepção completa para ela e para o meu pai.

☹ ☹ ☹ ☹

(DEZESSEIS ANOS – 18 DE JUNHO)

CORRO O DEDO SOBRE a minha cicatriz sorridente, e tenho vontade de imitá-la. Estou incrivelmente feliz.

Fui classificado para o procedimento de alívio de memória. A operação parece ser assustadora e bastante extrema (é uma operação cerebral experimental, afinal), e os médicos são muito cautelosos ao realizá-la em menores de vinte e um anos. Mas represento um risco para mim mesmo, então eles permitirão que eu apague meus velhos comportamentos e os dias passados da minha cabeça.

A sala de espera, como sempre, está lotada, completamente diferente do hospital onde eu tinha minhas consultas com o Dr. Slattery. As pessoas não ficam na fila por horas para se consultar com ele. Pelo menos, a indicação do cara resultou em um ótimo desconto para nós. Esse foi o lado bom.

Genevieve não para de balançar a perna. Ela não consegue manter as mãos paradas. É um pouco por isso que queria fazer o procedimento sozinho, mas minha mãe e ela não aceitaram não como resposta. Considero ler algo da mesa coberta de revistas sobre saúde mental, folhetos e formulários, mas já sei tudo o que preciso saber.

Eles recusam possíveis clientes que só querem fazer o procedimento para esquecer *spoilers* de *Game of Thrones* ou alguém que partiu o seu coração. Mas este não é o meu caso. O Leteo ajuda pessoas que machucam a si mesmas por causa de memórias dolorosas. Um coração partido não mata ninguém, mas, bem, um suicídio mata.

Como este velho latino que não para de recitar os números vencedores da loteria que perdeu; ele provavelmente será mandado de volta para casa sem ganhar a chance de esquecer.

Reconheço alguns dos pacientes das sessões de terapia de grupo que fui obrigado a frequentar, para ver se meus problemas poderiam ser resolvidos com o tempo.

Curiosidade: frequentar aquelas sessões só me deu mais vontade de machucar a mim mesmo.

Uma mulher de meia-idade solta um grito esganiçado da cadeira, balança para frente e para trás, depois soca as paredes. Um atendente corre até ela e tenta acalmá-la. Sei quem ela é. Não o nome dela ou algo assim, mas ela fica revivendo constantemente a memória da filha de cinco anos perseguindo um passarinho até o meio de uma rua movimentada, e, bem, dá para adivinhar o final da história.

Tento manter os olhos no chão e ignorar seus gritos, mas não consigo deixar de levantar os olhos quando outro atendente se aproxima com uma camisa de força. Eles a arrastam pela mesma porta que estou prestes a atravessar. Pergunto-me quanto da sua vida ela terá que esquecer para viver sem a camisa de força, e talvez uma mordaça, se ela não calar a boca.

Agora, a sala de espera fica em silêncio. Todos pararam de tagarelar. As vidas das pessoas dependem do procedimento.

Um cara muito obeso, que, se lembro bem, chama-se Miguel, disse para o nosso grupo da terapia que só conseguiria parar de comer em excesso se esquecesse seus traumas de infância. Ele está aqui agora, com uma mancha de ketchup da sua última refeição na camisa. Quase sinto vontade de abraçá-lo. Espero que ele seja considerado incapaz o bastante para precisar do procedimento, para que recupere a sua saúde, tanto física quanto mental.

Como ele, também estou aqui porque não quero mais ser quem sou. Quero ser tão feliz que as lembranças ruins não me persigam como sombras indesejadas.

A Dra. Castle me encorajou a dar a ela uma lista de coisas felizes sobre as quais eu deveria pensar sempre que começo a refletir sobre coisas que não devia. Durante as sessões, eu sempre fingia sorrisos enquanto respondia às perguntas dela de maneira infeliz, porque ela era tão simpática. Ela estava tentando ajudar.

Seguro a mão de Genevieve para acalmá-la, o que me parece muito estranho, para falar a verdade. Há resquícios de tinta azul e laranja ao redor das unhas dela.

– No que está trabalhando? – pergunto.

– Nada de bom. Comecei a brincar com a ideia que te contei, do sol se afogando no oceano, e não apenas se pondo atrás dele. Mas não sabia como acabar...

Não tenho a menor ideia sobre o que ela está falando. Isso não me surpreende.

Ela estende o braço e me impede de puxar a manga da minha blusa, o que eu nem havia notado que estava fazendo. Ela conhece todos os meus sinais, e eu sou incapaz até mesmo de prestar atenção ao que ela fala.

– Você vai ficar bem, gato. Precisa ficar.

Uma promessa vazia. Ninguém espera que um dia contrairá câncer. Ninguém espera que um atirador dispare dentro do banco.

– Fico mais nervoso com a possibilidade de que nada aconteça do que com a de que algo dê errado.

Alguns dos possíveis riscos incluem perda de memória, amnésia anterógrada e outras merdas desse tipo. Mas uma pequena parte de mim acha que uma morte cerebral seria melhor do que acordar do jeito que sou.

Genevieve olha ao redor da sala de espera, com suas paredes extremamente brancas, seus malucos e seus funcionários pacientes. Aposto que ela consideraria pintar algo relacionado ao Leteo, não fosse o contrato de confidencialidade que permite que ela me acompanhe hoje desde que não discuta sua presença aqui com ninguém, a não ser que esteja disposta a pagar uma multa de um zilhão de dólares, ou ser presa.

– Eu não me preocuparia com isso – diz ela. – Lemos todos aqueles folhetos umas mil vezes e assistimos uma maratona de vídeos pós-operatórios, e todos pareciam bem.

– É, mas eles provavelmente não nos mostrariam os pacientes que tiveram que receber comidinha na boca pelo resto da vida. – Abro um sorriso amarelo para ela. Estou cansado de fingir, o que é ridículo, considerando o que está para acontecer. Mas, pelo menos, não saberei que estou fingindo, e isso já basta para mim.

Genevieve olha atrás de mim, e fica com os olhos marejados imediatamente. Eu me viro. A Dra. Castle está parada diante da porta. Seus olhos fundos, de um verde parecido com o mar, sempre são um pouco reconfortantes, mesmo agora, enquanto ela me encara, mas sua massa de cabelos ruivos e bagunçados lembram chamas vivas. Tento não entrar em pânico. Ela provavelmente não anunciou sua presença só para que eu tivesse mais alguns minutos com Genevieve, ou até comigo mesmo.

Seguro a cintura de Genevieve e a giro algumas vezes. Sei que não é uma boa ideia ficar tonto antes de eles mexerem com meu cérebro. Antes que eu consiga perguntar, Genevieve segura minha mão e diz:

– Eu vou acompanhar você.

Quanto mais nos aproximamos da Dra. Castle, mais sinto que estou marchando em direção à morte, e sei que é mais ou menos isso que estou fazendo, matando a parte de mim que é melhor ninguém ver. O pânico se dissolve.

– Estou pronto – digo para a Dra. Castle, sem qualquer sombra de dúvida.

Volto a olhar para Genevieve, e, embora esteja beijando a menina que tem guardado meu segredo sem nem saber disso, pergunto-me mais uma vez se ela sempre soube. Durante o ano que passamos juntos, nunca chegamos a falar que amamos um ao outro. Sei que isso é simples, mas ela é esperta o bastante para nunca admitir que ama alguém que não pode amá-la de volta.

Nunca imaginei que diria algo assim para ela, já que preferiria guardar este segredo comigo até o dia da minha morte, mas resolvo desembuchar.

– Sei que você sabe sobre mim, Gen. Não serei mais assim amanhã, está bem? Seremos felizes juntos, de verdade.

Ela fica sem palavras, então eu a beijo uma última vez e ela acena debilmente para mim, provavelmente dizendo adeus para a pessoa que ela deu um jeito de amar, apesar do muro que estou prestes a derrubar.

Eu me viro rapidamente e atravesso a porta, enojado pelo fato de que minhas mentiras e meu caos tenham me trazido para este ponto de ruptura. Sei que é isto que deve acontecer. Não posso ser como Collin, que consegue fingir que nada aconteceu entre nós e

esquecer tudo o que compartilhamos. Não preciso mais ferir a garota que acha que a amo.
Ao atravessar a porta, a Dra. Castle pousa sua mão reconfortante em meu ombro.

– Não se esqueça de que isto é para o seu próprio bem – ela me lembra, com seu sotaque britânico.

– Acho que nós dois sabemos que lembranças não fazem bem a ninguém neste lugar – respondo, meio que de brincadeira, e ela sorri.

Eu não lembrarei que isto é para o meu bem, porque nem me lembrarei do motivo que me trouxe aqui. O Leteo me fará esquecer meu relacionamento com Collin. Minhas entranhas pararão de arder sempre que sentir saudade dele. Nunca mais serei atacado dentro de um trem por gostar de outro cara. Meus amigos não desconfiarão mais do que estou fazendo quando não estou com eles. Mataremos a parte de mim que arruinou tudo. Serei hétero, exatamente como meu pai queria.

☹ ☹ ☹ ☹

O PROCEDIMENTO NÃO É UMA garantia de que não serei mais você-sabe-o-quê, mas usar a ciência contra a natureza é minha melhor opção.

Estou estendido sobre um leito estreito, com fios ligados à testa e ao coração. Já perdi a conta de quantas agulhas eles enfiaram nas minhas veias, e quantas vezes alguém me perguntou se estou confortável, ou se tenho certeza de que quero fazer isto. Respondi que sim várias vezes.

Alguns médicos e técnicos movem-se apressadamente ao redor da sala, conectando monitores; outros estão digitando em computadores e fazendo coisas analíticas com *blueprints* do meu cérebro. A Dra. Castle não sai do meu lado. Ela enche um copo d'água de uma pequena bacia, joga dois compridos azuis dentro, depois o entrega para mim.

Encaro os comprimidos, mas não bebo.

– Acha que ficarei bem, doutora?

– O processo é completamente indolor, filho – diz ela.

– E meus sonhos também serão alterados, não é? – Alguns sonhos são flashbacks indesejados; outros são pesadelos, como o de ontem à noite, no qual Collin me colocou sobre uma bicicleta, apesar de eu não estar pronto, e me empurrou por uma ladeira muito íngreme, rindo de mim ao se afastar.

– Sim, para evitar que nosso trabalho seja desfeito – diz a Dra. Castle. – Isso não seria um problema se pudéssemos simplesmente apagar memórias, sem consequências, mas a manipulação de memórias representa um risco muito menor. Quando sedarmos você, não precisará nem reviver as memórias. Isso seria cruel. Você sentirá algo parecido com um sono muito longo.

– Isso soa bastante como morrer.

– Não pense em nós como carrascos, mas como gênios da lâmpada.

– E eu não vou suspeitar de nada quando você vier me visitar?

– Manipularemos sua memória para que você acredite que sou sua antiga babá. As poucas pessoas que sabem do seu procedimento receberão essa informação – explica ela. Mas eu já sei disso; foi explicado exaustivamente e repetido dezenas de maneiras diferentes nos formulários que li e vídeos que assisti. Funcionários do Leteo sempre se fantasiam de outras pessoas, com a permissão do paciente, para conferir como anda o pós-operatório sem levantar suspeitas.

Não terei mais nada que me lembre o Collin. Nenhuma lembrança, nenhum tesouro. Joguei fora todos os seus desenhos ruins, os presentes debochados e um casaco dos X-Men que ele me deu. Queimei bilhetes engraçadinhos no fogão, como se pudesse esquecer o que diziam uma vez que fossem reduzidos a cinzas sobre as panelas.

A Dra. Castle ajeita meu travesseiro. Será que ela cuida de todos os seus pacientes tão bem assim?

– Posso perguntar uma coisa, Aaron? De maneira completamente informal?

– Claro.

Ela desvia os olhos, como se estivesse pensando duas vezes sobre o que quer perguntar.

– Espero não estar sendo inconveniente. Mas, desde que comecei a tratar o seu caso, compreendi como isso deve estar sendo difícil para você. Mas não consigo conter a minha curiosidade... Você ainda faria este procedimento se sua sexualidade não fosse um problema? Você ainda iria querer mudar o fato de ser gay?

Felizmente, já havia pensado nisso antes mesmo do meu pai se matar.

– A questão não é o que eu quero. Eu preciso fazer isto.

Um técnico se aproxima.

– Estamos preparados para começar assim que você e o paciente estiverem prontos, Dra. Castle.

Esvazio o copo d'água em uma golada e o devolvo para ela.

– Hora da batalha – digo.

Um dos médicos prende uma máscara no meu rosto, enquanto um dos técnicos vira alguns indicadores no monitor. O gás do sono faz efeito. Ele é fresco, frio, e sinto seu gosto de metal ardente no fundo da garganta. É tão difícil permanecer acordado. Evangeline não puxa o lóbulo da orelha ou coça a palma da mão, mas sei que ela também está nervosa. Meus olhos estão se fechando, e eu me lembro de uma coisa. Puxo a máscara do rosto, respiro fundo e falo:

– Antes que eu esqueça, obrigado.

A máscara cai de novo sobre a minha cara.

Os médicos fazem uma contagem regressiva, a partir do número dez, e meus olhos se fecham no número oito. Quando eu acordar de novo, serei apenas mais um cara hétero, deitado na cama.

PARTE TRÊS:
MENOS FELIZ DO QUE ANTES

1
DESTA VEZ

Fico completamente surpreso por estar vivo. A dor mexe com meus ossos de um modo que nunca imaginei ser possível. Ao lembrar a vez em que chorei por ter caído de joelhos no chão no meu aniversário de nove anos, percebo quanto aquilo foi ridículo e praticamente digno de risadas. A vez em que fui atacado no trem por gostar de Collin é como um beliscão na bochecha se comparada a este último ataque, este crime de ódio. Não é nem a dor no coração causada por Thomas que está me dilacerando.

Todos os erros que cometi, cada engano que repeti, todas as dores não curadas do coração: sinto tudo isso e mais, à medida que sou esmagado pelo peso do meu antigo mundo. Se você conseguisse olhar dentro de mim, aposto que veria dois corações batendo por duas pessoas diferentes, como o sol e a lua no céu ao mesmo tempo, em um eclipse terrível que só eu consigo ver.

Meus mundos se chocam, e não consigo levantar.

☹ ☹ ☺ ☺

FAZER O PROCEDIMENTO foi como um blecaute. O Leteo escolheu a maneira como eu acordaria. Algumas das minhas memórias foram alteradas, com pequenos disfarces implantados à força, para me enganar. Outras foram golpeadas na cabeça com pás, enterradas vivas, longe do meu alcance. Mas o Leteo fez merda. Em algum lugar, nos territórios desconhecidos da minha mente, eles falharam em limpar alguma coisa, e eu me tornei a pessoa que havia esquecido ser.

O objetivo era fazer com que eu esquecesse que sou gay. Mas isso é mais fácil na teoria do que na prática, porque não existe um botão de desligar, como meu pai achava que existia. Para derrotar a natureza, o Leteo alimentou meu lado hétero de curta duração, mirando e enterrando as memórias ligadas à minha sexualidade: Collin, a crueldade do meu pai, minha paixão infantil por Brendan etc. A ideia era que, se eu conseguisse simplesmente acreditar que era hétero, realmente *seria* hétero. A vida seria fácil. Mas o Leteo não tinha o poder que ambos acreditávamos que teria.

Meus olhos estão pesados demais para serem abertos.

Não consigo respirar direito, como quando o Dave Gordo me prende contra o chão.

Esta dor de cabeça faz parecer que alguém está brincando de jogo das pedrinhas dentro do meu crânio. Meus pensamentos quicam, como uma bola de borracha.

Sinto que meu rosto está inchado. Talvez seja porque meus amigos me espancaram, porque me odeiam.

– Aaron, pisque os olhos se estiver me ouvindo – ouço a voz da Dra. Castle chamando o meu nome.

Evangeline.

Não consigo encará-la, ou qualquer outra pessoa agora, então mantenho os olhos fechados e me escondo na escuridão, onde a dor terrível abafa a sua voz.

☹ ☹ ☺ ☺

NÃO CONSIGO MAIS DORMIR, não importa quanto eu tente.

Consigo abrir um olho com facilidade, mas o outro ainda está muito pesado e dói, então não o mexo. Vejo metade de um quarto azul-escuro que não reconheço, e ele me lembra de uma noite sem estrelas. Viro um pouco o pescoço, e vejo Evangeline dormindo em uma cadeira, com uma prancheta no colo. É difícil acreditar que ela esteja dormindo. Talvez a cadeira de visitante seja mais confortável do que a do escritório dela; aquela parece feita de concreto, para que ela não fique muito confortável. Minha mãe está sentada ao lado dela, com o tronco inclinado para a frente e o rosto enterrado nas mãos, rezando.

– Mãe... – Mal consigo sussurrar o nome dela sem que minha garganta doa, mas ela me ouve. Evangeline também ouve; ela acorda com um susto, como se tivesse sido surpreendida pelo chefe ao dormir sobre a mesa de trabalho.

– Meu bebê, meu filho. – Minha mãe beija a minha testa, e dói para cacete. Ela se desculpa e agradece a Deus por eu estar bem, até que Evangeline a puxa para o lado, permitindo que eu tenha o espaço de que tanto preciso.

– Seu quadro é estável, Aaron – diz Evangeline. – Tente não se mover muito. – Ela pede que minha mãe me dê água por um canudo, depois pousa um saco de gelo enrolado em uma toalha de mão sobre meu olho ferido e minha testa. – Imagino que sua cabeça deva estar doendo, mas estamos todos muito impressionados com o quão rápido você está se recuperando.

– Muito impressionados, meu filho – diz minha mãe.

Bebo mais um pouco de água, e ela alivia a minha dor, mas arde ao mesmo tempo.

– Por que... não estou... no hospital?

– Você estava, mas sua mãe entrou em contato comigo quando ouviu você gritando coisas que havia esquecido – diz Evangeline, e meu pescoço dói quando olho para ela. – A ambulância trouxe você até aqui, e passamos os últimos quatro dias restaurando sua mente ao seu antigo estado, antes que ela ruísse completamente sob o peso das memórias desenroladas. Faremos alguns testes quando você estiver disposto, para nos certificarmos de que está tudo bem.

Quatro dias. Estou apagado há quatro dias.

Sinto que sei tudo o que sabia antes, mas não há como ter certeza. Lembro-me de acreditar que Evangeline era a minha babá, com a mesma certeza com que sei que *santeria* é uma crença idiota e que eu sou um babaca e um covarde.

– Vocês... mudaram alguma coisa?

– Nadinha, filho. Isso causaria complicações demais.

Minha mente volta a se ocupar com coisas terríveis: o corpo do meu pai, suas palavras de ódio; Collin dando as costas para mim, os beijos dele; Eric enchendo o meu saco por coisas idiotas; os olhares críticos dos outros moleques do quarteirão; e, o mais grave, minha mãe e um dos nossos últimos momentos juntos antes do procedimento.

A lembrança do momento em que saí do armário para ela pela primeira vez é familiar e não familiar ao mesmo tempo, como alguém que costumava te sacanear na escola e você não via havia muito tempo, mas que, mesmo assim, consegue reconhecer, mesmo depois de crescido. Sei que ela sabe que eu sei que ela sabe, então apenas calo a boca e me concentro no que precisa acontecer agora.

– Quando vocês podem me mudar de volta? – pergunto, com a garganta doendo cada vez menos. – Fazer com que eu volte a ser hétero. De verdade, desta vez.

A Evangeline não responde. Minha mãe volta a chorar, rompendo o silêncio.

Minha voz endurece.

– Seu procedimento não funcionou... e pagamos uma grana preta para que funcionasse, então ele precisa funcionar.

– O procedimento não tem culpa se o coração lembrou o que a mente esqueceu – diz Evangeline.

– Porra nenhuma – digo.

– Eu avisei que esse procedimento ainda estava em um estágio muito experimental, lembra?

– Sim, eu lembro. E é exatamente esse o problema.

Olho para minha mãe, que balança a cabeça.

– Não, não vou autorizar isso – diz ela. – De novo, não. Tenho o meu filho de volta, e não vou desistir de você novamente. Seria melhor se eu tivesse sido exorcizado, ou passado o verão em um acampamento de conversão, ou algo assim.

– Vocês duas podem ir embora, por favor? Quero ficar sozinho.

– Posso te dar uns cinco minutos sozinho, talvez – oferece Evangeline. – Não tenho permissão de deixar você sozinho por mais do que isso, infelizmente, considerando a situação.

– Certo. Cinco minutos.

Evangeline engancha o braço da minha mãe no seu, guiando-a para fora do quarto.

Preciso mijar, e não farei isso em uma dessas sacolinhas, então arranco os fios da testa e do peito e tento me levantar, cambaleante. Estou tonto. A sensação parece uma mistura terrível de vertigem e ressaca. Eu me apoio na parede e sigo até o banheiro.

Mijo enquanto me olho no espelho.

Há um hematoma em um dos meus olhos. Meu outro olho está inchado e roxo, como uma ameixa ferida.

Há cortes suturados na minha testa, com um pouco de sangue seco que as enfermeiras não limparam.

Meu lábio está cortado.

Lágrimas escorrem pelo meu rosto.

Algo primitivo escapa da minha garganta dolorida, e o espelho estilhaça ao ser atingido pelo meu punho.

☹ ☹ ☺ ☺

CACOS DE VIDRO ESTAVAM PINICANDO sob a minha pele antes de as enfermeiras os retirarem e enfaixarem minha mão. Outra ferida de guerra. Agora, todos se recusam a me deixar sozinho, sob qualquer circunstância, temendo que eu talhe um sorriso na minha garganta por não conseguir o que quero. Minha mãe me faz companhia, dizendo que Eric esteve aqui de manhã, mas não é com ele que me importo.

– Alguém mais me visitou?
– Genevieve e Thomas vieram todos os dias – diz minha mãe.
– Genevieve esteve aqui ontem, bem tarde, e Thomas passou algumas horas aqui hoje de manhã. Você tem ótimos amigos.

Encaro a parede azul.

– Genevieve me contou que você terminou com ela.
– Acho que isso significa que você não está decepcionada comigo desta vez.

Ela volta a chorar, escondendo-se atrás das mãos.

– Você não deveria ter se lembrado disso...

Mas eu me lembro. É preciso que ela me ajude a esquecer de novo.

2
COISAS DIFÍCEIS

Acordo do mesmo pesadelo que costumava ter depois que meu pai se matou. É aquele no qual ele está se despindo completamente no banheiro, enquanto me chama de viado e me diz que não vale a pena viver por mim. Ele abre a torneira da banheira e relaxa dentro dela, depois corta os pulsos. De repente, estou me afogando no vermelho. Nunca acordo ao começar a me afogar, como seria de se esperar. Sempre fico sufocando por um tempo que parece injustamente longo, considerando que nunca escolhi cometer o crime pelo qual ele me odiava. Nunca escolhi nada. Eu apenas era.
Eu apenas sou.
– Pesadelos de novo? – pergunta minha mãe.
Aceno com a cabeça.
Como o café da manhã, converso com alguns médicos sobre o que estou sentindo ("estou me sentindo uma merda") e leio todas as mensagens de texto pesarosas de Brendan. Não respondo. Algumas horas depois, Evangeline me diz que tenho visitas. Thomas e Genevieve. Juntos. Mais mundos que não quero que colidam.
Minha mãe os convida para entrar e nos deixa sozinhos.
Eu deveria estar feliz em vê-los, e eles deveriam estar felizes em me ver vivo, mas ninguém sorri.

— Você já esteve com uma aparência melhor — diz Thomas, finalmente. Ele está com olheiras. Ele também já esteve com uma aparência melhor. Se eu não o conhecesse, pensaria que ele tinha vinte e dois anos, e não dezessete. — Sem viadagem — diz ele, evitando completamente olhar para o meu rosto. — Isso não teve graça. Foi mal.

— Tudo bem — respondo. Minha resposta é seguida pelo silêncio, exceto pelo som de Genevieve esfregando as juntas da mão no estrado da minha cama. — Obrigado pela visita.

— Obrigado por acordar — diz Thomas, ainda sem olhar para mim. Pelo menos ele está aqui. Não sei se Collin ficou sabendo do que aconteceu, nem sei se ele se importaria se soubesse. Queria não dar a mínima para ele também, apesar de a pessoa de quem eu realmente gosto estar bem diante de mim. Nem sei se isso é verdade. Toda esta situação é impossível.

— O Eu-Doidão foi preso — diz Genevieve. — A mãe do Baby-Freddy disse para a Elsie que ele foi transferido para um centro de internação juvenil no interior.

— Que bom.

Thomas bate com a palma da mão no punho.

— Eu queria esmurrar o Brendan quando ele foi liberado da cadeia, como você me ensinou, mas não o encontrei. Eles devem estar todos de castigo.

Duvido muito.

— Não se preocupe com isso — digo, apesar de também querer acertar o queixo do Brendan.

O quarto fica em silêncio de novo. Imagino que eles tenham conversado um com o outro ultimamente, e, apesar de esperar que não tenham falado sobre mim, meio que espero que tenham. Não faria sentido que eles não estivessem falando sobre mim, já que só se conhecem por minha causa, e, sem mim, não significam nada um para o outro. Caso eles *realmente* tenham conversado sobre mim, espero que Genevieve não tenha contado para Thomas tudo o que me levou ao Leteo, tudo o que não confessei para ele porque não lembrava. Essas histórias são minhas, não dela. E espero que Thomas não tenha contado para ela sobre aquela vez em que o beijei, e ele não me beijou de volta.

– Podemos conversar daqui a pouco, Genevieve? Ela me encara como se eu tivesse acabado de socar seu rosto e a chutado no chão.

– Vou esperar lá fora – diz ela para Thomas, não para mim, depois soca o seu ombro.

Estou tonto de novo. Ela praticamente bate a porta ao sair, causando um zunido nos meus ouvidos.

Thomas caminha de um lado para o outro, e meu pescoço dói, mas não paro de olhar para ele.

– Então, quais são as novidades? – pergunto.

– Coisas do coração e insanidade – diz Thomas. Sinto algo terrível borbulhando dentro de mim. É melhor ele não estar falando sobre Genevieve. – Ando pensando no meu gráfico da vida, e ouvi algo no rádio sobre vício em amor. Isso realmente existe. Pessoas que amam amar. Acho que sou um viciado em amor. Isso explicaria por que sempre me afasto das meninas quando aquela fase de lua de mel acaba, e começo a procurar por alguém novo. É um ciclo cruel, Comprido.

– É com isso que você tem se preocupado enquanto eu estava deitado aqui?

O quarto fica silencioso, exceto pelo som do apito do meu monitor cardíaco.

– Não sei o que você quer que eu fale – responde Thomas, finalmente. – Está bem, sei exatamente o que você quer que eu diga, mas não são palavras que posso falar para você. Nem sei direito com quem estou conversando agora.

– O Comprido com quem você está falando é o cara que não queria gostar de outros caras, e que tentou mudar isso – digo.

– Deixe-me ver se entendi direito – diz Thomas. – O Leteo fez com que você esquecesse que era gay?

– Sim. Você pensou que eu tivesse te contado a minha história. Até *eu* pensei ter te contado a minha história. Mas você não tem a menor ideia do que passei.

Thomas se senta, com a cabeça baixa.

– Então, quem é você? – pergunta ele.

– Não sei. Sou meio que duas pessoas que querem coisas muito diferentes, mas, mesmo com toda essa confusão, estou bastante certo de que sei quem você é, e fico arrasado por você não saber.

Ele quase me encara, mas sua cabeça desaba de novo.

– Não sei o que fazer. Não sei se devo estar me desculpando por algo ou voltando para o seu quarteirão para brigar com aqueles caras, ou se devo ficar aqui e descobrir quem você é, ou se é melhor para você que eu mantenha a distância. Eu realmente não sei. O que você quer?

– Você – digo, e estou falando a verdade, porque quero ele, como queria Genevieve quando era hétero, e queria Collin há alguns meses. Exceto que quero, ou, na verdade, preciso dele mais do que dos outros. – E se você não está preparado para isso, acho que preciso de um pouco de espaço para esquecer esses sentimentos.

– Está bem. – Thomas se levanta e bate com o punho fechado na minha mão imóvel. Ele finalmente olha para mim, e sei que estou punindo-o tanto quanto estou punindo a mim mesmo. – Me autodiagnosticar não foi a única coisa que fiz enquanto você estava apagado. Eu também me distraí como pude, porque a possibilidade de você nunca mais acordar ou ficar bem estava acabando comigo. Senti saudade de você, e espero que não tenha problema eu falar isso.

Depois, ele vai embora, e eu me sinto o maior idiota do universo.

3
BECO SEM SAÍDA

Quando Genevieve entra, ela se senta na cama e segura a minha mão, como se não tivéssemos terminado na última vez que nos vimos. Ela me pergunta como estou me sentindo. Respondo que estou bem, mas a verdade é que ainda estou lidando com o fato de que Thomas saiu da minha vida. Mas não parece certo compartilhar isso com ela.

– Você gosta das paredes azuis? – pergunta ela. – Sugeri que um quarto desta cor pudesse ajudar você a relaxar quando acordasse.

É claro que ela sugeriu. Levanto meus braços doloridos, e ela me abraça, apoiando seu rosto no meu.

– Lembra aquela vez que eu meio que te disse que gostava de homens, e que nós viveríamos felizes para sempre? E lembra aquela vez antes disso, quando fui a pior pessoa do mundo com você e te usei?

Genevieve ajeita o corpo e me silencia.

– Não, pare com isto. Você estava confuso, e tinha todo o direito de ficar nervoso. Este momento é uma prova disso. – Ela baixa a cabeça. – Quanto a mim, eu deveria ter me afastado. Mesmo quando sabia que você só era meu porque o Leteo mexeu com suas engrenagens, continuei com você. Não foi a coisa certa a fazer.

– Lamento por termos terminado.
Ela chora um pouco.
– Você não é feito para eu amar, Aaron. Era um beco sem saída, e eu tentei seguir em frente.
E nós colidimos por minha causa.
– Você pode me responder uma coisa, com sinceridade? Nunca contou para o Thomas por que fiz o procedimento, não é?
– Pensei que você mesmo tivesse contado. Pensei que talvez o procedimento tivesse começado a se desenrolar enquanto eu estava em Nova Orleans, porque vocês dois estavam tão próximos quando voltei. Mas, depois, percebi que ele não sabia de nada. Nunca revelaria seus segredos, Aaron. Mesmo os que sei que você está escondendo de mim.
Não apenas a sacaneei, mas nunca a mereci.
– Então, você não me odeia?
– É claro que não te odeio, mas, como sua amiga, preciso ser sincera com você a respeito de outra coisa. É sobre o Thomas. – Genevieve faz uma pausa, e o apito do monitor cardíaco acelera por alguns segundos. – Estou preocupada que você espere por ele, como eu esperei por você. Acho que, quanto antes você perceber que ele não pode gostar de você, mais feliz você vai ser.
– Espere. Você acha que ele gosta de você ou algo assim?
– Eu já disse que não! Por que você está se repetindo? – Genevieve inclina a cabeça, encarando-me de maneira estranha. – Você está bem? – Ela estende a mão e agarra meu ombro; sou tomado por flashbacks de todas as vezes que Thomas me guiou para algum lugar por trás, e todas as vezes que eu e Collin nos esbarramos de propósito. – Aaron, você quer que eu chame a Evangeline ou alguma outra pessoa?
Ela está começando a chorar.
– Não, estou bem. Fiquei meio desligado – digo, sentindo um pouco de falta de ar. – Olha, confie em mim, Thomas não é hétero. Eu o conheço.
– Ninguém conhece o Thomas de verdade – diz Genevieve.

Sei que ela não está tentando ser arrogante, mas não gosto da maneira segura como está falando sobre alguém que conheço melhor do que ninguém.

– Gen, é você quem se apaixona por caras que não gostam de você, não eu.

– Caramba. – Genevieve se levanta e juro que ela está prestes a me socar. – Se quer saber, você se desculpou pela coisa errada, Aaron. Entendo por que me namorou, e eu permiti que isso acontecesse quando não deveria ter permitido, mas nem por isso você tinha o direito de sair com aquele babaca do Collin pelas minhas costas. Você fez com que eu me sentisse como uma ninguém. Você não tem o direito de continuar ignorando o passado só porque não gosta dele.

Minhas respirações estão rápidas e instáveis. Minha cabeça esquenta.

– Você tem razão. Desculpe se não sou hétero. Desculpe se fui atrás de alguém por quem podia sentir alguma coisa de verdade. Desculpe se tive que me esconder para não ser espancado até a morte por estranhos. Desculpe se meu pai se matou por minha causa. Desculpe se meu passado é tão terrível que eu não conseguia mais viver nele. Mas esqueça o passado, está bem? Esqueça o *nosso* passado.

Genevieve não chora, nem me mostra o dedo do meio, nem me soca. Ela apenas me dá as costas e caminha na direção da porta. Ao segurar a maçaneta, seu braço treme. Ela olha para as paredes azuis que pediu especialmente para mim e diz:

– Você está esquecendo que chorei junto com você quando todas essas coisas ruins aconteceram.

Acho que ela quer falar mais, mas consegue juntar forças para girar a maçaneta e ir embora. Quando a porta bate, sou assaltado pelo medo de que nunca mais a verei.

4
ANALISE-ME

Estou prestes a começar minha sessão de análise com Evangeline. Já faz algum tempo.

A última vez que entrei neste consultório, não acreditava que um procedimento de alteração de memória fosse possível. Mesmo depois de conhecer Evangeline, eu tinha certeza de que ela iria recusar o meu caso, porque eu era um moleque que não sabia nem o que pedir do Leteo. Eu definitivamente queria esquecer que encontrei meu pai na banheira. Mas, quanto mais eu conversava com ela, mais me dava conta de que o buraco era muito mais embaixo. Tudo tomou forma, como em um jogo de ligar os pontos, revelando um menino que compreendia as coisas impossíveis à sua frente.

Meses depois, volto para este consultório, com suas paredes brancas, um tablet sobre uma mesa elegante e a arquiteta do meu *blueprint* esperando que eu diga por que preciso do procedimento de novo.

Claro, Evangeline encenou muito bem. Nunca suspeitei que ela fosse uma especialista do Leteo. As únicas pessoas na minha vida que sabiam a verdade sobre ela eram minha mãe, Eric e Genevieve. Brendan e os outros caras no quarteirão não lembravam se eu tinha uma babá na infância, mas nunca questionaram isso depois do Dia da Família. Quem suspeitaria que alguém manipulou minhas memórias para se aproximar de mim? Só estou me dando conta disso agora, mas não foi coincidência nenhuma minha mãe me mandar para a agência de correios justamente quando Evangeline estava lá. E quando Evangeline me acompanhou até o Leteo e foi conversar com aquela mulher do "Departamento de Filosofia do Hunter College", ela provavelmente era uma colega de trabalho, ou uma paciente.

Agora, lembro-me até daquela garota da recepção, a Hannah. Espero que este espetáculo conte com um bis, do tipo que envolve esquecimento.

Evangeline tenta fazer um aquecimento com um pouco de conversa fiada, certamente para tentar decifrar com que tipo de humor estou no momento. Então, apenas respondo:

— Estou sentindo uma centena de coisas agora. Traído. Decepcionado. Culpado. Desesperado. Quer que eu continue?

— Você só listou quatro coisas. Quais são as outras noventa e seis?

— Arrependimento. Amor. Raiva. Tristeza. Há mais, pode acreditar.

— Acredito em você, filho.

Estalo os dedos da mão, um a um, depois coço a palma da mão.

— Você pode fazer com que eu me sinta melhor.

Ela balança a cabeça.

— Não depende de mim autorizar o procedimento. Mas vamos revisar o que aconteceu nos últimos meses. Oferecemos a você uma ideia de como seria a vida se você fosse hétero. Sua verdadeira natureza eclodiu por entre nossos pontos. Não posso elaborar mais do que isso, mas muitos dos nossos clientes que passaram por procedimentos parecidos continuam como nós os deixamos. Será que a culpa aqui é realmente do fato de você ser gay?

Sei a resposta, mas decido não falar nada.

Preciso que o ruído dentro da minha cabeça fique alto de novo, para soterrar as lembranças de rejeição e coração partido. Tanta coisa foi deixada para trás por causa do erro do Leteo, e ela quer que eu conte sobre quanto eu era feliz, para que ela se sinta melhor? Não. Não, não farei isso. Não, eu não estava feliz. Claro, pensei que estava, mas encontrei a felicidade na pessoa errada, e isso não conta. Não contou com Collin, não contou com Genevieve e não conta com Thomas.

– Não vou sobreviver a isto – digo. – Vocês compreenderam quanto isso era difícil para mim a primeira vez, mas agora estou carregando um peso a mais. Por que será que ninguém está se dando conta disso?

– Como eu disse, Aaron, isso não depende de mim. Concordo que as memórias que você está carregando agora são dolorosas, especialmente para alguém da sua idade, com seu histórico... – Os olhos dela pousam na minha cicatriz sorridente. – No dia em que estivemos juntos aqui, Hannah marcou uma consulta com você no dia doze de agosto. Era apenas uma consulta, mas, se sua mãe autorizar o procedimento, cuidaremos de você... – Ela continua a falar sobre como não conseguiu me convencer a desistir do procedimento da primeira vez, mas eu a ignoro.

Doze de agosto. Dois dias antes do meu aniversário. Tentarei sobreviver até lá.

5
VOLTANDO O RELÓGIO

Preciso vê-lo.

Todas as minhas memórias estão tão distorcidas agora. Estou me esforçando ao máximo para não pensar no suicídio do meu pai, porque é doloroso demais, com tudo mais que estou sofrendo.

Quero voltar o relógio, voltar aos dias em que ser quem eu sou não fazia com que me jogassem por portas de vidro; aos dias em que eu e ele andávamos por aí, rindo; aos dias em que havia uma chance de felicidade, apesar das circunstâncias.

Apesar de saber que é melhor não fazer isso, pego o telefone e digito o número dele, como se nunca tivesse esquecido os dígitos. Aperto o botão de LIGAR, mas não espero que ele atenda.

– Você está bem – diz ele.

– Já estive melhor, Collin.

6

OUTRA VEZ

Estou esquecendo Thomas e Genevieve sem a ajuda do Leteo. Conversar com Collin facilitou muito a minha recuperação nos últimos três dias. Não houve nada de recordações ou qualquer merda desse tipo pelo telefone. Estamos tentando manter tudo tranquilo e nada gay entre nós, eu acho. Conversamos sobre coisas mundanas, como filmes que assistimos (ele também detestou *O último encalço*) e sobre como preciso me inteirar do que está acontecendo em *Os substitutos sombrios*, porque a última edição sai este mês e o enredo ficou completamente maluco. O maior tabu de todos é a namorada grávida dele; Collin nem menciona seu nome.

Hoje, finalmente terei alta do Leteo. Evangeline acha que devo passar mais alguns dias aqui, enquanto eles realizam testes adicionais, mas eu vou me enforcar com um tubo intravenoso se tiver que passar mais uma hora neste quarto. (Eu não faria isso de verdade.) Prometi avisá-la caso sinta alguma tontura, vomite ou fique com a capacidade de atenção de um peixinho dourado.

A única vez que converso com minha mãe no caminho de volta para casa é ao perguntar para ela se Mohad me despedirá por faltar ao trabalho porque fui espancado. Mas ela já conversou com ele, e ele não vai me despedir. Pelo menos isso.

Ao chegarmos ao nosso quarteirão, fico meio tenso. É melhor que Brendan, Dave Magro e Nolan não me ataquem de novo. Minha mãe segura o meu braço, apertando-o, e aposto que ela também está nervosa. Vejo Baby Freddy e Dave Gordo lançando uma bola um para o outro perto das latas de lixo, e Baby Freddy a solta ao me ver e corre em nossa direção.

– Não! – grita minha mãe, protegendo-me com o corpo. – Fique longe do meu filho, ou juro que mandarei prender você.

Baby Freddy se afasta um pouco. Ele olha diretamente para a frente, envergonhado.

– Só queria ver se ele está bem. Lamento por eles terem feito isso, Aaron. Foi muito escroto. – Ele vai embora antes que minha mãe consiga ameaçá-lo de novo.

Respiro fundo e forte quando alcançamos o saguão de entrada do nosso prédio. Eu costumava correr por essas portas quando era criança, quando brincávamos de pique-pega, e, mais tarde, durante a adolescência, de perseguição. Eu corria para segurar a porta para nossos vizinhos, e eles falavam para minha mãe que ela havia criado um menininho muito bem-educado. Agora, não há nada além de uma moldura de porta, e uma menininha saltando de um lado para o outro, como se uma pessoa não tivesse acabado de quase ser assassinada ali.

Quando me dou conta, já estou no elevador com minha mãe.

Quando ela desaba em sua cama pela primeira vez em uma semana, troco de roupa e saio escondido para me encontrar com Collin.

☹ ☹ ☺ ☺

CHEGO RAPIDINHO NO JAVA JACK'S, um café decadente na 142nd Street. Sem pensar, escolho a mesa ao lado da janela que Collin e eu sempre escolhíamos quando vínhamos aqui juntos; é um lugar perfeito para qualquer um que queira nos assistir e caçoar de nós. Collin costumava odiar café, mas aposto que agora acha que tomar café prova que você é homem, ou algo assim. Isso é bem idiota, mas acho que ele luta contra esse lado de si mesmo muito mais do que eu jamais lutei em ambas as minha vidas, então não vou encher o saco dele por isso. Também terei cuidado ao mencionar qualquer coisa a respeito da nossa história, para que ninguém nos ouça.

Paro o garçom.

– Você poderia me trazer outro café?

– Voltarei em um instante – diz ele.

A porta abre e dou um salto. Não é Collin. É só um cara com roupas largas e um cabelo longo de surfista. Se eu tivesse o poder de estalar os dedos e mudá-lo, acho que não o vestiria com um uniforme de basquete, ou o tornaria mais alto, com os cachos dourados de Collin. Talvez eu o transformasse em Thomas, e veria a pele dele assumir um tom mais escuro do que o café fraco que servem neste lugar, e suas sobrancelhas comuns e sem graça ficariam mais grossas, as sobrancelhas que eu não deveria ter tocado antes de roubar um beijo.

Eu simplesmente não sei.

Estalo, estalo.

Dedos estalam a alguns centímetros do meu nariz.

– Você está bem? – Collin se senta de frente para mim, como se não tivéssemos passado tempo nenhum distantes. – Você não parece nada bem.

Meu olho está menos inchado, mas continua sendo uma ferida que todos encaram na rua.

– É. Eu dei de cara com vários punhos errado. Como você descobriu?

– Genevieve contou para uma amiga, que contou para outra amiga, que contou para Nicole – diz ele. – Quais são as outras novas? – Collin pega um cardápio, como se não pedisse sempre a mesma coisa (omelete com *hash browns*), e tenho que admitir, é uma boa tática. Concentre-se no que é novo e no que vem a seguir, e não no que o trouxe até aqui. – Ei! Você pode me trazer um café?

– São dois! – peço para o garçom.
– Por que você precisa de dois? – pergunta Collin.
– Já acabei com o meu.
Collin aponta para a caneca esfumaçada diante de mim. Eu juraria ter matado o café, especialmente porque estou com muita vontade de mijar. Talvez o garçom tenha enchido a caneca enquanto eu estava perdido dentro da minha própria cabeça.
O garçom também parece confuso. E um pouco irritado por ter trazido duas canecas esfumaçadas.
– O quê...? Você ainda não bebeu a sua segunda caneca.
– Uh, não. Foi mal.
– Ótimo. Vou preparar mais um pouco, caso você decida desperdiçar um pouco mais.
Collin derrama açúcar dentro do seu café e fala para o garçom:
– Não seja babaca, seu babaca.
O garçom xinga baixinho e vai embora. Collin tinha a mania de xingar os babacas dos garçons do Java Jack's, que nunca trabalham aqui mais do que um mês. Isso fez com que começássemos um jogo, no qual eu desenhava algo grosseiro na conta, para fazê-lo rir. Tornar-me essa pessoa de novo seria uma atitude fria e distante, mas segura.
– E aí, você ia me contar o que há de novo na sua vida – diz ele.
– Nada, além de ter sido lançado em portas.
Ele encara o café.
– Onde estava Genevieve quando tudo isso aconteceu?
– Eu meio que terminei com ela. – Quando ele levanta os olhos, eu o encaro. – Como andam as coisas entre você e Nicole? Como vai a gravidez dela?
Collin cobre a boca, e o café escorre pelo queixo.
– Uh, ela está prestes a entrar no terceiro trimestre.
– Menino ou menina?
Ele demora um segundo para responder.
– Menino.

Este seria um ótimo momento para construir uma bola de cristal inteiramente funcional, para descobrir se Collin será um bom pai para seu filhinho. Não só se ele vai brincar com seu filho ao ar livre ou lhe dará colheres de remédio quando ele estiver doente, mas se permitirá que seu filho escute músicas cantadas por mulheres e namore com um cara, se isso o fizer feliz.

– Parabéns – digo.
– Sei que você não está falando sério.
– Não, eu acho maneiro, de verdade – minto.
– Que pena que tenha rolado essa parada entre você e Genevieve.
– Sei que você não está falando sério – imito ele, com um sorriso.

E então, apenas nos olhamos, da mesma maneira que fazíamos na escola, quando nos cruzávamos nos corredores.

– Quer dar o fora daqui?
– Vamos pedir a conta – digo.
– E roubar a caneta do garçom – diz ele.

☹ ☹ ☺ ☺

ESTAMOS CAMINHANDO ATÉ A COMIC BOOK ASYLUM, rindo e lançando a caneta do garçom um para o outro, de maneira excessivamente dramática, como gladiadores atirando lanças. Quando começamos a andar juntos, no ano passado, íamos para a loja de quadrinhos quando estava frio demais para fazer qualquer outra coisa. Para mim, não importava onde estávamos, desde que estivéssemos juntos. Passávamos horas sentados nos corredores, o mais perto um do outro possível, conferindo o que queríamos ler, mas certamente não queríamos comprar. Cara, eu passava tanto tempo na Comic Book Asylum que Genevieve me levou para lá na Troca Entre Namorados. Mas a verdade é que ela só criou a Troca Entre Namorados porque nosso relacionamento estava problemático, também por culpa do Collin.

Ele sempre me surpreendia quando levantava assuntos não relacionados a quadrinhos e livros de fantasia. Certa tarde, pensei que estávamos prestes a sair da loja, mas ele me puxou de volta para o chão ao seu lado. Fiquei nervoso e esperançoso de que ele fosse me beijar, mas ele só me disse que não se importava mais com a opinião dos outros a respeito de como ele vivia. Esse sentimento não durou mais do que uma batalha entre um basilisco das sombras e uma fênix solar negra, mas, naquele instante, fiquei feliz em acreditar nele. Depois eu o perdi, junto com suas conversas e toques, e não consegui preencher essa ausência. Por isso, esquecer que essa ausência existia era a minha segunda melhor opção, e a menos triste.

Mas agora o tenho de volta, penso.

Stan está ao lado da porta, tentando instalar uma máquina de chicletes do Capitão América, mas mandando muito mal. Ele sorri para nós.

– Vocês dois fizeram as pazes?

Collin olha para mim de maneira estranha, mais ou menos como aquela vez em que completei o final da sua história sobre seu péssimo corte de cabelo porque ele havia esquecido que já tinha me contado. Eu prestei atenção, fiz com que ele sentisse que valia alguma coisa, e prometi que sempre faria isso.

– Estamos de boa – responde ele, por nós dois. Ele me guia até a seção de *graphic novels*.

– O que foi aquilo?

– Vim aqui algumas vezes sem você, e o Stan me perguntou onde estava o Robin para o meu Batman.

– Porra nenhuma – digo. – Eu é que sou o Batman, é claro.

Collin solta uma risadinha.

– Durante algum tempo, inventei desculpas, dizendo que você estava doente ou trabalhando, mas acabei aceitando que provavelmente nunca mais falaria com você. Foi uma merda, mas fazia sentido, depois da maneira como terminei com você. – Ele corre um dedo pelas lombadas das *graphic novels* e diz: – Preciso te perguntar uma coisa.

– Diga.

– Quando você me encontrou aqui aquela vez, e foi todo simpático e falso, estava fazendo aquilo para impressionar o cara com quem estava? Ele era o seu namorado?

Eu havia esquecido completamente que isso havia acontecido, porque eu tinha esquecido do meu relacionamento com Collin. Dois mundos, a três metros um do outro, e Collin era o único que sabia, o único que foi afetado por isso.

– Ele nunca chegou a ser meu namorado, e você não era quase ninguém para mim. Passei pelo procedimento do Leteo, e esqueci o tempo que passamos juntos.

– É claro que esqueceu – diz Collin.

Ele não acredita em mim. Por que acreditaria? Mas eu contei para ele.

Sentamos com as costas apoiadas em uma estante e os cotovelos encostados. Nós dois lemos a mesma *graphic novel* sobre zumbis invadindo um lixão muito bem protegido por seguranças, onde encontram a cabeça decapitada do seu mestre. Não sei muito bem o que os zumbis planejam fazer com a cabeça se conseguirem recuperá-la, mas perdemos o interesse na história.

– Você se lembra do nosso local atrás da cerca? – pergunta ele, do nada.

Isso não é um jogo de Lembra Aquela Vez.

– Já faz algum tempo – digo.

– Quer ir?

Fecho a *graphic novel*. Falamos para Stan que o veremos depois, e me pergunto se ele sabe a verdade sobre nós. Desde que ele não revele nosso segredo, isso não importa.

Vamos para o nosso local, entre o açougue e a loja de flores. Empurro Collin por trás, na direção da cerca, mas ele me afasta com um movimento de ombro e não reclamo, apesar de não haver uma única pessoa homofóbica à vista. Esta noite, o cheiro de vaca morta está muito mais forte do que o de flores. Há uma placa que diz: REUNIÃO DO SERVIÇO COMUNITÁRIO NA SEXTA, DIA 16

DE AGOSTO. Só Deus sabe o que isso significa. Mas é bem maneiro ver que nossas pichações continuam na parede.

Atravessamos agachados por uma parte aberta da cerca, alcançando o lado onde a história está pulsando com lembranças da nossa primeira vez, segunda vez, terceira vez... bem, você entendeu. Collin vasculha a área à procura de qualquer pedestre ou pássaro com uma câmera acoplada à cabeça, antes de voltar e abrir a fivela do meu cinto. Está tão escuro que poderíamos ser assassinados, e ninguém ficaria sabendo. E é assim que gostamos (da escuridão, não da parte do assassinato). Eu o puxo e dou um beijo grosseiro nele, e não tenho a menor dúvida de que, quando ele beija Nicole, finge que ela é algum cara, talvez até eu. E agora, ao beijá-lo, também finjo que ele é outra pessoa, e isso é triste para cacete.

Ele me entrega uma camisinha, e rasgo o pacote com os dentes.

7
CONVERSAS SINCERAS E CORAÇÕES PARTIDOS

Faz apenas um dia, e já preciso desesperadamente ver o Collin para preservar minha sanidade. Sei que ele tem dois empregos (um como ajudante de garçom em um restaurante italiano e outro como estoquista em uma lojinha) e não tem muito tempo nem para dormir. Mas preciso dele tanto quanto deveria o estar afastando. É uma mistura muito estranha de sentimento ruim com esperança.

Collin tem algumas horas livres antes do trabalho, então, às duas, ele me encontra na pista de atletismo, onde vi os trens passando com Thomas. Procuro por ele deitado na grama ou sentado nas arquibancadas, mas Thomas não está aqui. Tudo bem, tudo bem: tenho Collin, minha primeira passagem para uma alegria sincera. Falo para Collin que escolhi este lugar para podermos correr um pouco, para ajudá-lo a entrar em forma para os testes para a equipe de basquete, mas, quando apostamos corrida, ele fica muito para trás, e isso também me lembra do Thomas. Mas, ao contrário de Thomas, Collin não simplesmente desiste, seja em um emprego, em um sonho ou em uma corrida. Ele corre até a linha de chegada, depois se joga na grama ao meu lado.

– Podemos conversar sobre isso?

Sua pergunta me desarma.

– Sobre...?

Ele olha ao redor, depois bate com o dedo na minha cicatriz.

– Foi tão ruim assim?

– Sim. – Eu me deito e encaro o sol até meus olhos começarem a doer. – Parecia que minha vida seria longa demais. Eu queria fugir.

– Não foi por minha causa, não é? – pergunta ele imediatamente.

Balanço a cabeça sobre a grama.

– Não só por sua causa. Não sou um moleque que ficou puto porque alguém o rejeitou. – Mas a verdade é que eu era assim. Mesmo depois de esquecer todas as coisas que levaram ao Aaron 2.0. Eu ainda estava morrendo de vontade de fazer um procedimento do Leteo, por medo e decepção em relação a alguém que não me amava de volta. E fui desprezível o bastante para apelar para a desculpa do suicídio, só para esquecer meu coração partido. – Foram vários motivos. Mas tentar viver enquanto meu pai se recusava a ficar vivo, por causa do que sou, isso me destruiu de uma maneira que acho que nunca conseguirei consertar.

– Eu fiquei tão puto com você, Aaron – diz Collin. – Nicole me contou o que você tentou fazer. Eu estava preso em uma fase de *Vigilante Village* e cheguei *muito* perto de jogar meu controle contra a TV. Mas eu me contive, porque não queria destruí-la da mesma maneira que destruí nosso relacionamento. Sempre achei que terminaríamos juntos, mesmo quando sabia que não podia me dar ao luxo de ser aquela pessoa.

– Você se afastou de mim.

– Demorei alguns meses para me dar conta de quanto sinto sua falta. Sei que estou vivendo uma mentira, mas estou pensando no menino, Aaron. Meu filho. Como será para ele ter um pai gay? Às vezes, penso que seria melhor nem estar por perto, mas também não posso ser um babaca vagabundo.

Eu me sento.
– O que você quer de mim? Você vai vazar de novo?
– Não posso prometer nada – diz Collin. Isso quer dizer, basicamente, *não conte comigo*. Ele também se senta, segurando a minha mão por um segundo. – Só quero que você esteja vivo quando eu tiver compreendido quem sou.

Então, tenho mais um *talvez* pelo qual esperar. Talvez Collin não desapareça, ou me encontre de novo mais tarde. Talvez Thomas saia do armário por mim. Talvez eu receba outro recomeço do Leteo. Entre todos os talvez, Collin me fazer feliz é a minha aposta mais segura.

☹ ☹ ☺ ☺

VOLTAMOS PARA A PISTA de atletismo no dia seguinte, mas, desta vez, sentamo-nos nas arquibancadas para reler *Os substitutos sombrios* antes que a última edição seja lançada, esta semana.

Collin folheia a quinta edição, e não o vejo tão feliz desde que contei para ele que minha mãe não tem problema sobre eu ser gay. Todo o dinheiro dele vai para Nicole e a criança, então ele só tem conseguido ler as edições na loja, e sempre às pressas, por causa da demanda dos clientes. O sorriso dele desaparece quando chega na página vinte e quatro, em que Thor leva uma surra sangrenta do seu Substituto Sombrio e é abandonado, moribundo, em um pub.

– No dia em que fomos atacados – diz Collin –, tive tanto medo de que fôssemos morrer. Realmente pensei que era o nosso fim.

– É assim que me senti quando meus amigos me atacaram – digo.

– Por que eles fizeram isso?

Pergunto-me a mesma coisa toda hora. Ódio, ignorância, sentimentos de traição, não sei, mas eles se voltaram contra mim e não há como voltar atrás ou esquecer isso. Mas eu respondo de maneira honesta:

– Eles não gostavam da minha amizade com Thomas, aquele cara que você viu comigo na Comic Book Asylum. Eles tiveram uma impressão errada sobre nós.

– Aconteceu alguma coisa entre vocês?

Não revelarei a ele que nos beijamos.

– Ele é hétero – respondo. É isso o que Thomas afirma, e finjo acreditar para protegê-lo. Se meus instintos estiverem corretos e ele resolver sair do armário para mim, não quero ter traído sua confiança. Ele nunca traiu a minha.

– Que merda – diz Collin. – Tudo acontece por um motivo, não é mesmo?

Collin é o motivo. Voltamos à questão inicial.

☹ ☹ ☺ ☺

DEPOIS DE SENTIR SAUDADE DELE ONTEM (Collin teve uma consulta médica com Nicole antes do trabalho), acabamos não nos encontrando. Agora, estamos de volta à pista de atletismo pela terceira vez. Preparamo-nos para correr uma volta na pista, mas vejo Thomas nas arquibancadas, comendo comida chinesa. Com Genevieve. É como um soco inesperado. Não consigo respirar. Nunca me senti tão magoado em ver alguém tão feliz.

Ela abre um biscoito da sorte. Espero que esteja escrito: VOCÊ ESTÁ IMPLORANDO POR MAIS UM CORAÇÃO PARTIDO.

Thomas trouxe Genevieve até aqui, um dos lugares mais públicos onde ele gosta de pensar, e odeio o fato de que talvez ele esteja compartilhando seus pensamentos com ela. Talvez ele até a tenha levado para o telhado, para assistir filmes sem camisa. Se as coisas tiverem chegado a esse ponto, não conseguirei me sentir feliz por eles, especialmente quando ele está mentindo para ela, e ela está mentindo para si mesma de novo.

Saio correndo, esperando dar o fora antes que eles me vejam, mas Collin chama o meu nome, e tanto Thomas quanto Genevieve olham ao redor e me encontram. Thomas não desvia os olhos de mim, mas os olhos de Genevieve saltam de um lado para o outro. Ela baixa o rosto ao ver Collin.

Saio de lá em disparada, e não paro até alcançar a esquina do quarteirão seguinte.

Collin me alcança. Estou arquejando e cuspindo sobre uma lata de lixo, apertando minha caixa torácica dolorida.

– Você está bem? Seu rosto está completamente vermelho.

Cubro a boca, para que ele não seja obrigado a me ver tentando vomitar.

– Vi Genevieve lá, com seu camarada, o Thomas. Ela não vai contar para a Nicole que me viu, não é?

– Acho que elas nem conversam mais – digo, com certo esforço. Se ele tiver sorte, Genevieve não vai criar uma Substituta Sombria de si mesma e o delatará para Nicole. – Acho que é melhor eu ir para casa e descansar. Nos vemos depois, esta semana?

– Você ainda gosta do Thomas, não é?

Não quero mentir para ele, mas a verdade poderia fazer com que eu o perdesse.

Collin dá de ombros.

– Que merda, mas talvez seja melhor assim. Nos vemos depois, esta semana, Aaron.

Ele se afasta. Eu o observo. Queria muito que as pessoas voltassem a apenas socar o meu rosto. Pelo menos um soco no rosto significaria que sou importante o bastante para ser agredido. Tudo isso (Thomas e Genevieve rindo sem mim, Collin não dando a mínima para mim) deixa muito claro que ninguém se importaria em esquecer a minha existência.

Talvez o Leteo só funcione assim. Para os esquecíveis. Ninguém quer ser esquecível. Mas eu assumirei esse risco.

8
IMPOSSIVELMENTE ESQUECÍVEL

Tento evitar estar em casa ao mesmo tempo em que Eric. De todas as minhas relações desde que fui desenrolado, a nossa é a única que não mudou. Mesmo quando me lembro de todas as vezes que ele me sacaneou, nada muda; sempre zoamos um ao outro, afinal. Mas estar perto dele é tipo, meio que, definitivamente constrangedor, porque, embora ele saiba de tudo, nunca me abri com ele sobre isso. Mas o apartamento é pequeno, e minhas discussões com minha mãe, para que ela aprove outro procedimento, são barulhentas e diárias.

Vou para o Good Food's cedo, para sair antes que Eric acorde.

Mohad tem sido muito maneiro com o fato de que estou faltando o trabalho. Mas, na terça, pedi para ele me dar alguns turnos a mais, porque preciso passar mais tempo fora de casa. Minha mãe só concordou com isso porque Mohad proibiu que Brendan, Dave Magro e Nolan entrem na loja. Ele até me disse que eu poderia chamar a polícia se eles aparecessem quando ele estivesse fora.

Mais do que qualquer outra coisa, agradeço a Mohad por não ter me despedido ontem, quando me distraí completamente ao atender um cliente. Dei o troco para cinquenta ao cara duas vezes.

É claro que o babaca pegou a grana e vazou, mas Mohad confirmou, pela câmera, que não roubei o dinheiro. Acho que eu só estava muito distraído.

Passo a tarde fazendo as mesmas merdas: trabalhando no caixa, fazendo o inventário, interrompendo conversas sobre por que meus amigos me atacaram, varrendo, trabalhando mais no caixa, interrompendo mais conversas. Meu turno está acabando quando Mohad pede para eu limpar a seção de bebidas com o esfregão. Arrumo a placa que diz CUIDADO: PISO MOLHADO, mergulho o esfregão no balde e quase me desespero quando Thomas e Genevieve aparecem, do nada. Eles se aproximam lentamente de mim.

A cabeça dele está baixa, como a vez em que ele não conseguiu me encarar no Leteo.

A cabeça dela está erguida, como se ela tivesse ganhado um prêmio que nunca pude ter.

Minha cabeça está girando, como se o fato de eu ser tão imprestável estivesse me deixando bêbado.

– Oi, Aaron – diz Genevieve. – Pode conversar com a gente depois do trabalho?

Thomas se escora na geladeira de leites, deixando impressões digitais que serei obrigado a limpar depois.

– Podem conversar comigo aqui. – Começo a limpar o chão, mas, de repente, sou atingido pelo cheiro da colônia do Thomas e recuo para o canto.

Genevieve confere o corredor ao lado, depois diz:

– Sua mãe nos contou sobre o Leteo. Por que você faria isso de novo consigo mesmo e com todos que te amam?

– Você nunca vai entender.

É impossível explicar as emoções que estão circulando dentro de mim para alguém que nunca esqueceu sua vida, depois lembrou, e agora tem todas essas memórias se misturando. Cada dia parece mais caótico, como se eu nunca fosse conseguir virar homem (sem trocadilhos), e como se recomeçar fosse melhor do que o fim da linha. Certamente, deve haver um grupo de apoio do Leteo para pessoas cujas memórias enterradas foram desenroladas. Por outro lado, a última coisa de que preciso é de mais tristeza na minha vida, ouvindo as tragédias de outras pessoas.

– Aaron, é *você* quem não está entendendo – diz ela. – É verdade, o Leteo conserta algumas coisas, mas destrói todo o resto. Estive ao seu lado durante todo o caminho, o máximo que pude, e decifrei todo o resto sozinha. Esse não é o tipo de felicidade que você quer.

Jogo o esfregão no chão. O ruído faz com que Gen se contraia.

– Não posso ter a felicidade que quero. Por que devo, ainda por cima, ser obrigado a carregar todo esse peso? – O que sinto por Thomas é a coisa mais alta que já soou dentro de mim. Posso voltar a ser eu, ou alguma forma de mim mesmo, quando esse som for silenciado.

Thomas dá um passo na minha direção.

– Estou tentando entender isso tudo, Comprido. Esse cara, o Collin... O cara que vimos na Comic Book Asylum e na pista de atletismo. Você se esqueceu dele, mas ainda o conhecia?

– Esqueci o que vivi com ele – respondo.

Thomas encara meus olhos, e eu os desvio.

– O que isso significa para mim? Temos um histórico longo o bastante para que você me reconheça? Você se esqueceria de mim?

– Talvez – digo, desejando estar em outro lugar, até em casa com Eric. – Não sei exatamente como o Leteo constrói seus *blueprints*.

Thomas dá uma fungada. Olho para ele. Seus olhos estão vermelhos e marejados. Não o vejo chorar desde que Brendan o atacou.

– Se lembra de junho, quando saímos daquele protesto no Leteo? – pergunta ele. – Você concordou comigo que todas as pessoas servem a um propósito. Nossa amizade realmente é tão desprezível agora?

Não respondo, e ele se volta para Genevieve.

– Estou indo – diz ele.

Não parece ser um convite, mas, mesmo assim, ela olha para mim uma última vez antes de segui-lo.

Genevieve tem razão: não quero esse tipo de felicidade, mas uma felicidade cega ainda é melhor do que uma infelicidade inabitável.

☹ ☹ ☺ ☺

DEPOIS DO MEU TURNO, sigo direto para o meu prédio, ignorando os gritos de Baby Freddy para que eu fique com ele. Entro no saguão no momento exato em que minha mãe sai da lavanderia subterrânea, empurrando uma carga pesada de roupas em um carrinho de compras. Eu me aproximo dela e assumo o carrinho, seguindo em direção ao elevador.

– Genevieve e Thomas vieram me visitar – digo, mantendo a calma.

Ela nem tenta disfarçar ou se explicar.

– Thomas também? – pergunta.

Aperto o botão do elevador.

– Sim. Você recrutou só a Gen para a missão?

– Fora as pessoas da nossa família, ela é quem mais te ama – diz minha mãe. – Pensei que ela seria a minha melhor opção. – Talvez ela tenha razão, mas acho que Gen pensou que trazer o cara que eu quero que seja a minha felicidade talvez funcionasse melhor. Essa garota é realmente de outro mundo. – Estou cansada dessa luta, Aaron. Sei que minha responsabilidade como mãe é oferecer a você a vida que você quer, especialmente depois que falhei em te dar o seu próprio quarto, ou um pai que não se perdesse tanto dentro de sua própria cabeça, mas não quero perder meu filho.

O elevador chega, mas não entramos.

– A questão é que acho que não sou tão diferente dele – digo.

– Você é, sim, meu filho. Você é gentil e bom demais para as coisas pelas quais passou. Se tiver certeza, e se me prometer que, neste instante, me perdoará por autorizar o procedimento, eu farei isso.

Eu a abraço, prometendo várias vezes que é isso que quero, que *preciso*, que nunca haverá motivos para perdoá-la.

– Só uma coisa – diz ela. Lá vem pedrada. – Só autorizarei o procedimento com uma condição. Quero que você visite o Kyle e a família dele no sábado.

Ainda por cima, poderei visitar o Kyle. Isso é mais do que o suficiente.

9
KYLE LAKE, O FILHO ÚNICO

Quando Kyle e Kenneth eram mais novos, gêmeos tão idênticos que nem eu conseguia diferenciá-los, eles inventaram um jogo chamado Happy Hour. Eles não sabiam o significado de "happy hour" no mundo real, mas haviam ouvido os adultos usando essa expressão várias vezes. Eles chegavam em casa da escola e gritavam "Happy Hour!" sempre que os pais pediam que eles se acalmassem e fizessem o dever de casa. Então, tinham direito a uma hora para brincar, relaxar ou fazer o que quisessem antes de serem obrigados a fazer dever ou tarefas. O jogo de Happy Hour mudou à medida que eles cresceram, transformando-se em uma hora terapêutica para eles reclamarem, sem julgamentos.

Eu nem sei para quem o Kyle reclama agora.

Depois de muita negociação, minha mãe se juntou à Evangeline para organizar esse encontro. Ela teve que assinar uma autorização e um acordo de confidencialidade, além de alguns outros documentos, prometendo não revelar a localização dos Lake para ninguém além de mim.

Não sei quais seriam as penalidades, mas acho que seria apenas muita sacanagem dela se mandasse o quarteirão inteiro correndo para a 174th Street, perto da estação de trem de Simpson

Avenue. Acho que o orçamento para moradia deles depois do procedimento não era muito alto; além disso, eles deveriam ter se mudado para o outro lado do Queens, e não para apenas trinta quarteirões e algumas avenidas de distância de onde partiram.

Quando chego ao prédio deles, ao lado de uma locadora de vídeo com uma placa que diz FECHADO, sinto-me trêmulo. Aperto o botão do interfone.

– Quem é? – pergunta a sra. Lake.

– Aaron – digo.

Eles abrem o portão para mim, sem falar nada. Sigo direto para o apartamento 1E e bato à porta duas vezes. Tanto a sra. Lake quanto o sr. Lake (não lembro o primeiro nome deles) parecem assustados ao abrirem a porta; com certeza, são as feridas no meu rosto. Fico surpreso pelo quanto fico feliz em vê-los, considerando que quase não tenho pensado neles. Mas agora me lembro das vezes em que dormi na casa deles e a sra. Lake jogou videogame conosco, e me lembro das vezes em que o sr. Lake nos acompanhou em excursões escolares para o Zoológico do Bronx, sempre levando balas escondidas para nós. Abraço os dois ao mesmo tempo.

Eles me convidam para entrar. É doloroso ver um apartamento tão diferente daquele em que vi meus amigos crescerem: as paredes são beges, e não laranja-ferrugem; as janelas têm barras, como as de uma prisão; a televisão na sala de estar é gigantesca, diferente da televisão de tela plana que o sr. Lake ganhou em um sorteio no ano passado. As fitas de videogame continuam aqui, mas não vejo os jogos de conhecimento geral e futebol do Kenneth. O relógio em forma de gato que Kyle deu para Kenneth no seu aniversário de dez anos não está pendurado na parede, como no outro apartamento. Parece realmente que Kenneth nunca existiu.

– Quer um pouco de ice tea? – oferece o sr. Lake.

– Só água, por favor. – Ice tea traz outra memória: das manhãs de sábado no antigo apartamento dos Lake. Nós comíamos cereal com ice tea, porque nenhum de nós gostava de leite.

Eles trazem a água e se sentam de frente para mim.

– Como vocês estão? – pergunto.

– Você quer a verdade? – responde o sr. Lake.

Aceno com a cabeça, apesar de saber que me arrependerei disso.

– Todo dia é doloroso – diz a sra. Lake. – Não dá para esquecer isso. Quando vemos o Kyle, esperamos ver o irmãozão Kenneth vindo logo atrás. Certas manhãs, ainda quase peço para Kyle acordar o irmão, mesmo que já façam dez meses e tenhamos nos mudado para um apartamento novo. Não consigo acreditar que perdi um dos meus meninos.

O sr. Lake fica calado. Ele costumava brincar que Kyle não era ele de verdade, mas uma versão de um universo alternativo de Kenneth que deu errado.

– Sinto saudade de quando Kenneth ficava irritadinho quando as pessoas o chamavam de Kenny – digo. Assim que as palavras deixam minha boca, arrependo-me de dizê-las. Não fui convidado a compartilhar a história, mas não consigo me conter. De repente, começo a colocar para fora mais e mais coisas sobre Kenneth, como a vez em que ele falsificou um exame de vista para usar óculos e ser diferenciado de Kyle. E a vez em que eles se fantasiaram de *storm troopers* no Halloween. E aquela vez em que estávamos com Brendan na sala de música enquanto ele apertava um baseado, e Kenneth descobriu que sabia tocar clarinete. Espero muito que o clarinete ainda exista em algum lugar desta casa falsa e não esteja nas mãos de um estranho.

Quando paro para respirar, os Lake estão chorando.

– Desculpe – digo.

– Não precisa se desculpar... Aaron, obrigado – diz o sr. Lake, encarando o copo d'água que ainda está segurando. – Nunca mais falamos sobre nosso filho. É... animador ouvir alguém se lembrar dele de maneira tão afetuosa. Isso faz com que eu me sinta menos maluco, como se não tivesse acabado de inventar um segundo filho.

– Como vocês conseguem fazer isto? Como não batem na porta do Leteo implorando para fazer o mesmo procedimento que Kyle fez?

– Não podemos desonrar a existência dele dessa maneira – diz a sra. Lake. – Outros pais já fizeram isso, o que parte completamente o meu coração. Vamos seguir em frente, precisamos fazer isso. Mas não podemos simplesmente apagar uma pessoa.

O sr. Lake olha para o relógio no micro-ondas.

– Kyle deve chegar em casa daqui a pouco, Clara. Acho melhor a gente deixar o Aaron a par da situação.

Eles me contam a história de por que Kyle acha que eles se mudaram. Ele tinha um histórico de brigas com o Eu-Doidão (os Lake odiavam aquele psicopata quando se mudaram), que começou com pescotapas no ônibus escolar, evoluiu para empurrões contra os armários da escola e acabou envolvendo socos de verdade. Quem quer que tenha sido o arquiteto do *blueprint* de Kyle (que já descobri não ter sido Evangeline), acessou emoções muito reais para criar uma narrativa bastante crível, na qual Kyle nunca voltaria para o nosso quarteirão. Ele apenas aceita a nova vida como um aprendiz de barbeiro, e namorado de uma menina que a sra. Lake espera que nunca saia de perto dele.

O interfone toca.

– Ele sempre esquece as chaves – diz a sra. Lake. – Por que não espera no quarto dele? Nós o mandamos até você.

Vou para o quarto de Kyle e o sr. Lake me oferece mais um lembrete óbvio e doloroso:

– Aaron? Nada de falar do Kenneth...

Aceno com a cabeça, apesar de ele não estar olhando para mim. Se há alguma coisa que não mudou, é o cheiro de meias e cuecas sujas há semanas. Kenneth também não gostava muito de lavar a roupa, e os dois evitavam fazer isso até que a sra. Lake desistia e lavava ela mesma. Mas todo o resto está diferente, como a cama *queen-size* que ele tem agora (o beliche já era) e as lembranças de tempos em que eu não estava por perto.

A porta se abre. Kyle, um "filho único" que não tem a menor ideia da realidade, entra no quarto e ri de mim.

– Seu rosto está arrebentado, Aaron.

Não nos abraçamos ou nos cumprimentamos com os punhos cerrados, nem nos perguntamos como estamos. Apenas ficamos, como se não tivéssemos passado tempo nenhum distantes.

– O Eu-Doidão também me arrebentou – digo, escolhendo as palavras com cuidado. Estou atravessando um campo de minas terrestres. Quero contar para Kyle que Eu-Doidão está preso, mas talvez ele ache que o quarteirão está seguro para visitas. Só Deus sabe o que aconteceria se alguém, por pura babaquice, simplesmente contasse para ele que ele foi submetido ao procedimento do Leteo, descosturando suas memórias blindadas. – Dá para entender por que você vazou de lá.

Kyle se apoia na parede, e há um mapa preso com tachinhas no espaço acima dele.

– Não dava mais para continuar correndo aquele risco – diz ele. – Ainda bem que o contrato do nosso aluguel estava se encerrando mesmo, e conseguimos recomeçar nossas vidas. O bairro é mais caído, mas tem pessoas boas aqui.

– Fiquei sabendo que você tem uma namorada – digo, pegando uma bola de handball da gaveta de cabeceira. Eu a jogo para ele. – Quem te amarrou?

Lançamos a bola um para o outro enquanto ele me conta sobre Tina, uma menina sino-americana que ele conheceu quando ela levou seu irmãozinho para cortar o cabelo no barbeiro. Kyle estava cortando o cabelo dele no estilo "César" e quase estragou tudo. O mentor dele pensou que ele estava distraído por causa do trabalho, mas era por causa da Tina. Tento fingir que estou interessado, mas quase abstraio o que ele está falando, até ele perguntar:

– Como está Genevieve?

– Nós terminamos. – Lembro-me do que Thomas me falou quando terminou com Sara. – A gente simplesmente não era mais certo um para o outro.

– Que merda, cara. Tem alguém novo no horizonte?

– Não – minto.

Gostaria de contar para Kyle que sou gay, mas ele não entenderia se eu pedisse para ele uma Happy Hour livre de julgamento. Ele mudou. Não está mais maduro, mas *realmente* mudou, obviamente. Talvez esse novo Kyle não tenha problema com o Lado A. Talvez ele fique desconfortável. Eu costumava conhecer a pessoa diante de mim, e fico tentado a trazê-lo de volta, a desenrolá-lo, já que a morte de Kenneth é culpa dele, e ele deveria ter que viver com isso. Kyle deveria saber que Kenneth conseguia andar de ponta-cabeça, que Kenneth sempre comia *junk food* e nunca teve uma única cárie, que Kenneth casualmente tocava a campainha dos vizinhos e saía correndo, só para arrancar algumas risadas da gente.

Kyle deveria saber que Kenneth, seu irmão gêmeo, existia. Mas não tenho o direito de decidir isso.

Fico lá mais um pouco, até que está na hora de ele tomar banho e se encontrar com Tina. Agora, ele coloca sua garota em primeiro lugar, e gosto disso. Prometo visitá-lo de novo em breve, e ele me pede para dar um alô para todos no quarteirão. Abraço a sra. e o sr. Lake de novo, e os rostos deles imploram em silêncio: *Não esqueça.*

10
LETEO: TOMADA DOIS

É o dia do meu procedimento e estou sentado na esquina, do lado de fora do Instituto Leteo.

Memórias: algumas nos atingem de surpresa, outras nos levam adiante; algumas ficam conosco para sempre, outras esquecemos sozinhos. Não podemos saber de verdade a quais sobreviveremos se não continuarmos no campo de batalha, com os momentos ruins disparando em nossa direção como projéteis. Mas, se tivermos sorte, teremos momentos bons o bastante para nos proteger.

Ser gay não era, e nem é, o problema. Só parecia ser por todas as coisas que resultaram disso: meu pai ter se matado, Collin ter me abandonado, ser atacado no trem e todas as incertezas adiante. O problema é que eu não entendia nada, porque esqueci a minha vida. E agora sei que não posso mais esquecer.

Não será uma vida fácil, mas eu vou seguir em frente. Thomas nem sabia que estava me ajudando com isso. Para falar a verdade, nem eu sabia que voltaria a ser eu mesmo, e que precisaria dessa orientação. O garoto sem direção me ensinou algo inesquecível: a felicidade volta, se você deixar que ela volte.

Fecho os olhos e conto até sessenta, isolando-me do resto do mundo, como Thomas me ensinou. Reabro os olhos, dou as costas para o Leteo e volto para casa. Devo desculpas ao meu irmão e à minha mãe.

11
MEU ANIVERSÁRIO INFELIZ

Em todo aniversário que faço, desde o meu primeiro aninho, minha mãe sempre escreve uma carta para mim, registrando meus melhores momentos de cada ano. Ela guarda as cartas no meu álbum de fotos de bebê. Ela cola até recortes de jornais nas cartas, para que eu saiba o que estava acontecendo na época. No meu aniversário de doze anos, reli todas elas. Não foi nenhuma surpresa descobrir que a primeira carta não incluía muita coisa, fora o fato de que cuspi no vestido de formatura da minha mãe enquanto ela recebia o diploma. Antes do meu segundo aniversário, andei pela primeira vez, quando meu pai voltou para casa depois de passar uma semana fora. Anos depois, descobri que isso aconteceu porque ele foi expulso de casa por ter agredido minha mãe no meio da rua. Na quinta carta, descobri que já fui obcecado por colecionar chaveiros. Em um desenho preso à oitava carta, eu segurava a mão da minha mãe.

Essas cartas são um mapa da minha vida. Elas colocam em foco alguns anos que são confusos para mim. É difícil admitir isso, mas há certas coisas nelas que fazem parecer que minha mãe estava tentando me insultar. Por que ela escreveu que eu adorava cantar músicas de cantoras pop? Ou sobre a vez em que ela me levou para comprar brinquedos com meu irmão na CVS, e não deixei que ele me forçasse a comprar o Power Ranger azul, preferindo brincar com a personagem da Jean Grey? Sinto que essa é a maneira codificada de ela dizer: "Foi nesse momento que eu descobri a verdade sobre você."

Acho que o momento em que descobri foi quando comecei a gostar do Brendan. Claro, gostar de cantar músicas de meninas era um sinal, mas foi naquele momento que me dei conta de verdade que talvez eu não fosse a pessoa que todos queriam que eu fosse. É curioso como o ciclo se fechou. Há alguns anos, ao jogar fora revistas velhas que minha mãe deixava jogadas no banheiro, arranquei as páginas com modelos gostosos de propagandas de perfume e guardei todas dentro de um fichário velho, para quando sentisse meus impulsos. Mas me livrei de tudo isso antes do procedimento.

Ainda não consegui me desculpar com Eric e com minha mãe, mas vou fazer isso. Eles ficaram bastante aliviados outra noite, quando eu disse que não queria mais fazer o procedimento. Uma nuvem que pairava sobre nosso minúsculo apartamento se dissipou. Fui direto para cama.

Por isso, agora estou agindo como se esse episódio do Leteo nunca tivesse acontecido. Eric concordou em jogar *Vingadores vs. Street Fighters* comigo. Quando minha mãe me deu o jogo hoje de manhã, não comentei o fato de o disco estar riscado. Não mereço uma mãe que trabalha horas demais toda semana para conseguir pagar nosso aluguel absurdo, colocar comida na mesa e até garantir alguma coisa de aniversário para os filhos. Perco para Eric, porque escolho o Capitão América, e não a Viúva Negra, já que não quero chamar atenção para a minha vontade crescente de contar para ele o Lado A e acabar logo com isso.

Antes de sair, entro no quarto da minha mãe para agradecê-la de novo. Há algumas contas espalhadas ao lado dela, e meu álbum de fotos de bebê está no seu colo. Temos um ritual de aniversário, no qual folheamos o álbum juntos, mas talvez ela tenha se dado conta de que a última coisa que quero fazer agora é refletir

sobre os velhos tempos. Vejo uma foto minha com cinco anos de idade, segurando uma boneca da Bela, do filme *A Bela e a Fera*.
— Meu primeiro amor, não é?
Minha mãe acaricia a foto, como se pudesse correr os dedos pelos meus antigos cachos.
— Você a carregava para todos os lugares.
— Lembro-me de falar para todo mundo que ela era a minha namorada. — Também me lembro de acreditar nisso.
— Até que você terminou com ela e começou a namorar a Power Ranger rosa. — Minha mãe abre um meio sorriso. — Uma história clássica de amor.
Ela folheia o álbum e essa etapa da minha vida desaparece diante dos meus olhos. Há fotos de mim nos ombros do meu pai, quando ele ainda era o papai; uma em que estou tomando banho com Eric, quando éramos crianças; outra em que estou enrolado em uma toalha, deitado no colo dele. E mais outra, outra, outra e outra, e, em todas estas fotos, encontra-se algo que hoje em dia é bastante raro: sorrisos.
— Vou sair um pouco. — Ela olha para o meu rosto, e sei que está analisando meus hematomas, amarelados, mas quase curados. Às vezes, olho pela janela para ver se consigo ver Brendan de bobeira, pensando que talvez eu consiga correr até lá e descer a porrada nele. — Vou ficar bem.
— Como vai Genevieve?
— Feliz — minto, e é uma mentira porque não sei se ela pode ser feliz com alguém que é incapaz de amá-la de volta.
— Vai encontrá-la hoje?
— Não — respondo. Ela nem me ligou ou me mandou uma mensagem de texto.
— Vai se encontrar com Thomas?
Essa pergunta é mais dolorosa para mim. Também não sei dele.
— Vou ver o Collin.
Ela segura a minha mão e acena com a cabeça.

– Está bem, meu filho. Vá se divertir. Cuidado.

Ela se despede de mim, mas não solta a minha mão por um bom tempo, e, quando finalmente solta, agarra o álbum de fotos de bebê como alguém agarrado à beira de um penhasco, com os pés balançando no ar.

☹ ☹ ☺ ☺

ACHO QUE COLLIN REALMENTE esqueceu que hoje é meu aniversário. Mas talvez seja porque ele anda muito estressado ultimamente. Nicole está exigindo mais atenção desde que ele começou a passar seu tempo livre escondido dela. Suas outras reclamações são menores, como o desejo que ela tem tido por cubos de gelo. O som dela mastigando o gelo o incomoda.

Mas foda-se todo o mimimi do Collin, porque ela só está grávida por culpa dele. Certo, a culpa é nossa por termos sido covardes, mas ele com certeza é culpado por permitir que ela se apaixonasse por ele.

Nunca entendi por que ele "gostava" da Nicole, e, claro, posso estar enxergando-a com a lente errada, mas sei que ela é o tipo de menina atenciosa que te desejaria feliz aniversário a cada hora do dia e te daria presentes que você nem sabia que queria. Nem posso agir como se Collin fosse o único culpado: também sou um babaca. Deixei que Genevieve se apaixonasse por mim. Mas isso significa que Thomas também é um babaca, porque ele deixou que eu me apaixonasse... Sim, ele realmente deixou que eu desabasse, e nem me ajudou a levantar depois.

Mas tenho Collin. Nunca admiti para ele que o amo, para preencher esses espaços vazios de solidão. Quando ele me pede para segui-lo, espero uma surpresa, mas acabamos indo para nosso local atrás da cerca. Fazemos sexo com pressa, e ele vai trabalhar sem me desejar feliz aniversário. Ele apenas me dá um tapinha nas costas depois de levantar as calças.

Volto para casa pelo caminho mais longo, para passar pelo prédio de Thomas, esperando vê-lo do lado de fora olhando pela janela. Claro, existe a chance de vê-lo de mãos dadas com Genevieve enquanto eles sobem para provavelmente transar no apartamento dele, para que sinta que é hétero. Mas já passei por essa dor antes com Collin, e só quero vê-lo, nem que seja apenas por um momento.

Avisto Dave Magro do outro lado da rua, e, quando ele me vê, permanece sob o sinal de trânsito, apesar de ele estar sinalizando que pode atravessar. Ele sabe que não conseguiria me encarar agora que Eu-Doidão não está por perto.

O pessoal da manutenção finalmente cobriu a porta quebrada com tapume. Confiro a caixa de correio. Há dois cartões de aniversário da minha tia de oitenta anos com demência; não fico surpreso por ela ter enviado dois cartões, mas sim por ter se lembrado do meu aniversário. Sigo para o elevador e Thomas está lá, surpreendendo-me como no dia em que Eu-Doidão quase me matou.

Ele está escorado na parede e quero sorrir, mas não faço isso, porque ele não está sorrindo.

– Não fiz o procedimento – digo.

Ele me encara por um segundo. Suas olheiras estão mais escuras do que da última vez que o vi, no Good Food's. Ele abre a porta da escada e puxa uma mountain bike azul lá de dentro. Ou é uma bicicleta nova, ou ele a limpou e consertou até que ela parecesse nova. Não sei qual dessas opções é a correta, porque ele seria capaz de fazer as duas coisas. Ele baixa o suporte com o pé e se aproxima de mim. Temo que passe direto, sem falar nada, mas ele me dá um abraço apertado, e eu o abraço de volta, também com força, porque há algo neste abraço que parece muito uma despedida.

Quando ele me solta, eu também o solto, e isso parece completamente idiota. Depois, ele começa a caminhar em direção à porta.

– Thomas, eu me apai...

Ele não para ou hesita por um único segundo. Ele continua andando e vai embora. Agora, estou sozinho com a bicicleta, que um dia ele disse que me ensinaria a usar, já que ninguém mais havia ensinado. Na época, nenhum de nós dois sabíamos que isso era uma mentira: Collin tentou me ensinar, e eu mandei muito mal.

Eu finalmente encontro forças para subir, agarrando com firmeza o guidão da minha nova e reluzente bicicleta azul. Desabo na cama, com a bicicleta aos meus pés. Ver Thomas era tudo o que eu queria, não, *precisava*, para tornar este dia pelo menos um pouco melhor. Mas agora apenas encaro o relógio, enquanto as horas passam, perguntando-me se Genevieve vai entrar em contato comigo antes da meia-noite.

De repente, uma coisa estranha para cacete acontece: já é 1h16 da manhã.

Eric está dormindo. Há um prato de jantar ao pé da minha cama, onde sempre o deixo, mas não me lembro de comer o que quer que tenha sido a comida, nem de ter fome. Há uma mensagem de Genevieve no meu celular, enviada às 23h59, desejando-me feliz aniversário. Eu deveria responder agradecendo, mas ela também já deve estar dormindo.

A última coisa da qual me lembro é de me jogar na cama. Depois disso, não há mais nada. Blecaute total. Fico tão assustado que começo a chorar, mas, de repente, não consigo me lembrar muito bem do momento em que comecei a chorar. Volto a olhar para o relógio, que saltou de 1h16 para 1h27, e choro mais ainda, porque algo impossível está acontecendo comigo.

Chacoalho Eric para acordá-lo, e ele me xinga antes de entender que alguma coisa está errada. A princípio, não sei o que dizer, já que ainda nem estou convencido de que isto não é um pesadelo, mas finalmente falo:

– Que porra? Que porra está acontecendo?

Ele me pergunta sobre o que estou falando, mas suas palavras soam distantes.

De repente, fico desorientado de novo. Estou no meio da cama da minha mãe, chorando tanto que minha garganta dói. Quando eu era criança, rezava na beira da cama, pedindo por novos *action figures* e o meu próprio quarto. Depois, arrastava-me até o espaço que ficava livre para mim, entre meu irmão e minha mãe, porque eu não conseguia dormir sem segurar o cabelo dela.

Mas, à medida que minha mente continua a se guiar sozinha, vagando de um lado para o outro, encontro-me rezando apenas para acordar deste pesadelo.

12
SEM AMANHÃS

– Amnésia anterógrada – diz Evangeline para minha mãe e para mim. Estamos no consultório dela. São 4h09 da manhã. Pelo bem da minha sanidade, tenho mantido os olhos colados no relógio, mas não sei ao certo se houve outro salto louco no tempo, como os que ocorreram há algumas horas.
– É a incapacidade de formar novas memórias – ela diz. O relógio marca 4h13.
– O que é amnésia anterógrada? – pergunto. É familiar. Acho que ela mencionou isso antes do procedimento, mas não consigo lembrar o que é.
– É a incapacidade de formar novas memórias – responde Evangeline, trocando olhares com minha mãe, que está chorando. Ela meio que está chorando desde que corri para a cama dela. Ela estava chorando quando ligou para Evangeline. Ela estava chorando durante o trajeto de táxi até aqui. Não consigo me lembrar dela sem que estivesse chorando.
– Você está entendendo, Aaron? – pergunta Evangeline.
– Sim – respondo. – Você acha que é isso que está acontecendo comigo? Que não consigo me lembrar das coisas que estão acontecendo no presente?

– Consegue lembrar outras questões com a sua memória ultimamente? – insiste ela.

– Está pedindo para que eu me lembre de algo que provavelmente esqueci?

– Sim. Algo que pode ter deixado você confuso desde que foi agredido, e que chamou a sua atenção, como o que aconteceu esta noite?

É difícil pensar. Não, é difícil lembrar. Fico orgulhoso de mim mesmo ao me lembrar de quanto foi estranho não me lembrar de ter bebido minha primeira caneca de café na cafeteria com Collin, e de como Genevieve disse que eu estava me repetindo no Leteo. Só falei que Thomas não gostava dela uma vez. Bem, pelo menos pensei ter falado apenas uma vez. E teve o episódio em que me distraí no Good Food's. Quem sabe o que mais?

– Sim – respondo, o coração acelerado. – Lembro-me de ter esquecido coisas. – Só não consigo me lembrar do que estou esquecendo. – Acho que eu deveria estar chorando ou tendo um ataque de pânico.

Minha mãe mergulha o rosto nas mãos, tomada por soluços silenciosos. Evangeline respira fundo antes de falar:

– Você já fez isso.

– O que significa isso? Como vocês podem me consertar? Com outro procedimento?

Ela soa como um robô ao falar. Há várias opções, mas nenhuma parece muito promissora. Essa condição ainda é um mistério, até para os melhores neurocirurgiões do mundo, porque ninguém ainda decifrou a ciência exata por trás do armazenamento de memórias. Ela fala algo sobre neurônios, sinapses, lobo temporal medial e hipocampo, e, apesar de não passar de papo de médico, esforço-me ao máximo para memorizar tudo, porque consigo sentir as palavras me escapando. Os tratamentos usados para aqueles que sofrem de amnésia anterógrada não são muito diferentes daqueles usados em pacientes com Alzheimer. Há remédios que ajudam a aumentar as funções colinérgicas do cérebro. Que bom, porque eu socaria alguém que tentasse usar hipnose em mim; a última coisa que preciso agora é de alguém brincando com meu cérebro.

Mas quero esquecer quando ela diz:
– Infelizmente, alguns casos são irreversíveis.

É impossível não notar que ela parece cansada, e não apenas por ser o meio da noite, ou por estar entediada, mas possivelmente por estar exausta de tanto repetir as coisas várias vezes, caso ela tenha me falado essas coisas várias vezes.

– Isso já aconteceu com algum dos seus pacientes antes?
– Sim. – Evangeline acena com a cabeça.
– E aí? O que aconteceu?

Ela encara meus olhos.

– A amnésia age rapidamente, às vezes dentro de poucos dias.
– Então tenho menos de uma porra de uma semana? – Ninguém reclama da minha boca suja.
– Talvez mais – diz Evangeline, com seu tom calculado e robótico.

Meu coração bate mais forte e temo estar esquecendo como respirar, um instinto básico. Acho que vou desmaiar, depois provavelmente esquecerei como acordar.

– Como diabos será a minha vida?
– Desafiadora, mas não impossível. Tudo isso estava descrito nos textos que entregamos a você, Aaron. Em geral, você talvez fique limitado ao que já sabia antes do procedimento. Conheço a história de um músico que compõe as próprias canções e as esquece logo depois, mas ele continua tocando violão maravilhosamente, porque é uma habilidade que aprendeu antes do trauma que queria esquecer.

Entendo o que ela está dizendo. Antes. Antes é tudo o que me restará, e o Antes já me destruiu uma vez.

– Qual é o propósito de continuar vivendo?

Estou pensando em voz alta, e minha mãe chora ainda mais. Foi babaquice minha falar isso, porque a cicatriz sorridente no

meu pulso fala por si só, mas, neste momento, como Antes, morrer parece ser a coisa mais fácil a se fazer.
Evangeline se inclina na minha direção.
– Você tem tanto pelo que viver – sussurra ela.
– Tipo o quê? – pergunto, e não sei se ela me falou e eu esqueci, ou se não consegue pensar em nada convincente para dizer. Esta noite vai ser longa. Bem, será longa para elas. Para mim, vai passar rapidinho.
– O que é amnésia anterógrada? – pergunto para Evangeline às 4h21 da manhã.

13
APENAS ONTENS

Eu, tipo, meio que definitivamente nunca dei valor aos ontens. Mas os ontens são tudo o que me restou. Pelo menos alguns deles.

Ontem.

Muitas pessoas se lembrarão de ter abraçado um amigo, mas se esquecerão da hora em que acordaram, ou do que comeram de almoço. Outras vão compartilhar os sonhos malucos que tiveram na noite anterior, mas não saberão mais quais roupas usaram, ou quais livros leram no metrô. E algumas pessoas manterão suas histórias para si mesmas, como segredos guardados no passado que só elas podem revisitar.

Não farei nada disso.

Amanhã talvez eu não me lembre de ter abraçado ninguém, se é que ainda vai haver alguém para abraçar. Não saberei o que comi no almoço e só saberei se comi ou não pelo ronco ou falta de ronco do meu estômago. Não importará a hora que eu acordar, porque estarei sempre acordando. E eu provavelmente vestirei as mesmas camisetas e calças, recomendando continuamente Scorpius Hawthorne para as pessoas, porque palavras novas não terão impacto nenhum na minha cabeça.

A única maneira que consigo me ver lidando com isso é me despedindo. Mesmo que eu nunca mude, tudo e todos ao meu redor vão mudar. Ninguém passará tempo com o cara que não sabe que dia é, ou o que está acontecendo em suas vidas. Estarei sempre perdido e sozinho, ou cercado por estranhos que não param de se repetir.

Não há como vencer nesta situação.

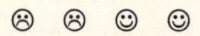

☹ ☹ ☺ ☺

QUANDO TENTO ABRIR A PORTA, noto que ela está fechada com a corrente. Nunca a usávamos antes. Não a usávamos nem para o caso de algum dos meus amigos tentarem invadir o apartamento para terminar o que Eu-Doidão havia começado. Isso só pode significar que eles estão me trancando aqui dentro para evitar que eu me perca lá fora.

Fico enojado, mas eles têm razão; poderia esquecer onde estou no meio de uma rua, ou até mesmo no meio do ar, depois de ser atingido por um carro. Mas não posso ficar esperando aqui enquanto minha mente definha. Solto rapidamente a corrente, mas Eric é ligeiro e me segura antes que eu consiga fugir.

– O que é que você está fazendo? – pergunta ele, segurando meu braço com força.

– Preciso fazer algumas coisas.

Minha mãe sai do seu quarto, mas não diz nada.

– O quê? – pergunta Eric.

– Algo que preciso fazer sozinho.

– Isso não me surpreende... – Ele se contém, respirando fundo. – Serei um bom irmão agora e calarei a boca, e não vou falar com você até ter certeza de que não se lembrará.

Golpe baixo.

– Vai se foder. Fale logo, e não se esconda atrás da minha amnésia. Você me deve isso.

– Está bem, eu aceito – diz Eric, afrouxando a mão no meu braço, com os olhos em chamas. – Você é egoísta, Aaron. Você usou um *cheat code* para tornar sua vida mais fácil, sem considerar quanto isso nos afetaria. Somos obrigados a ver você andando por aí como um zumbi. Você é o culpado pela sua situação, entendeu? Eu o encaro de volta.

– Talvez eu não tivesse desejado tanto apagar quem sou se você tivesse me deixado mais confortável com quem sou, em vez de me sacanear por escolher personagens femininas nos videogames.

– Eu sempre caguei para isso. Eram apenas piadas. Pensei que você fosse forte o suficiente para aguentar. Desculpe! – As palavras dele, seu pedido de *desculpas*, surpreende a todos nós, inclusive a ele. Da última vez que o vi tão vermelho foi quando contei para ele o que havia acontecido com nosso pai. Por isso, não fico surpreso quando ele diz: – Você deixou de ser você mesmo só para agradar alguém que nos abandonou.

– Ele cometeu suicídio por *minha* causa. Não por você.

– Querido, ele não se matou por sua causa – intercede minha mãe, finalmente. – Seu pai teve uma vida difícil e...

– Pare com isso! Quando ele foi preso, pensei que finalmente estaríamos livres dele. Depois, ele voltou para casa e... – Estou chorando, mas fico feliz por conseguir me lembrar de quando as lágrimas começaram a escorrer: foi quando admiti que a ausência dele havia sido uma coisa boa.

Isso cala a boca deles.

Cala a minha boca também, porque agora entendo o motivo de eles terem jogado todas as coisas dele fora. Eles sempre souberam mais do que eu.

– Você estragou tudo, Aaron – diz Eric. Mas a voz dele abranda, e há algo de diferente em seus olhos. É compaixão. Ele olha para mamãe, raspando as juntas do punho na parede com a mão livre, enquanto continua a me segurar com a outra. Meu pai raspou o punho na parede assim uma vez, quando ficou puto porque não queríamos descer para buscar uma fatia de pizza para ele no Yolanda's. Depois, abriu um buraco na parede com um soco. Sinto algo parecido com esperança, só por ter me lembrado disso.

– Você nunca deveria ter autorizado aquele procedimento – diz ele para mamãe.

Os olhos dela correm entre mim e ele, como se tivessem acabado de acusá-la de um crime.

– Eu estava tentando salvar seu irmão...

– Não – rosna Eric. – Isso tem a ver com você, e com perder o controle da sua família. Você tratou Aaron como se ele fosse ficar completamente impotente sem o procedimento, e veja no que isso deu!

Eu me solto da mão de Eric. Talvez ele tenha pirado. Talvez ele também tivesse algumas coisas que queria esquecer. Talvez ele também não estivesse muito bem da cabeça quando nosso pai cometeu suicídio na mesma banheira onde nos dava banhos.

Neste instante, sei que Eric não se tornará como nosso pai. Ele nos ama. Tanto minha mãe quanto eu deveríamos ter prestado a mesma atenção a ele. E ele tem razão: eu fodi tudo. Nunca perguntei como ele estava se sentindo.

Minha mãe se vê no espelho sujo do corredor. Talvez ela esteja conseguindo se enxergar de verdade agora. Ela perdeu tanto peso nos últimos meses, talvez uns dez quilos. Eric apoia as costas na parede, depois desliza para baixo.

– A questão não é que sinto inveja de você, Aaron – diz ele. – Talvez eu até sinta um pouco. Mas concordo que estamos melhor sem ele.

Fico tentado a me abaixar e segurar a mão dele, mas não faço isso.

Ele levanta os olhos e me encara.

– Lembra aquela vez que não estávamos conseguindo passar nas últimas fases de *Zelda*? Juntamos nossas mesadas e compramos o guia de *walkthrough* para nos ajudar. – Sua voz fica mais suave. – Você deveria ter pedido ajuda antes de trapacear.

Noto que também estou chorando um pouco. Eu lembro. Às vezes, é tão difícil lidar com a dor que a ideia de passar mais um dia com ela parece impossível. Outras vezes, a dor age como uma bússola, nos ajudando a navegar pelos túneis mais complicados enquanto estamos amadurecendo. Mas a dor só pode nos ajudar a encontrar a felicidade se nos lembrarmos dela.

– Ainda temos alguma coisa que foi do papai? – pergunto. De repente, a caixa está na minha mão. Ela não está cheia nem até a metade; são apenas alguns velhos suéteres e pares de tênis de corrida. Eric abre a porta para mim sem brigar, e minha mãe e ele me acompanham até a rampa de lixo no corredor do prédio. Agarro-me a cada detalhe. Isto formará uma memória. E, apesar de tudo, não consigo deixar de hesitar ao me lembrar do tempo em que meu pai não era um monstro. Depois, viro a caixa e todo o seu conteúdo desce ruidosamente pela rampa, até que tudo fica em silêncio.

☹ ☹ ☺ ☺

CERTA VEZ, NA ESCOLA, li sobre ciganos e sobre como eles viviam o luto por seus entes queridos cobrindo todos os espelhos na caravana pelo tempo que precisassem. Às vezes isso levava dias, às vezes semanas, às vezes meses, e, em casos raros, anos. A partir de agora, não cobriremos mais os espelhos. Juntos, vasculhamos o apartamento, nos livrando de cada sobra dele que não queremos mais.

Eric calça os tênis quando voltamos para casa. Sem olhar para mim, ele fala:

– Se servir de consolo para você, quero me desculpar por tudo o que já disse. – Quero lhe agradecer por engolir o orgulho, mas ele continua rapidamente. – Então, para onde vamos?

– O quê?

– Você disse que tinha coisas a fazer, não é? A mamãe não vai deixar você ir sozinho.

Não me lembro de falar isso, mas realmente tenho coisas a fazer. Preciso ver quatro pessoas, despedir-me quatro vezes. Mantenho a cabeça baixa e deixo que meu irmão me siga, para que eu possa riscar os nomes desta minha lista de coisas que preciso fazer antes do fim.

14
O MEIO QUE MELHOR AMIGO

É muito fácil descobrir onde encontrar Brendan; avistamos o cliente dele entrando no vão da escada. Quero conversar com Brendan primeiro, não por ele viver mais perto de mim, nem por conhecê-lo há mais tempo, mas porque ele precisa ver o estrago que fez. Estou prestes a entrar no vão da escada quando Eric me segura.

– Eu não deveria ter deixado você transar com Genevieve – sussurra ele.

Fico tão confuso que quase caio na gargalhada.

– Isso não teve nada a ver com você – digo.

– Eu sabia a verdade. Isso já é o bastante para me responsabilizar caso você a engravidasse. Eu não detive você porque achei que sua vida seria mais fácil se você não fosse gay. Para mim, não importava que você estava enganando alguém sem saber.

Depois, Eric começa a andar entre uma parede e outra do saguão.

– Isso não teve nada a ver com você – digo, e imediatamente perco o fio da meada que levou até aquelas palavras. – Não sei o que está acontecendo.

– Tudo bem – diz ele. Eric faz uma recapitulação da nossa conversa. – É incrível que você tenha acabado sendo gay, mesmo assim. Você deve realmente gostar daquele cara com quem sempre andava.

Isto é tão constrangedor que *realmente* quero esquecer.

– Preciso ir resolver isso – murmuro. – Espere por mim aqui.

Entrego a ele as revistas em quadrinhos que quero dar para Collin e entro correndo no vão da escada antes que ele consiga reclamar. Não ouço Brendan e a tal da Nate fugindo correndo, então continuo descendo rapidamente os degraus. Quando dobro a escada, Brendan parece ter visto um fantasma muito puto. Desfiro um soco e ele desvia, mas isso não é um problema, porque meu objetivo de verdade era chutar o seu saco, e é exatamente isso que faço.

Ele desaba no chão. Nate agarra a maconha e sai correndo. Ela certamente perderá seu traficante por ter roubado dele, mas não vai dar a mínima para isso hoje enquanto estiver chapada.

Brendan agarra a virilha, sua masculinidade, e geme:

– Eu merecia isto.

Quase sinto compaixão por ele, porque é horrível levar um chute no saco. Quase.

– Seus merdas, vocês foderam com a porra do meu cérebro! – grito, pronto para dar outro bote. – Estou com um caso grave para caralho de perda de memória, e eu talvez esqueça esta merda de conversa, mas nunca me esquecerei de como o filho da puta do meu melhor amigo quase acabou com a porra da minha vida, porque me odiava.

Não importa quantas vezes eu repita isso para mim mesmo, nunca vou me acostumar com a ideia de que Brendan poderia ter sido preso pelo resto da vida por me matar.

Talvez não haja nada de mais em esquecer. Nunca mais jogarei baralho no corredor dele quando estiver nevando, ou quando a casa dele estiver caótica demais. Nunca mais jogarei pipoca no avô dele quando ele estiver roncando na frente da TV. Nunca mais dormirei na casa dele ou chutarei a cama de cima do beliche, onde ele quase engravidou a Simone antes de descobrir a magia das camisinhas. Nunca mais me sentarei diante do computador com ele para escrever resenhas grosseiras sobre produtos malucos, como um fatiador de bananas e apitos para cachorros em forma de cachorros. Nunca mais vou deixar os tênis dele do lado de fora da janela para que o quarto dele não cheire a chulé.

– Eu não odeio você – diz Brendan. – Só não entendo por que você está sendo gay.

– Não consigo mudar isso – digo. Exceto por aquela vez em que consegui, mas, mesmo assim, meio que não consegui.

Ele se senta e apoia o cotovelo no joelho.

– Você escolheu aquele moleque, o Thomas, em vez da gente. Nós somos sangue do seu sangue, e não ele, ou qualquer outra pessoa.

– Talvez você tenha razão. Mas eu nunca soube disso. E agora, por culpa de vocês, sou basicamente um brinquedo sem pilhas.

– Seus parceiros vão cuidar de você, A.

– Mesmo se eu for gay? – Falo essa palavra em voz alta, sobre mim mesmo, porque, apesar de eu nunca ter escolhido isso, posso escolher pelo menos aceitar antes que seja tarde demais.

Brendan não diz nada. Tenho a minha resposta. Subo as escadas e espero que um dia ele encontre seu final feliz. Realmente desejo isso ao meu antigo meio que melhor amigo, um cara muito confuso.

15
O GAROTO QUE NÃO QUER VIRAR HOMEM

Estou prestes a me sentar no corredor entre o açougue e a loja de flores e talvez folhear uma das revistas em quadrinhos que trouxe para Collin, o volume 7 de *Os substitutos sombrios*, a grande edição final, mas alguns bons samaritanos do serviço comunitário estão pintando o mundo pichado de azul e preto que eu e Collin criamos.

De repente, ele chega.

– E aí? – diz Collin, acenando a cabeça para mim. Ele olha ao redor, provavelmente à procura de espiões com câmeras, e encontra a equipe de serviço comunitário no nosso local. – Ei, o que diabos eles estão fazendo?

– Serviço comunitário – respondo.

– Então, para onde podemos ir? Você também precisa comprar uma camisinha, porque Nicole finalmente ficou com tesão ontem, e usei a minha.

É claro que ele usa camisinha agora que ela já está grávida.

– Não precisamos de uma.

– Você quer transar sem...?

– Olha, nossas pichações não existem mais.

– É. Que merda. Porra, você comprou a última edição! Vamos ler. – Entrego a revista em quadrinhos para ele. – Em outra vida, isso até que seria maneiro. Ele especula sobre o que acontecerá na revista. – Quem você acha que será a ruiva com a túnica escarlate? Será que os Soberanos Sem Face continuarão com o cerco? Cacete, eles precisam fazer isso, não é? Caramba, isso será uma loucura.

Sento-me no meio-fio e peço para ele se juntar a mim.

– Não posso continuar destruindo as coisas, Collin. O que eu sinto por você mudou. E acho que não é porque ainda existam memórias escondidas em algum lugar da minha cabeça.

– Espere aí, você realmente fez aquele negócio do Leteo?

– Sim. Esqueci tudo o que aconteceu entre nós.

– Você está de sacanagem comigo de novo?

– Não estou, não.

– É sério que você deixou que eles apagassem sua mente?

– Você não se sente mal por Nicole não ter a menor ideia de que você está aqui comigo?

Ele não diz que não, mas também não admite quanto não dá a mínima para isso.

– Bem, eu me sinto mal – digo. – Isso nos torna diferentes. Não acho que você seja uma pessoa escrota. Acredito de verdade que você vai melhorar um dia, mas se quiser continuar fingindo ser um cara de família, a infelicidade será sua, e não minha.

Collin dá de ombros, escondendo muito mal sua dor.

– Então, o que está sugerindo, que a gente esqueça tudo o que aconteceu entre nós? – pergunta ele. – Não quero que você venha atrás de mim amanhã, ou depois de amanhã.

Ele se levanta, caminhando de um lado para o outro, para que eu tenha tempo o bastante para voltar atrás.

Não volto.

– Certo. Estou indo embora. – Ele está segurando a revista em quadrinhos, sem qualquer intenção de devolvê-la, e atravessa a rua para voltar à sua vida segura, feita de mentiras. De repente, ele para. Vira e volta correndo para perto de mim. – Você tem certeza de que é isto que quer?

Quase consigo perdoá-lo agora.

– Não posso mais ferrar ninguém, Collin – digo. – Olha, eu te amei, mas este não é o momento para isso.

Collin me mostra o dedo do meio e vai embora.

Inclino-me para a frente no meio-fio para folhear a revista em quadrinhos, mas percebo que ela não está nas minhas mãos. Olho ao redor para ver se a derrubei no chão, antes de me dar conta do que aconteceu.

16
A GAROTA COM OS QUADROS INACABADOS

Vou esquecer o que aconteceu com Collin. E espero muito que ele mude, e que seja algo que valha a pena ter perdido. Só espero me lembrar de tudo com Genevieve, porque é com ela que eu seria muito sortudo de ter um final feliz.

Ela me ama de um jeito que não é justo para ela. E o pior é que eu sei exatamente como é sentir isso.

Antes de bater na porta dela, peço para Eric esperar por mim no térreo. Estendo o braço para dar um tapinha no ombro dele. Ele deve achar que estou tentando abraçá-lo, porque inclina o corpo para a frente, e é constrangedor, mas eu me recupero abraçando-o pela primeira vez desde que éramos crianças.

– Uh, valeu de novo. Sinto que você está sendo meu cão guia ou algo assim.

– De nada. Agora, você me deve uma. Mas não se esqueça... – Ele bate com a mão na boca. – Esqueça que eu pedi para você esquecer. Uh. Eu estarei aqui embaixo.

– Está bem.

Bato na porta, tentando me lembrar de tudo o que tenho para dizer enquanto ainda posso. O pai dela grita de dentro do apartamento, perguntando quem é, e respondo que sou eu. Ele abre, me estudando da cabeça aos pés. Sinto o cheiro do bafo de cerveja.

— Como está, Aaron?
— Estou bem. A Gen está?
— Acho que ela ainda está no quarto.

Outros pais não deixariam um menino entrar na sua casa da maneira que ele deixa.

A porta dela está levemente aberta e espio para dentro, vendo-a na cama, cercada de pincéis molhados, potes de tinta abertos e cadernos de rascunhos. Ela arranca uma página de um dos cadernos, depois a amassa e a joga no chão, o cemitério de desenhos fracassados. Depois, pega um pincel novo.

Bato à porta e entro sem ser convidado, ficando tenso quando ela olha para mim.

Genevieve solta o pincel e desaba em lágrimas.

Corro para reconfortá-la, mas não há espaço para sentar entre todos estes cadernos e pinturas inacabadas sobre a cama. Há uma pintura de uma menina conversando com um menino feito de folhas; outra de um monstro do mar destruindo o castelo de areia de uma menina; uma terceira pintura retrata uma menina caindo de uma árvore, com um menino sentado tranquilamente perto dela, comendo uma maçã. Afasto as pinturas para o lado. Não estou envolvendo-a nos meus braços apenas para fazê-la feliz, ou para mentir para mim mesmo; preciso acabar com a dor dela, e, pela primeira vez, isso é tão real que quase me esqueço dos meus problemas de esquecimento.

— Queria perguntar se você está bem — sussurro. — Mas sei que não tenho o direito de fazer isso.

Genevieve afasta as mãos do rosto. Este não deve ser o melhor momento para comentar as impressões digitais de tinta espalhadas por sua testa e bochechas.

— Ver você com Collin realmente mexeu comigo, Aaron. Não tenho a menor ideia se você estava na pista de atletismo para ver o Thomas, ou se foi uma coincidência, mas trouxe de volta tudo o que tive que fingir que não havia acontecido.

Desvio os olhos.

— Desculpe por aquilo. E por ele. Eu realmente lamento muito por ter enganado você antes do procedimento. E até algum tempo depois disso. Eu não estava muito preparado para ser este cara que gosta de outros caras, e precisava de uma namorada para me proteger.

Ela acaricia o meu rosto, provavelmente me sujando de tinta.

— Eu sei. Depois do nosso primeiro beijo, eu já sabia.

— Só um cara que gosta de outros caras para não querer te beijar — digo. — Desculpe por ter sido tão babaca.

Genevieve corre o dedo pela minha cicatriz, da esquerda para a direita, depois da direita para a esquerda, como já fiz tantas vezes, e talvez ela também tenha feito, mas não lembro.

— Nunca consegui odiar você por ser gay, mas, quando você voltou para mim, adorei esquecer disso.

— Nós formávamos um casal falso muito maneiro, quando eu pensava que nossa relação era real — brinco.

Ela apoia a cabeça no meu ombro.

— Se eu pudesse fazer tudo de novo, não teria mentido para mim mesma que aquilo era real. Eu não teria te namorado, e definitivamente não teria transado com você. — Por um instante, acho que ela vai falar mais alguma coisa. Ela suspira e diz: — Então, você não fez o procedimento. Por que mudou de ideia?

Não me sinto confortável contando para ela que Thomas fez com que eu ficasse à vontade com quem sou. Não posso falar para ela que quero passar os meus dias absorvendo o mundo com ele, assistindo filmes e bebendo cervejas Blue Moon tarde da noite, enquanto desenhamos um no outro.

— O procedimento prometia felicidade, mas ela não era real. Aliás, falando no Leteo... minha cabeça está meio bagunçada, e é por isso que eu precisava te ver hoje. Estou sofrendo uma coisa chamada amnésia anterógrada, e isso significa que...

Genevieve se afasta de mim.

— Eu sabia. — Seus olhos vermelhos estão arregalados e agitados. — Eles falaram disso no vídeo que assistimos antes, sobre efeitos colaterais. Você também... Quando conversei com você, no dia depois em que você acordou, você esqueceu algo que eu havia dito antes. Pensei que você tivesse se distraído, ou estivesse tentando me magoar.

Não posso mais ser egoísta.

– Você e Thomas estão felizes juntos?

– Não somos nada agora. Eu juro. Estamos só passando algum tempo juntos, mas eu gosto disso. Acho que preciso de algo real, depois de tudo... – Isso meio que me fere, magoa e destrói um pouco, mas não levo para o lado pessoal. – Lamento que isso tenha acontecido. Acho que não é algo que você vai fazer muita questão de lembrar.

– Duas das minhas pessoas preferidas sendo felizes? Claro que é. – Embora isso não seja cem por cento verdade, também não é uma mentira. De maneira alguma. Desde que Thomas esteja falando a verdade sobre quem ele é. Para ela, é uma sorte tê-lo na vida, e, para ele, é muita sorte tê-la na sua.

Olho para os desenhos amassados no chão.

– Talvez você esteja desenhando as coisas erradas. Você deveria tentar pintar com o que quer que sua vida se pareça. Poderia ser um mapa do seu futuro. Tenho certeza de que Thomas adoraria ajudar você com isso, desde que você não deixe que ele se empolgue demais.

– Ou talvez *você* possa me ajudar – diz Genevieve, aproximando-se de mim.

– Não posso. – Engulo em seco, esforçando-me para colocar para fora essas duas palavras, e lembrando, de repente, que meu irmão está me esperando lá embaixo. – Você é linda.

– Linda o bastante para tornar você hétero? – Ela enxuga uma lágrima e solta uma risadinha. – Não custa nada tentar. Eu te amo, Aaron. Não digo isso de uma maneira estranha.

Esta provavelmente será a última vez que vamos nos encarar desta maneira. Eu me inclino para a frente e a beijo, e é um beijo verdadeiro e feliz, como todos os últimos beijos deveriam ser.

– Genevieve, apesar de tudo...
Ela apoia a testa na minha.
Sem me esquecer de já ter dito isso, não paro de repetir:
– Eu também te amo de uma maneira não estranha. Eu também te amo de uma maneira não estranha. Eu também te amo de uma maneira não estranha...

17

O GAROTO NO TELHADO

Minha doença de idoso não para de me derrotar.
Vou perder meu emprego no Good Food's. Se eu me tornar um motorista de ônibus, esquecerei a minha rota. Se eu me tornar um professor, esquecerei o nome dos meus alunos e os planos de aula. Se eu me tornar bancário, não sobrará dinheiro no meu cofre, pois não vou parar de entregá-lo às pessoas. Se eu entrar no exército, esquecerei como se usa uma arma e vou causar a morte de todas as pessoas erradas.
Só prestarei mesmo como rato de laboratório.
Duvido que conseguirei me concentrar o bastante para terminar minha revista em quadrinhos, mas já aceitei isso. Acho tranquilo que algumas histórias simplesmente não tenham final. A vida nem sempre oferece o final que esperamos.
Nunca mais vou me relacionar com alguém. Não, não seria justo conhecer uma pessoa, depois esquecê-la.
E, agora, só falta me desculpar com uma pessoa.
Demoro algum tempo para convencê-lo, mas consigo. Convenço Eric a relaxar e permitir que eu vá para a casa de Thomas sozinho.

Quando Thomas souber da minha condição, ele nunca me deixará andar pela rua sozinho. Só não quero apressar meu tempo com ele.

Agora, estou escalando lentamente a escada de incêndio. Já estou me acostumando com esses saltos temporais na minha vida. Não subo os degraus correndo com a animação com que fiz isso o verão inteiro, mas com o medo que uma pessoa sente ao marchar em direção à morte. Quando alcanço a janela dele, as cortinas estão fechadas. Mas ainda vejo um fiapo de Thomas inclinado sobre sua mesa, escrevendo. Aposto que ele está escrevendo no diário.

Bato no vidro e ele dá um salto.

De repente, como Genevieve, ele pisca algumas vezes, rápido. Seus olhos se enchem de lágrimas. Balanço a cabeça.

– Me encontre no telhado – digo.

Ele acena com a cabeça.

Subo até o telhado e apenas espero, lembrando-me continuamente do que estou fazendo e por que estou aqui. Vejo os postes de luz acendendo lá embaixo, reluzindo com um tom alaranjado à medida que a noite chega, depois encaro as poucas estrelas penduradas do céu. Vejo-o surgindo da escada de incêndio, e, de repente, ele está sentado na beirada do telhado.

Estou tremendo um pouco. Este é outro momento para sempre.

– Então, está acontecendo uma coisa louca – digo para ele. Deito-me no chão. As estrelas não se movem, e agradeço muito por isso. – Sofri um trauma em uma parte do meu cérebro, onde nossas memórias são armazenadas. O efeito ainda é parcial, mas minha médica acha que ele pode afetar totalmente em algum momento. Desculpe se eu não me lembrar de alguma coisa que você disse.

Agora, Thomas está ao meu lado. Não falamos mais nada por algum tempo. Ou talvez tenhamos tido toda uma conversa da qual não me lembro.

Tudo o que tenho é isto:
— Você acha que existe alguma chance de você ter sido alguém realmente terrível em uma vida passada? — pergunta ele. — Como o Darth Vader em uma galáxia distante? Parece que nada dá certo na sua vida.

Solto uma risada e repito isso rapidamente na minha cabeça, várias vezes.

— Com certeza, parece que sim — digo. — Eu realmente não quero mais viver, Thomas. Acho que poderia ser libertador me levantar e voar deste telhado...

— Se você me ama, Comprido, não me deixará com a lembrança de você saltando deste edifício agora, ou a qualquer outra hora. Entendeu? Se há uma coisa que estou implorando para que você se lembre desta conversa, é essa promessa.

— Tudo bem. Mas, em troca, você precisa me prometer que nunca vai morrer. Eu não conseguiria lidar com a dor de alguém me contando todos os dias que você está morto. Você precisa estar sempre vivo e feliz, certo?

Ele ri entre lágrimas.

— Pode deixar, Comprido. Imortalidade. Sem problema.

— E feliz também — digo.

Ele ergue os joelhos e estala as juntas das mãos.

— Está bem. Preciso contar uma coisa. Eu suspeitei que você gostasse de mim quando falou do Lado A. Você me compreendia de um jeito que ninguém mais conseguia. Para ser completamente sincero, acho que nossa amizade até me confundiu um pouco, mas também tenho certeza absoluta de que ainda sou hétero, porque eu estaria correndo atrás de você se não fosse.

Tento falar alguma coisa, mas não consigo.

— Nunca poderemos ficar juntos — conclui ele. — Mas quero conhecer você para sempre, mesmo que a gente só fique na mesma sala e você não pare de me dar oi, ficarei completamente feliz. Quero sempre estar sentado de frente para você.

Então, neste instante, tenho esta fantasia: Thomas é hétero (o que agora acredito ser inteiramente verdade, ou pelo menos o que ele precisa ser no momento), mas ele vai para o Leteo e os convence a submetê-lo a um procedimento para que ele possa esquecer que é hétero. Ao se tornar gay, ele me encontra, como prometeu que faria, e construímos uma vida de memórias felizes juntos.

Mas, como com todas as outras pessoas, sei que isso não é verdade. Consigo imaginar Thomas fazendo Genevieve feliz, e vice-versa. Genevieve ficará radiante sempre que ele se aproximar dela para sussurrar uma piada que não é da minha conta. Ele a levantará em seus braços, como se eles fossem recém-casados, e a carregará para um mundo que nunca poderei compartilhar com nenhum dos dois.

– O que Thomas Reyes faria se estivesse na minha situação? – pergunto.

Ele se senta.

– Eu faria o meu melhor para ser mais feliz do que triste. Você já passou por tanta merda, então sempre vai poder lembrar que as coisas poderiam ser piores. Essa é a minha opinião.

Talvez eu nunca veja a pessoa em quem Thomas se transformará. Se ele se tornar um diretor de cinema, ou lutador, ou DJ, ou set designer, ou gay, ou hétero, talvez eu esteja perdido demais no passado para registrar.

– Eu não quero esquecer, Thomas.

– Também não quero que você esqueça, mas lembre-se de que eu te amo pra cacete, está bem?

Repito isso várias vezes, porque há tantas memórias enchendo a minha cabeça que não preciso que estejam lá.

– Não quero esquecer, Thomas.

Fico chocado quando ele começa a simplesmente soluçar, mas fico ainda mais chocado quando ele segura minha mão. Mas também há a felicidade que ele prometeu. Ele me ama sem estar

apaixonado por mim, e é só isso que posso exigir dele. Nem preciso que ele me fale isso para acreditar.
— Sem viadagem, Comprido.
— Eu sei. — Sorrio e aperto sua mão de volta. — Este é um final feliz e tanto, não é?

PARTE QUATRO:
MAIS FELIZ DO QUE TRISTE

O DIA EM QUE RECOMEÇAMOS

O Instituto Leteo, ou, mais especificamente, Evangeline, consegue me incluir em uma lista restrita de pré-selecionados para um procedimento reparador que está sendo desenvolvido na Suécia.

Em troca, eu os ajudarei com parte da ciência experimental mais segura. O objetivo é encontrar a cura para a amnésia um dia. Talvez isso não aconteça enquanto eu estiver vivo, mas talvez alguém consiga um dia, e eu terei participado do processo. É curioso que procurei o Leteo a primeira vez para esquecer, e agora conto com ele para me ajudar a me lembrar, assim como outras milhões de pessoas.

Minha mãe pensou em mudarmos para o interior, para fugirmos das lembranças que nos atacam de surpresa, mas estamos cansados de fugir. Para compensar, estamos pintando as paredes de branco e recomeçando nossas vidas. Estou ajudando minha mãe com seu quarto. Sei que é difícil. Foi meu pai quem escolheu o cinza.

Pergunto para ela de que cor ela pintará o novo quarto.

— Acho que vou deixar branco. É uma cor pura, e me lembra de um coelho que eu tinha. Penso nisso, às vezes.

☺ ☺ ☺ ☹

O DIA EM QUE OLHO ADIANTE

Eric e eu fazemos uma pausa para descansar da pintura da sala de estar, que estamos pintando de verde, e jogamos *Vingadores vs. Street Fighters*. Ele escolhe o Wolverine, é claro. Escolho a Viúva Negra, porque estou cansado de pegar leve com ele.
Ele chupa os próprios dentes quando venço.
Não há julgamentos. Não há piadinhas.
Ele me desafia para outra partida.
Minha memória é suficiente para que eu saiba que não nos divertimos tanto assim há muito tempo, como nos divertíamos quando nosso pai não estava em casa.

☺ ☺ ☺ ☹

O DIA EM QUE SIGO EM FRENTE

Durante a limpeza, encontro vários dos meus cadernos. Folheio meus desenhos de quando eu era pequeno, sem me importar com o fato de que eu não tinha um bom olho para as cores, ou como eu não me empenhava muito com o sombreamento. Apenas rio sem parar das lembranças contidas ali. Há anos que não pensava sobre aquele vilão engraçado que inventei, o Sr. Rei Soberano. Ele e o Guardião do Sol provavelmente vão viver em harmonia no além-mundo dos meus personagens. Ou talvez continuem lutando até a morte.

Mas isso faz com que eu resolva fazer uma crônica da minha vida, ou pelo menos das partes boas, por meio de desenhos. E começarei toda ilustração com um cabeçalho que diz: "Lembra Aquela Vez..."

☺ ☺ ☺ ☹

O DIA QUE ESQUECI

Estou empurrando minha nova bicicleta para a rua, enquanto o zelador do prédio faz os reparos finais na porta do saguão, por onde fui lançado.

Só tenho permissão de ir até a segunda quadra, onde meu irmão e minha mãe conseguem me ver da nossa janela. O playground laranja e verde, o tapete preto sobre o qual costumávamos lutar, os bancos de piquenique onde bebíamos refrescos, o trepa-trepa que usávamos para fazer flexões, os velhos amigos que me observam do outro lado do pátio... este será para sempre o lugar onde cresci.

Hoje, vou aprender sozinho a andar de bicicleta, para que isto não pareça *o* fim.

Não preciso do meu pai, ou de Collin, ou de Thomas para fazer isso.

Ajusto o banco antes de relaxar sobre ele. Agarro o guidão. Apoio um pé no pedal e fico me impulsionando com o outro, como se fosse um cavalo prestes a começar uma corrida, até que meus dois pés estão nos pedais.

E então, estou navegando, com um equilíbrio de amador e um pouco de vento nos ouvidos. Acerto o ritmo, até me encontrar com uma parede e fazer uma curva acentuada.

Tento me equilibrar, mas desabo, e a bicicleta bate no meu joelho.

A porrada dói, mas não mais do que aquela vez em que Baby Freddy jogou um peso de porta em forma de bloco no meu ombro por ter perdido sua bola de softball, ou a vez em que estava descendo uma ladeira em um skate e dei de cara com uma lata de lixo.

Brendan, Dave Magro, Nolan e Dave Gordo continuam me encarando do mesmo lugar onde costumávamos jogar cartas e bebermos nossas primeiras cervejas escondidas em sacos de papel pardo.

Brendan é o único que se levanta e se aproxima, como se fosse me ajudar a levantar, mas eu ergo a mão, e ele para.

Nossa amizade acabou.
Eu me levanto, subo na bicicleta, ando um pouco e caio de novo.
Levanto. Ando. Caio.
Levanto.
Ando.
Estou andando de bicicleta, andando e andando. Passo pelo Good Food's, onde nunca mais poderei trabalhar. Ando em círculos, realmente pegando o jeito desta coisa que meu pai deveria ter me ensinado a usar, se ele tivesse sido mais pai, até que a pior coisa do mundo acontece:

Como estou em cima de uma bicicleta?

☺ ☺ ☺ ☹

LEMBRA AQUELA VEZ

Tenho jogado muito Lembra Aquela Vez.

Eu me tornei uma espécie de carniceiro de felicidade, que vasculha as coisas feias do mundo, porque, se houver felicidade escondida nas minhas tragédias, eu as encontrarei de qualquer maneira. Se os cegos são capazes de encontrar a alegria na música, e os surdos podem descobri-la nas cores, eu vou me esforçar ao máximo para sempre encontrar o sol em meio à escuridão, porque minha vida não é um final triste, mas uma série interminável de começos felizes.

Perdi a conta de quantos cadernos de rascunhos eu tenho. Às vezes, meus desenhos ficam inacabados, porque me esqueço de qual memória estou lembrando, mas não fico desanimado e paro, ou, pelo menos, nem sempre. Gasto os lápis até o toco, acabo com a tinta das canetas e continuo desenhando. Não paro de tentar lembrar a próxima coisa, caso seja minha última chance.

Lembra aquela vez em que Brendan me ensinou a fechar as mãos em punhos?

Lembra aquela vez em que estávamos todos lutando, e eu e Brendan desafiamos Kenneth e Kyle em uma disputa de *tag teams*, na qual imobilizamos os gêmeos em menos de cinco minutos?

Lembra aquela vez em que minha mãe fez o que implorei que ela fizesse, apesar disso ter acabado com ela? E de como ela me salvou de repetir o erro?

Lembra aquela vez em que Eric me apoiou de uma maneira que eu nunca teria esperado?

Lembra aquela vez em que Collin me escolheu, e eu o escolhi?

Lembra aquela vez em que conheci Thomas, um cara que quer desesperadamente descobrir em quem irá se transformar?

E lembra como, antes de Thomas e de Collin destravarem algo dentro de mim, havia Genevieve, a artista com quem comecei este jogo, e que me amava de um jeito que não era justo para ela?

Eu certamente lembro, e sempre vou lembrar.

Há uma tempestade lá fora agora. Olho pela janela. Não sei se choveu ontem, nem que dia é hoje. Parece que estou sempre acordando, um minuto após o outro, como se eu estivesse dentro do meu próprio fuso horário. Mas, ao correr o dedo pela minha cicatriz sorridente, sem conseguir deixar de lembrar a vez em que Thomas marcou dois olhos no meu pulso com poeira, ainda tenho esperanças no que Evangeline e o Leteo também esperam que possa acontecer.

E, enquanto espero, a felicidade existe onde consigo encontrar. Nestes cadernos, onde mundos de memórias me saúdam, quase como um amigo de infância que se mudou há anos e finalmente voltou para casa.

Estou mais feliz do que triste.

Não se esqueça de mim.

UM FINAL MAIS FELIZ

Alguém se lembra de mim?

Eu sei que o tempo está seguindo em frente porque é assim que o tempo funciona, mas me sinto preso no mesmo dia. É enlouquecedor. Não consigo provar que tem mais desenhos na minha escrivaninha minúscula agora do que tinha ontem, porque não consigo lembrar porra nenhuma de ontem.

Esboço memórias aleatórias conforme elas vêm e vão: eu parado sem camisa sob o esguicho do hidrante, Thomas com as mãos nos meus ombros; Genevieve sentada no meu colo, me abraçando e chorando e falando que me amava; eu sentado no telhado com Thomas quando dei a ele a notícia desta amnésia anterógrada; Evangeline me contando a verdade sobre quem era; minha mãe folheando o álbum das minhas fotos de bebê no meu aniversário; videogames com Eric; um corredor do Comic Book Asylum com Collin; Skelzies com Brendan, Baby Freddy e o resto da galera. Desdobro uma bola de papel amassado e é um desenho de Eu--Doidão me jogando pela porta do saguão no térreo, e aquilo cai que nem a porra de uma pedra no meu peito.

Ele poderia ter me matado.

Estou vivo, mas ele acabou com a minha vida.

Solto a caneta, sentindo o cheiro de macarrão. Minha mãe está fazendo o almoço. Viro para a janela, e está escuro lá fora. Jantar. Ela está fazendo o jantar. Não consigo me lembrar do que comi no almoço. Talvez tenha um desenho do meu prato em algum lugar desta pilha.

Olho de novo o desenho de Eu-Doidão. O contorno ao redor do corpo da gente é caótico.

Quantas vezes já desenhei isto? Quanto tempo se passou desde então? Dias? Semanas? Meses? Ainda me sinto jovem, mas não sei se isso é normal, porque não consigo me lembrar desses espaços de tempo em que eu teria amadurecido. Ainda tenho dezessete anos? Será que já tenho dezoito? Dezenove? Vinte?

Levanto para me olhar no espelho e ver quantos anos aparento ter.

Deslizo a cadeira para junto da escrivaninha, que fica perto da TV em que Eric joga seus videogames. Aí, eu me viro e congelo.

Por que me levantei?

Não preciso fazer xixi. Não estou com fome. Não sei, mas estou puto comigo mesmo. E se fosse importante? E se eu tivesse descoberto como me salvar desta amnésia com uma tirada de gênio que nunca passou pela cabeça de Evangeline e do resto de sua equipe por ser tão inovadora? E se eu fosse deixar um bilhete para mim mesmo sobre como continuar encontrando a felicidade embora minha vida esteja uma zona? Sei que estava otimista para tirar o melhor da minha situação. Falei um monte de achar o sol em meio à escuridão, mas não quero escuridão nenhuma – quero queimadura solar, quero luzes ofuscantes, quero felicidade.

Por que estou de pé?

– O que eu estou fazendo?!

Minha mãe aparece ao meu lado e me guia para a cama.

– Está tudo bem, meu filho, está tudo bem.

– Não está, não!

Não sei que dia, que mês ou que estação do ano é. Tenho vontade de me olhar no espelho para ver se reconheço a mim mesmo da forma como reconheço minhas mãos. Estas mãos que seguraram as de Thomas no telhado. Estas mãos que seguraram as de Genevieve andando pela cidade. Estas mãos que se fecharam em punho quando precisei brigar com os meus amigos.

Eric aparece do nada, quase como um bug em um jogo. Eu nem sabia que ele estava em casa. Está com creme de barbear na cara, e não tenho ideia de quantos anos meu irmão tem.

– Aaron, se acalma.

– Pega os livros dele – diz minha mãe, exausta, com lágrimas no rosto. – Por favor, meu Deus, que esta próxima cirurgia dê certo.

Cirurgia?

Eric me entrega uma pilha de cadernos.

Que merda é esta, lição de casa? Não tem como eu ainda estar na escola, né? Evangeline me disse que quem tem memória de curto prazo sempre avança nas aulas, mas eu já tinha dificuldade na escola quando estava inteiro.

– O caderno azul contém todos os seus pensamentos particulares – explica minha mãe, chorando. – O verde tem mensagens de todo mundo que te ama, as pessoas escrevem quando vêm te visitar.

A história da minha vida, só que não reconheço estes cadernos, muito menos me lembro de escrever neles, mas quando abro o azul definitivamente é minha letra no papel. Folheio até uma entrada sobre me divertir jogando *Othello* com a minha mãe; uma página depois, escrevo sobre querer me suicidar.

Fecho o caderno e olho para a cicatriz sorridente no meu pulso. É assustador demais pensar que isso era uma possibilidade, me sentir tão sem esperança a ponto de desistir de tudo. Abro o caderno verde. As entradas são todas assinadas, então, não preciso me esforçar para lembrar quem escreveu o quê. Minha mãe fala de quanto amou me ouvir rir no momento em que contou uma piada. Genevieve deixou um desenho, mostrando nós dois desenhando lado a lado – ela é muito *meta* mesmo. Aí, tem um parágrafo com a caligrafia linda de Thomas (eu me lembro disso), falando como ele juntou dinheiro para uma câmera polaroide, assim eu poderia capturar momentos com todas as minhas pessoas favoritas. Viro a página e tem uma polaroide grampeada de Thomas com o braço ao redor dos meus ombros, e nós dois estamos sorrindo. Fico vermelho, me lembrando de como era ser tocado por ele – mas não me lembro daquela porra de momento.

Caio em prantos porque as minhas pessoas nunca me esqueceram.

Sou eu quem esqueço.

☺ ☺ ☺ ☹

– **ABRA OS OLHOS**, Aaron.

Eu conheço essa voz. Vai saber quantas pessoas novas na minha vida não são novas de verdade. Mas conheço esse sotaque inglês. Evangeline Castle, minha arquiteta do Leteo, que fez meu procedimento de alteração de memória, fingiu ser minha antiga babá para discretamente saber como eu estava, e a médica que prometeu cuidar de mim durante a amnésia.

Não reconheço o quarto. As paredes são acinzentadas, o céu laranja em frente à janela ampla sugere que o sol está nascendo ou se pondo, e há um banheiro no canto. Não é o mesmo quarto, mas me lembra, sim, do quarto azul em que fiquei quando meu procedimento se desenrolou pela primeira vez. Deve ser o Leteo.

– Aaron, você sabe quem eu sou? – pergunta Evangeline, me observando com seus olhos verdes. O cabelo ruivo-alaranjado está preso em um coque, e ela está usando a jaqueta cinza.

Um simples aceno com a cabeça me deixa tonto.

– Evangeline.

– Ótimo. Muito bom.

Ela me faz uma série de perguntas: qual é o meu endereço? Qual o nome completo da minha mãe? Em que escola estudo? O que me trouxe ao Leteo? Respondo tudo corretamente.

– O que está acontecendo? – quero saber.
– Você está acordando da cirurgia – explica Evangeline, colocando o tablet na mesa. – Estamos torcendo para nosso procedimento reparador ter funcionado desta vez.
Cirurgia? Desta vez? Quantas vezes eu fiz isto?
– Quantos anos eu tenho? – pergunto.
Evangeline desvia o olhar e respira fundo.
– Você tem dezoito anos.
Era para eu ter dezessete.
– Sinto muito por não conseguir consertar seu cérebro antes – completa Evangeline, rápido. – Mas estou torcendo para todo o trabalho dos arquitetos ser bem-sucedido e dar...
– Obrigado – interrompo.
Meu tom é mais rude do que eu gostaria, porque a gratidão é genuína mesmo que o procedimento reparador não dê certo, mesmo que eu não me lembre de agradecê-la por tudo o que ela fez por mim.
– De nada – diz Evangeline.

☺ ☺ ☺ ☹

QUANDO ELA SAI, EU levanto da cama me arrastando para olhar no espelho do banheiro. Estou esperando achar os hematomas deixados por meus amigos, mas eles já devem ter sumido há muito tempo, mesmo que tudo pareça ter acontecido ontem. Minhas olheiras estão mais escuras do que nunca. Quantos dias e noites passei acordado, confuso, puto, desesperado? Meu cabelo castanho está mais comprido do que o normal, cobrindo um curativo branco amarrado ao redor de minha testa. Não consigo determinar tudo o que mudou em meu rosto, mas meu reflexo parece um ótimo autorretrato – definitivamente sou eu, mas um pouco diferente.
Não sei nem como começar a tentar me alcançar.

☺ ☺ ☺ ☹

OS PRÓXIMOS DIAS NO Leteo são ocupados por vários exames de memória. Passo uma manhã olhando diferentes imagens de animais em um computador e, sempre que há uma repetição, preciso apertar a barra de espaço. Então, outra em que tenho que me lembrar de diferentes números em ordem sequencial, o que é bem complicadinho. O de hoje à noite foi o mais divertido. Recebi uma grade de quadrados em que alguns se iluminavam por três segundos; eu tinha que memorizar quais estavam iluminados conforme as rodadas ficavam mais difíceis. Parecia um videogame. Ninguém esperava pontuações perfeitas, mas Evangeline precisava ver que eu estava tendo um desempenho na média.

Quem teria imaginado que a média seria o bastante para eu ter alta e ir para casa?

Lá fora, tento abraçar Evangeline, mas ela se afasta.

– Vai lá, menino – diz ela. Sua voz está embargada, os olhos, cheios de lágrimas. – Nos vemos em breve para check-ups e orientação.

Minha mãe dá balões e vales-presentes como se fosse aniversário dela ou algo do tipo. É constrangedor, mas como é que ela ia agradecer à mulher que fez tudo pelo meu cérebro?

☺ ☺ ☺ ☹

QUANDO CHEGAMOS AO QUARTEIRÃO, já fico impressionado com todas as mudanças. A sorveteria e a lanchonete colocaram toldos novos. Aí, quando passamos pelo portão, vejo que o parquinho de areia foi substituído por um jardim que tem o tipo de planta que me dá vontade de viajar para uma floresta tropical. Paro e olho os brinquedos do playground, que não são os mesmos de quando a gente brincava de "não toque no verde". Estes novos são azuis e brancos, com um piso de borracha laranja que não é muito agradável aos olhos. Como é possível tanta coisa ter mudado? Minha mãe me conta tudo sobre a nova equipe administrativa, para quem ela tem que me apresentar de novo – pela última vez –, e sobre como eles foram compreensivos com o atraso nos pagamentos porque sabiam o que estava rolando comigo.

Paro em frente ao saguão, me lembrando do ataque de Eu--Doidão, Brendan, Dave Magro e Nolan. Teve algumas reformas, o que torna mais fácil esquecer o que aconteceu aqui. As caixas de correio, a lavanderia, os corredores e os elevadores receberam uma bela atualização. Não reconheço, mas também não sou contra. Se fosse de fora, apostaria que só gente rica poderia morar aqui. Em frente ao nosso apartamento, me lembro de todas as coisas erradas; bater na porta depois de meu pai me expulsar porque sou gay; voltar para casa depois de Collin querer um tempo sem mim e encontrar meu pai morto na banheira. Quero me perder nos bons momentos, como quando convidei Thomas a entrar para lermos meu quadrinho do Guardião do Sol.

Abro a porta e entro. É familiar, mas tem tantos desenhos, e não reconheço nenhum. Alguns estão grudados na parede. Outros se espalham pela minha escrivaninha. Há tampas de canetinha no chão.

Durante o último ano, desenhei minha vida sem parar.

– Tem tantos – comento.

– Isso te surpreendia todos os dias – diz Eric.

Esta é a última vez que ficarei surpreso com minhas próprias criações. Mas ainda não sei o que vou achar delas quando acordar amanhã.

☺ ☺ ☺ ☹

DORMI O DIA TODO, tentando entender meus sonhos. Será que beijar Thomas era uma memória perdida ou alguma fantasia? Quem estou tentando enganar? Eu sei a verdade.

Eric ainda está dormindo, já que passamos a noite toda conversando. Minha mãe queria ficar em casa, mas tem que ir a um compromisso com uma cliente, para ganhar a grana dela. Estou sem celular no momento, porque minha mãe cancelou minha linha. Ela continuou pagando a conta por três meses, torcendo para eu me recuperar, mas largou de mão porque precisava do dinheiro. Eu poderia ler tudo o que andei fazendo nos diários, mas não estou pronto para isso, então pego o dinheiro que ela deixou e vou lá embaixo comprar o almoço e doces. Meus dentes estão bem bons, preciso dizer. Não sei se é porque minha mãe e Eric me mantiveram longe do açúcar ou porque eu estava escovando os dentes dez vezes por dia porque fico esquecendo que já fiz isso.

Tranco a porta e desço, evitando a escada onde, em geral, Brendan vendia maconha. Não sei o que ele anda fazendo ultimamente nem onde está, mas sei que não se mudou. Minha mãe e Eric estavam ocupados demais me atualizando de tudo para entrar na questão do que rola com Brendan.

Entro no Good Food's e noto algumas mudanças. Há produtos de limpeza onde era a prateleira de doces, ferramentas onde ficavam os salgadinhos, e Baby Freddy está atrás do balcão em que eu trabalhava.

– Aaron! – Ele contorna o balcão apressado, tremendo um pouco. – É verdade? Você está bem?

– Tudo certo, Baby Freddy.

– É só Freddy agora, eu já te disse... Eu sou um idiota.

– Não tem problema.

– Então, e aí, cara?

– Sei lá. Tentando entender as coisas.

– Uau. Você voltou mesmo.

Eu me pergunto quantas vezes ele me viu no último ano. O bastante para aparentemente ficar de saco cheio de me ouvir chamá-lo de Baby Freddy. Ele está bem. Meio gato. Furou a orelha, está com um boné dos Yankees que fico surpreso de Mohad per-

mitir no ambiente de trabalho, uma camiseta largona que cai até o joelho e tênis novos.
– Só Freddy, hein? – pergunto, com um sorriso.
– Já sou adulto.
– Adulto? Nós temos a mesma idade.
– Qual é seu plano, cara? – pergunta ele, forçando uma risadinha. – Não vem roubar meu emprego.
Dou de ombros.
– Tentar me atualizar, acho. O que andou rolando por aqui?

Freddy me conta todas as notícias das redondezas: Dave Gordo começou a fazer luta-livre e adora, e a namorada dele fica torcendo do lado de fora do ringue; Dave Magro também estava namorando uma menina, mas ela deu um pé nele depois de ser traída; Nolan aparentemente brigou com Eric e tomou um pau, e se mudou; Eu-Doidão ainda está preso em algum lugar, até onde se sabe, o que é uma puta notícia boa.
– Ah, Collin teve o bebê – termina Freddy. – Loucura.

Ele está me observando com toda a atenção, quase como se analisasse como a notícia vai me afetar. Não sei o que as pessoas daqui oficialmente sabem sobre nós, mas não vou ser eu que vou tirar Collin do armário.
– Loucura – repito.
– Brendan está se comportando – adiciona Freddy, evitando meu olhar. – Ele está arrependido pra caramba, Aaron...
– Eu perdi um ano da minha vida, caralho. Preciso de mais do que "arrependido pra caramba".
Eu devia ter ficado em casa.

Freddy assente, acanhado, como se tivesse sido pego fazendo algo errado e estivesse levando uma bronca. É Baby Freddy de novo.
– Você tem razão, você tem razão. Por aqui, foi só isso. Andei vendo muito sua garota e seu garoto. Estou começando a achar que Thomas não é gay, afinal.
– Como assim?

— Eles viviam te visitando. Vi os dois de mãos dadas uma vez.
Eu me sinto quente e enjoado.

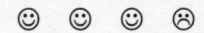

☺ ☺ ☺ ☹

EM CASA, ABRO O caderno verde e folheio-o freneticamente, os olhos buscando apenas entradas de Genevieve e Thomas... Aqui está Genevieve lendo para mim meus capítulos favoritos de *Scorpius Hawthorne*; fazendo tampinhas de Skelzie com Thomas e brincando lá fora com Eric; Thomas aparentemente teve uma conversa comigo sobre como quer ir atrás do pai e confrontá-lo; fui modelo de uma pintura de Genevieve; Thomas cortando meu cabelo, o que aparentemente deu errado porque eu ficava esquecendo o que estava acontecendo e me mexia; um piquenique no Fort Wille Park com minha mãe, Eric, Genevieve e Thomas durante o Dia da Família; Genevieve me abraçando enquanto choro até dormir e até caindo no sono comigo; passar meu aniversário de dezoito anos em casa, lendo e relendo os cartões de todo mundo; escrever no diário lado a lado com Thomas, ele dizendo que eu ficava sempre tão alegremente surpreso de encontrá-lo ao meu lado. Pensar naquele momento é arrasador — é tudo o que eu queria para nosso futuro, e está perdido na porra do passado.

Aí, uma entrada de Thomas bate mais forte: *Eu te fiz chorar, Comprido, nunca vi você chorar tanto assim, e me odeio.*

Ele não diz o que aconteceu.

Deve ter me contado que se apaixonou por Genevieve.

Fecho o caderno e fico olhando todos os desenhos na parede. Pela primeira vez desde que voltei, queria conseguir esquecer.

☺ ☺ ☺ ☹

ESTOU VENDO O ÚLTIMO filme de *Scorpius Hawthorne* quando ouço uma batida na porta.

— Quem é?

– Eu!

Genevieve.

Abro a porta, meu coração louco dentro do peito. Ela é linda. Essa é a mesma Genevieve que eu namorava? O cabelo escuro está mais curto e encaracolado, meio que penteado igual ao cabelo da mãe dela, e ela está vestindo uma camisa de botão branca com calça preta. A única coisa que reconheço é a sacola verde que comprei para ela, aquela que tem várias letras de música; não acredito que ela continua usando.

– Lembra a vez que Aaron Soto voltou? – diz Genevieve, sorrindo. – Afe, isso pareceu bem melhor na minha cabeça. Mas eu estava doida para te falar isso há mais de um ano.

– Que bom que você falou – respondo.

Estou sendo sincero, mas não consigo sorrir de volta.

Ela me abraça muito forte e…

Isso traz uma memória: o último abraço no quarto dela, quando contei sobre a amnésia pela primeira vez. A gente tinha chorado e ficado repetindo que se amava, de um jeito não bizarro. Parte de mim ama Genevieve. É a parte que me faz abraçá-la também, com a mesma força.

– Não acredito que estou te vendo. Eu te vi várias vezes, óbvio. Mas não acredito que você vai mesmo se lembrar disto.

Ela entra sem pedir licença e, embora tenha vindo aqui vai saber quantas vezes, ainda é uma visão nova para mim.

– Senti tanta saudade de você. É estranho sentir saudade de alguém que estava aqui o tempo todo?

– A sensação não é a de que eu estava aqui o tempo todo.

– Mas estava – diz Genevieve. – E nós todos estávamos com você.

– Obrigado por não me esquecer.

– Impossível, seu mané idiota.

Estamos sentados na minha cama. Tudo o que ela me conta é bom, como os planos de voltar a Nova Orleans para fazer faculdade se conseguir uma bolsa, e o fato de o pai dela estar no AA e ter sido lá que conheceu a namorada, que o ajuda a ficar na linha, mas meu peito continua apertado enquanto espero que ela mencione Thomas.

– Pode me contar – digo, embora pareça que estou pedindo para ela me dar um soco na cara.

– Contar o quê?

– De você e do Thomas. Vocês dois estavam se aproximando antes de eu... antes de tudo aquilo.

– A gente se aproximou porque sentia saudade de você.

Parece que ela está dizendo que é culpa minha, que eu mesmo me causei esse sofrimento.

– A gente ficou muito mal, Aaron. A gente chorava e sentia sua falta e odiava o que estava te acontecendo.

Me pergunto se ela abraçou Thomas enquanto ele chorava até pegar no sono também.

Fico enjoado de pensar em Thomas e Genevieve abraçados na cama.

– Você entende que é difícil o fato de duas das minhas pessoas favoritas terem continuado a viver sem mim? Sendo que, sem mim, vocês nem se conheceriam?

– Eu juro que você estava com a gente. – Genevieve agora está falando mais rápido. – Teve tantas vezes que Thomas e eu estávamos juntos e notávamos algo para te contar, porque sabíamos que você ficaria feliz. Ele está no trabalho agora, mas quer muito vir depois do expediente para te ver e...

– Eu preciso de um tempo – digo. – Preciso assimilar tudo isso.

Ela fica em silêncio.

– Ah. Claro. Vou dizer a ele que você avisa quando estiver pronto. Estou sempre por aqui quando precisar, Aaron.

Ela dá um beijo no topo da minha cabeça, me dá um soquinho amoroso no braço e vai embora.

LEMBRA AQUELA VEZ

☺ ☺ ☺ ☹

MINHA PRIMEIRA SESSÃO DA Terapia de Desenrolamento foi ok. Evangeline está liderando o grupo porque não é como se estivesse ocupada o bastante com seu trabalho de sempre nem com a promoção do sucesso recente de meu procedimento reparador para contrapor a reputação em declínio do Leteo. Andei pensando em como ela é uma pessoa boa de verdade. Podia ter mandado qualquer um para se disfarçar de minha babá ou sei lá quem depois do procedimento de alteração de memória, mas escolheu fazer o trabalho ela mesma. Que nem agora.

O grupo é pequeno, só quatro pessoas, e, enquanto conversamos, pego aqui e ali pedaços das histórias delas. Claribel Castro, que está tendo dificuldades com sua fé cristã depois de se sentir pressionada a passar por um procedimento para esquecer seu aborto. Está agora compreendendo que o corpo era dela, a escolha era dela, que tinha cedido ao procedimento para se sentir melhor por causa de sua criação conservadora. Aí tem Liam Chaser, que não para de mexer a perna enquanto fala sobre querer ou não visitar o tio na prisão depois de ter sido machucado por ele de todas as formas possíveis. Não sei os detalhes, obviamente, mas a situação era séria o suficiente para receber aval do Leteo para apagar aquilo, e séria o suficiente para atravessar os muros do Leteo. E, por fim, Jordan Gonzales Jr., cujos braços marrons musculosos estão cruzados. Tem uma mecha grisalha no cabelo preto penteado com gel, como se ele fosse algum super-herói de quadrinhos. Jordan não compartilhou uma única palavra sobre sua história.

Evangeline se vira para mim.

– Quer falar do que o trouxe aqui, Aaron?

Jordan se encolhe, como se meu nome fosse algum tipo de palavrão.

– Não sei por onde começar.

– Por onde quiser – diz Evangeline.

– Hã, tá bom. Eu, hã, esqueci que era gay.
Jordan se anima.
– Foi você?
– Que apareceu no jornal? – completa Claribel.
Nunca achei que as pessoas fossem me conhecer desse jeito.
– Aham.
– Aaron, este é um espaço seguro – lembra Evangeline.
– Ela vai fazer a gente esquecer o que você não quiser que a gente lembre – brinca Jordan.
– Cala a boca – diz Claribel.
– Que foi? É só uma piada. Além do mais, ele é diferente. Quer dizer, a gente foi desenrolado, mas ele teve amnésia depois. Esqueceu, lembrou, esqueceu.
Esqueci, lembrei, esqueci.
– O que foi difícil para você? – pergunta Liam.
– Eu sei que não é para a vida ficar parada, mas tenho medo de me atualizar sobre tudo o que perdi. O primeiro cara por quem me apaixonei teve seu primeiro filho. A primeira menina por quem achei que estava apaixonado agora está namorando o segundo cara por quem me apaixonei, e eles não teriam se conhecido se não fosse por mim. Não sei como ficar feliz por eles.
– Você não precisa ficar feliz por eles – fala Evangeline. – Você tem direito de se dar um tempo.
– Mas Genevieve e Thomas ficaram comigo o tempo inteiro que eu estava fora do ar.
Evangeline está prestes a dizer algo, mas Liam chega antes:
– Você não quer se ver indo atrás de outro procedimento, né? Você precisa se proteger.
– O que funciona para todo mundo no círculo pode não funcionar para você – comenta Evangeline.
Eu entendo, mas, olhando para todos no grupo de apoio, penso em como achamos que o Leteo era a resposta e como somos almas perdidas, tentando achar o caminho de volta à nossa própria vida.

☺ ☺ ☺ ☹

ESTOU DE VOLTA À quadra de casa, configurando meu celular novo, quando levanto os olhos e me dou conta de que Brendan, Dave Gordo e Dave Magro estão sentados no playground comendo sanduíches. Não vejo nenhum deles desde minha cirurgia, e agora estão todos juntos. Dave Gordo não participou do ataque, mas não posso achar normal um cara que continua amigo de Brendan e Dave Magro depois do que fizeram comigo.
Brendan parece que viu um fantasma. Eu vejo meu ex-melhor amigo, mais ou menos.
Ele se levanta. Aquilo me lembra do dia em que caí da bicicleta e ele pareceu querer me ajudar. Daquela vez, eu levantei a mão para impedi-lo, mas agora, quando ele faz menção de vir na minha direção, só vou direto para o meu prédio sem olhar para trás.
Não sei se algum dia vou perdoá-lo, mas sei muito bem que nunca vou esquecer.

☺ ☺ ☺ ☹

DA CAMA, OLHO PARA a bicicleta azul-escura que Thomas me deu no meu aniversário de dezessete anos. Ele achou que eu não soubesse andar, e não sabia mesmo. Não na época. O Leteo levou embora a memória de que Collin havia me ensinado. Thomas queria me ensinar também.
Quando eu me perdia na minha mente, Thomas me ensinava a ser livre. Quando achei que sair do armário significaria que todo mundo me odiaria, Thomas me amou ainda mais. Quando eu não conseguia me lembrar de nada, Thomas não parou de criar memórias comigo.
Pego o número dele no celular de Eric e ligo antes que pudesse mudar de ideia.
– Alô?

– Oi, Thomas.
– Comprido! – diz Thomas, como se nada houvesse mudado.
Amo a sensação de familiaridade, mesmo que saiba que tudo mudou.
– Ei. E aí?
É uma pergunta tão simples, mas perguntar a alguém como a pessoa está quando a resposta pode te machucar é bem intenso. Meu coração está correndo um risco alto, torcendo para ele não dizer que está com Genevieve neste momento.
– Nada, eu estava só escrevendo um pouco no diário antes de ir trabalhar.
– Onde você trabalha?
– Lembra quando você foi comigo procurar emprego?
– O Grande Sábado de Busca por Emprego – respondo, surpreso de verdade por lembrar como ele chamava.
– Isso! Agora eu trabalho naquela barbearia.
– Foi por isso que você tentou cortar meu cabelo?
Thomas ri, e desejo que pudesse vê-lo.
– Não, foi porque você estava precisando muito. Então, você leu os diários?
– Um pouco daquele em que você escreveu – digo. – Nenhum dos meus.
– Por que não?
– Não sei se vou aguentar – falo. Aquelas palavras vão ser cruas demais. – Estou ligando porque queria te ver, mas você está indo trabalhar...
– Quero te ver também. Podemos nos encontrar depois? Ou durante meu intervalo, às duas?
Quero passar o máximo de tempo possível com ele, mas preciso fazer isso de um jeito inteligente. Se a gente se encontrar depois do trabalho, tem mais chance de acabarmos na casa dele, observando o mundo do telhado, ficando confortável no quarto dele, e vou me lembrar de um relacionamento que não existe de verdade. Mas também não quero pirar com cada coisinha nova

que não reconhecer no quarto dele, me perguntando se veio de Genevieve, como um presente de namorada, ou se é só um item aleatório que Thomas encontrou inocentemente.
   Digo que vou encontrá-lo na barbearia às duas.
   – Ótimo. Te vejo lá, Comprido. Estou muito animado para te encontrar.

☺ ☺ ☺ ☹

MEU CORAÇÃO ESTÁ DISPARADO quando viro a esquina e encontro a placa da Stooj's Scissors. Pela janela, vejo a nuca de Thomas, que está varrendo uma massa de cabelos pretos. Entro. Só tem um barbeiro trabalhando, alguém que não conheço cortando cabelo. Ele me pergunta se tenho horário marcado.
   – Mais ou menos – respondo.
   Thomas se vira.
   – COMPRIDO!
   Ele está com o maior sorriso do mundo quando larga a vassoura e corre para me abraçar. Eu me pergunto se ele nota que meu coração está batendo no peito dele. Não conheço o perfume que vem de seu pescoço e tenho que me impedir de me perguntar se ele passou para mim. Ficamos só lá parados, nos abraçando por alguns minutos, sem nenhuma preocupação idiota de parecer gay. Aí, quando realmente observo o rosto dele de perto, percebo que está um pouco mais redondo, a barba por fazer com certeza é nova, mas as sobrancelhas grossas são Thomas Clássico. Seguro um tremor de arrepio quando me lembro de correr os dedos por aquelas sobrancelhas antes de beijá-lo.
   – É meio que absolutamente, definitivamente maravilhoso ver você, Comprido.
   – É meio que absolutamente, definitivamente maravilhoso ver você, Thomas.
   Thomas me dá um tapinha no ombro, desabotoa o avental preto, diz ao barbeiro que vai tirar seu intervalo, e saímos de novo.

– Como está tudo?
Todo mundo fica me perguntando isso. Claro.
– Ainda me atualizando da minha vida. Que tal o emprego?
– Não me demiti na mesma hora que nem naquela sorveteria no verão passado – conta ele.
– Já é alguma coisa.
– Eu gosto. É uma equipe nova, então não tem nenhum cara contando histórias das mulheres com quem transou. As únicas coisas que eu faço são varrer cabelo, guardar produtos novos nas prateleiras e sair para tarefas aleatórias, mas consigo pensar bastante aqui. Estou escrevendo um roteiro para um curta.
– Ah, legal. Sobre o quê?
Tenho medo de ser uma história de amor sobre Genevieve.
– É sobre você. – Thomas fica em silêncio por um segundo, coçando a cabeça. – Comprido, não imagino o que você está passando agora, mas acompanhar você vivendo isso foi a coisa mais difícil que eu já fiz. Tinha vezes que você estava feliz e vezes que você estava infeliz e vezes que você estava com medo. Teve uma vez que você ficou chateado e jurou que nunca mais ia falar até conseguir lembrar, e alguns minutos depois você esqueceu e começou a tagarelar sobre um furo na trama do *Scorpius Hawthorne*.
– Desculpa – falo.
– Pelo quê?
– Você sofreu muito por minha causa.
– Comprido, você não conseguiria me impedir de ficar com você, mesmo falando pela centésima vez que não fazia sentido levar tanto tempo para Scorpius perceber que o melhor amigo traidor do pai dele ainda estava vivo, sendo que ele tinha o Mapa do Caçador.
Dou uma risada. Tenho certeza de que reclamei disso mais de cem vezes. Olho para ele.
– Preciso te perguntar sobre uma das entradas do diário. Você disse que me fez chorar e se odiou por isso. O que aconteceu?

Thomas para numa esquina, apoiado em um poste de iluminação em frente a um mercadinho.

– Tem um lado bom no fato de seu melhor amigo não conseguir se lembrar de nada – comenta ele, e, embora devesse parecer uma piada, não parece. – Eu te contei muitos segredos idiotas que nunca dividi com ninguém. Mas teve um dia em que eu estava me questionando... Questionando minha sexualidade. Você quis me beijar, e eu te impedi. Você ficou puto e começou a chorar, e eu mal conseguia esperar para você esquecer tudo. Todos os bons momentos que tínhamos pareciam desaparecer do nada, mas esse durou demais. – Ele nem consegue me olhar nos olhos. – Quando você finalmente esqueceu, eu inventei uma mentira sobre o motivo do choro. Desculpa não poder ser quem você quer que eu seja, Comprido. Eu queria muito conseguir.

Penso em Genevieve. Não sei se ele já a ama, mas, se não, vai amar, porque ela é a melhor e ele teria que ser um idiota para não ficar com ela.

– Espero que você não me odeie – diz ele, tentando me fazer olhá-lo nos olhos de novo.

– Eu não te odeio, tá? Mas preciso acertar umas coisas.

Thomas faz que sim com a cabeça.

– Estou aqui quando precisar.

Ele estende o punho, esperançoso. Damos um soquinho.

É difícil me afastar, mas faço isso. Enquanto esse amor existir, não sei como ficar perto dele.

☺ ☺ ☺ ☹

HOJE, A TERAPIA DE Desenrolamento é um caos; não consigo estar completamente presente, perdido em pensamentos obsessivos sobre Thomas e Genevieve. Cada um deles faz meu estômago doer – os dois rindo juntos, se beijando, transando, saindo para passear, sendo felizes sem mim. Não sei como dar sentido ao fato de que eles estavam ao meu lado, me apoiando, e ao mesmo tempo conseguiram fazer com que eu me sentisse levando um pé na bunda.

Quando estou saindo do Leteo, Jordan vem atrás.

– Ei, Soto – diz ele. – Você não está bem.

Não é uma pergunta.

– Na verdade, não estou mesmo.

– Eu perguntaria se você quer conversar, mas, se não está falando disso na terapia, provavelmente você não quer – continua Jordan.

– É bem legal da sua parte, mas estou me sentindo meio esgotado. Sabe como quando você está passando por um problema e as pessoas vêm ver como você está, e você precisa contar a história tudo de novo? Estou meio cansado de reviver a dor sem parar.

– Já passei por isso. Deixei todo o drama para trás, no Texas, três meses atrás, quando me mudei para cá com a minha irmã mais velha. Ninguém fora deste grupo sabe das minhas ligações com o Leteo. É um recomeço.

– Isso parece legal.

– Só que, para mim, parece que estou fugindo de novo. Essa coisa toda é isso, né? O procedimento, mudar para o outro lado do país. Embora eu esteja construindo uma vida bacana aqui, sinto saudade das pessoas da minha cidade. Até das que me fizeram mal.

– De todas?

– Nem fodendo – diz Jordan, sorrindo. Gosto dos caninos pontudos dele: ele tem um quê de vampiro fofo. – Mas de algumas, sim. Fico me perguntando onde estaríamos se eu tivesse ficado. Se a gente tivesse tentado. Está me entendendo, Soto?

– Quando essa história de Soto começou?

– Quando você chegou com o nome do meu ex. – O olhar de Jordan vai para seus tênis. – As pessoas te chamam de alguma outra coisa?

Quase digo "Comprido", mas dou de ombros.

– Pode ser Soto.

Atravessamos a rua.
— Você falou da sua história no Leteo? — pergunto.
— Com o pessoal do grupo, não. Só com Evangeline quando fui transferido.
— Tá. Obviamente, você não precisa me contar, mas, se quiser, estou aqui para...
— Eu esqueci uma pessoa — interrompe Jordan. — O tal do Aaron. Precisei fazer isso porque... estava me machucando por causa dele. Era tóxico e horrível, e não quero falar tudo, mas estou te contando porque a gente se parece.
Não sei como Jordan se machucou, mas fico feliz por ele ter sobrevivido.
— Em que sentido? — pergunto.
— O amor estava tentando nos matar, Soto.
Collin era tóxico para mim, mas, em retrospecto, eu não diria isso sobre Thomas. Ele me contou quem é, e eu quis acreditar que ele estava mentindo.
— Eu não quero que o amor doa — falo —, mas não sei como amar Thomas neste momento sem ser machucado por esse amor. E não sei como aceitar que ele pôde viver tantas coisas boas comigo e eu não me lembrar. Quer dizer, Thomas e todo mundo estava na minha festa de dezoito anos comigo, mas ao mesmo tempo eu não estava lá de verdade. Perdi tudo isso.
— Quem disse que você tem que perder? E daí se seu aniversário passou? Faz outra festa, uma de que você vá se lembrar.
— Nunca pensei nisso.
— Soto, se você quer recuperar o controle da sua vida, precisa de fato fazer isso. Suas memórias voltaram a ser suas. Você não precisa ficar obcecado com as que perdeu. Pode criar novas. Melhores. — Jordan olha o horário no celular. — Preciso ir para casa ajudar minha irmã, mas o que você vai fazer amanhã?
— Nada.
— Ótimo. Vamos sair, para você me mostrar a cidade.
— O que você quer ver?

– Seus lugares favoritos. Você pode me contar o que significam para você.

– Ainda não sei se estou pronto para visitar meu passado assim.

– Não precisamos fazer isso, desculpa – diz Jordan. – Só sugeri porque sei como meu fliperama favorito ficou parecendo assombrado por causa de tudo que vivi com Aaron.

– Não quero me sentir assombrado – digo, e concordo em encontrar Jordan para provar isso.

Por onde começo?

☺ ☺ ☺ ☹

PRIMEIRA PARADA NO TOUR Aaron Soto: Comic Book Asylum. Stanley ainda trabalha como atendente, e seu rosto familiar é reconfortante. Caminho com Jordan pelos corredores, contando minha história com Collin. Conto sobre o momento em que o encontrei quando estava aqui com Thomas, tendo esquecido todo o romance com Collin por causa do Leteo. Jordan não teve nenhum encontro desconfortável com o Aaron dele, e, bom, ótimo para ele, porque hoje sei que Collin ficou muito magoado e nunca quero fazer isso com ninguém.

Vamos então ao ponto entre a floricultura e o açougue onde transei com Collin pela primeira vez. Jordan me conta que perdeu a virgindade com um colega de escola, John, quando tinha dezesseis anos e estava entediado e com tesão. Ele não pensa nisso com o mesmo carinho com que penso em Collin, apesar de todo o sofrimento que veio depois.

Espero que Collin, Nicole e o filho deles estejam bem. Para além disso, não acho que preciso saber o que está acontecendo com ele nem voltar a vê-lo.

Levo Jordan ao Fort Wille Park, onde chamei Genevieve para sair, e conto a ele que eu a amava muito e que queria poder tê-la amado mais. O ex-melhor amigo de Jordan, Dane, também estava apaixonado por ele, e anos atrás Jordan tentou – tentou muito, muito mesmo – dar uma chance, mas, aí, surgiu Aaron, e Jordan teve que responder àquele chamado e perdeu Dane para sempre. Jordan ainda pensa nele, especialmente porque as coisas não continuaram com Aaron, mas Dane está na faculdade, feliz com o novo namorado, e Jordan sabe que saiu perdendo.

É tudo uma questão de momento certo. Vai saber o que – e quem – perdi por causa do ano de que não consigo me lembrar.

Estive evitando, mas finalmente chego a Thomas. Andamos pela pista de atletismo da escola dele, e conto a Jordan como corremos ali até nossas costelas doerem. E aí sou sincero sobre a dor que sinto ao lembrar de quando passei por aqui com Collin e vi Thomas e Genevieve, especialmente sabendo que eles agora são um casal – talvez até estejam juntos neste segundo – e que eu estou sozinho. Jordan também conhece essa sensação. O relacionamento dele terminou depois de Aaron achar que não tinha problema ficar com um cara que Jordan sempre achou que era a fim de Aaron.

Voltando para casa, aponto para o cinema em que eu e Thomas nos infiltramos, e depois para o prédio dele. Conto a Jordan sobre todas as vezes que ficamos naquele telhado – os aniversários de Genevieve e de Thomas, a vez que Thomas e eu ficamos pegando sol sem camisa e a vez que chorei ao contar a ele da minha amnésia. É coisa demais para assimilar, e Jordan nem tenta preencher o silêncio com uma história sua.

Estamos de volta à minha quadra, parados em frente ao pequeno beco.

– Foi aqui que eu conheci Thomas – conto.

– Terminando o tour no início – diz Jordan. – Você é poeta, Soto?

– É mais por conveniência – explico.

– Como você se sente?

Foi aqui que Thomas terminou com a namorada dele. Que notei as sobrancelhas dele pela primeira vez. Que ele me apelidou de Comprido antes de saber meu nome. Foi aqui que Thomas e eu começamos, e agora tenho que descobrir se vamos ter outro começo ou se isso acaba agora, porque a felicidade dele com Genevieve é demais para mim.

– Acho que quero tentar – falo.
– Tentar o quê? – pergunta Jordan.
– Tentar tentar? Amo Thomas e Genevieve, e eles me amam, e talvez não dê certo, mas pelo menos vou saber, né? – Respiro fundo e olho para Jordan, feliz por tê-lo trazido aqui e por ele ter feito esse passeio pelo passado comigo. – O que você vai fazer no fim de semana?
– Sem planos.
– Então pode se preparar. Você vem para a minha festa de dezoito anos.

Tenho a sensação de que Jordan é bacana. Talvez a gente faça bem um ao outro. Espero que meu nome não o assombre tanto e que ele pare de me chamar de Soto. Mas, para ser sincero, estou até começando a gostar.

☺ ☺ ☺ ☹

ESTOU FAZENDO DEZOITO ANOS de novo. (Bom, hoje, estamos todos fingindo que isso é verdade.)

Originalmente, eu queria fazer a festa lá fora para poder comemorar com a comunidade que cuidou de nós no último ano, mas choveu a tarde toda e eu não queria cancelar. Todos os meus amigos já tinham mudado os compromissos para estar aqui, então convidei todo mundo para o apartamento. Passei tanto tempo com vergonha da minha casa, do lugar onde morei a vida toda. Não vou mais esconder isso das pessoas, assim como não vou mais me esconder do mundo.

Já é a minha festa favorita.

Freddy está falando um monte de bobagem para Eric, que está acabando com ele no *Mario Kart*. Freddy não vinha aqui há anos, porque eu tinha vergonha de não ter meu próprio quarto igual a ele. Mas ele não liga. Minha mãe está se divertindo muito sendo anfitriã dos amigos dela e garantindo que tenha bastante batatinha e refrigerante disponível enquanto esperamos a pizza da Yolanda's. Genevieve foi a primeira a chegar, mas Thomas veio logo depois, e aposto que eles estavam prontos para chegar na mesma hora, só queriam ser discretos por minha causa. É engraçado, estou tendo dificuldade com o fato de eles estarem juntos, mas também não quero que fiquem separados por minha causa.

Fico me perguntando se um dia meus sentimentos vão ser totalmente claros para mim, tipo o jeito como me sinto um pouco culpado por não convidar Brendan, embora esteja puto com ele, ou como me lembro do meu pai divertindo todo mundo nos aniversários, mas continuo odiando-o por tudo que fiz comigo mesmo por causa dele.

Não quero jogar fora todas as pessoas da minha vida, não enquanto ainda consigo ver que tem mais coisa boa do que ruim em mantê-las por perto.

Mas, quando Thomas e Genevieve estão rindo de algo que não consigo escutar, meu estômago revira, até que Eric abre a porta para Jordan. Aí me sinto um pouco melhor.

– Feliz aniversário, Soto – diz Jordan, me entregando um presente.

– Mas que porcaria é essa?

– Você vai descobrir quando abrir – responde ele.

– Posso abrir agora?

– Você agora já tem idade para votar, pode fazer o que quiser.

Essa última parte está longe de ser verdade, mas abro um sorriso.

Antes que eu rasgue o papel do presente ou apresente Jordan a alguém, minha mãe e Evangeline saem da cozinha e começam a cantar "Parabéns a você". Jordan me leva na direção das pessoas, todas cantando desafinadas. Fico vermelho, embora soubesse muito bem que isso ia acontecer. Assopro as dezoito velinhas com um puta sorriso.

Aí tudo fica em silêncio por alguns momentos, como se todos soubéssemos que é um milagre poder fazer isto hoje. Vejo como todo mundo está feliz: minha mãe e Evangeline estão chorando; Eric faz um brinde comigo com sua Pepsi; Freddy está pronto para cair de boca no bolo; Genevieve me manda um beijo; Thomas estende o braço por cima do bolo e damos um soquinho com o punho; Jordan está sorrindo com seus lindos caninos, um pouco arrogante, como se esta ideia não fosse surgir sem ele – e ele tem razão.

Olha, não é uma festa de dezoito anos perfeita, mas vou me lembrar dela, e isso por si só já é o melhor presente.

☺ ☺ ☺ ☹

ESTOU RECOMEÇANDO.

Subo na bicicleta e saio. O vento sopra nos meus ouvidos, meus dedos apertam o guidão, minhas pernas me levam em uma viagem rápida pelos pátios, para longe da memória ruim de cair no ano passado. É assim que vou vencer – não fugindo das lembranças, mas confrontando-as de cara.

Estaciono a bicicleta no saguão, tiro meus cadernos da mochila e me sento. Preciso entender o poder desses diários. Vou ler umas coisas que vão fazer com que me sinta excluído, outras que vão me deixar puto, que vão me deixar triste. Mas não tem problema doer. É aí que vejo o que estava perdendo. Evangeline tinha razão. Agora que consigo lembrar o passado, pouco a pouco, me reconecto com o tempo. Não preciso ler todos estes diários agora. Posso ler uma página por ano, se precisar. Mas estou animado para encontrar o sol em meio à escuridão nestas histórias e, se não conseguir, vou me esforçar para criar minha própria luz.

Estou mais feliz do que triste.

Lembre-se disso.

AGRADECIMENTOS

Muito amor para os que sabiam que virar um autor me faria mais feliz do que qualquer coisa:

O primeiro obrigado vai para o cara que faz tudo acontecer, Brooks Sherman, o agente mais maneiro e estranho do Mundo dos Agentes. É muito difícil para um obsessivo-compulsivo – e autor, surpreendentemente – abrir mão do controle e confiar cegamente nesse cara para continuar me levando na direção certa. Ele fez com que essa experiência de estreia fosse inesquecível de todos os jeitos, e vou ajudá-lo a carregar um sofá pelas ruas lotadas de Nova York quando ele quiser.

O time maravilhoso da Soho Teen: Daniel Ehrenhaft, meu editor, que não só me desafiou a andar por muitos caminhos, como também confiou em mim para achar o meu próprio; Meredith Barnes, minha assessora de imprensa, que foi a primeira pessoa da Soho HQ a confiar neste livro, respondeu meus muitos e-mails em questão de minutos e ainda se juntou com a talentosa Liz Casal para criar a capa dos meus sonhos; Bronwen Hruska, meu publisher, cujo orgulho irradia; Janine Agro, uma designer de interiores sobrenatural; Amara Hoshijo, assistente editorial/parceira maravilhosa; Rachel Kowal, achadora de coisas que deixei passar;

e todos os outros funcionários competentes da casa, incluindo Rudy Matinez, Juliet Grames, Paul Oliver, Mark Doten e Abby Koski.

Luis Rivera, por tudo o que aprendi com nosso nada, e por tudo o que pôde me dar. Ele mais ou menos, tipo assim, talvez, definitivamente soube fazer um cara mais feliz do que triste na era Code Adam, e ele mantém os bons momentos e faz cumprimento com soquinho de punho todos os dias.

Corey Whaley, que nunca pode deixar de existir. Sou muito grato por ele ter me dado uma casa de verão onde eu pudesse escrever minha história, e pela quantidade gigantesca de felicidade que ele me passou para que eu pudesse fazer isso.

Cecilia Whaley, minha melhor amiga e metade selvagem. Dedos cruzados para o mundo não acabar em seis de junho ou nunca vou saber do fim por ela. Nosso cumprimento geminiano vai ecoar pela eternidade – ou pelo menos por sua cozinha, onde ela com certeza deixou algum armário aberto.

Hannah Colbert Kalampoukas, por ser a primeira pessoa perfeita para se sair do armário, e pelo bolo de aniversário em formato de letra A com glacê de morango. O bolo foi um gesto pequeno que significou tanto para mim quanto a Saída do Armário de 2009.

Christopher Mapp, por ser um *life coach* tão incrível que não poderia servir de modelo para algum personagem do livro ou a jornada de Aaron Soto teria sido muito mais fácil.

Amanda Diaz, que não só passou seu amor por literatura e *fan fiction* adiante, mas também leu essa história mais vezes que o necessário. Michael Diaz, por incontáveis noites de games e jogando "Draft" com nosso doce. Ana Beltran, pelos jantares (que ela sempre cozinhava) e os debates (que eu sempre ganhava).

Não fiz faculdade, mas crescer em livrarias depois do ensino médio foi mais recompensante, de qualquer forma, em especial, graças a: Irene Bradish e Peter Glassman, meus ex-chefes e mentores; Sharon Pelletier, por me afetar tanto com edições difíceis e amorosas; Jennifer Golding, por torcer por mim desde o início; Donna Rauch, pelas piadas sem graça que se tornavam engraçadas; Allison Love, que mudou minha vida com uma inscrição em uma livraria; Maggie Heinze, por ser a primeira pessoa que viu um trabalho que eu não queria que ninguém visse; Jonathan Drucker, por fazer isso ser de verdade, um amigão; Gaby Salpeter, por ser uma torcedora capaz de levantar o ego o dia todo, todos os dias; Joel Grayson, pela inabalável gentileza e encorajamento sempre que passava por mim nos corredores; e para todos os outros livreiros e amigos que conheci na Barnes & Noble e Books of Wonder.

Lauren Oliver e Lexa Hillyer, por não só revelarem o caminho para o Plot Guru, como também por salvarem minha vida quando eu estava realmente afundando. Este livro não existiria sem elas – de verdade, eu não existiria sem elas.

Joanna Volpe, por suas mudanças-chave no livro e por me manter são no primeiro voo da minha vida; Suzie Townsend, por amar e acreditar neste livro antes mesmo de estar à venda, e o amar de novo quando já estava. Sandra Gonzalez, minha *Hubby*, que bota minhas noites acordado no chinelo e faz meus sentimentos bons terem um propósito; Margot Wood, minha parceira no crime e esposa em vidas passadas, por tirar fotos da minha cara e desejar ser gay por mim e meu narrador; Julie Murphy, minha garota do Texas, por nossos encontros de escrita em Dallas; Holly Goldberg Sloan, por ser a melhor mãe de LA que uma criança de NYC poderia querer; Tai Farnsworth, por um insight inestimável que reorganizou as coisas; Hannah Fergesen, que apareceu tarde na minha vida no mundo da publicação de livro, mas se provou insubstituível diversas vezes.

Tive a sorte de encontrar alguns amigos escritores, e fui especialmente sortudo por ter percorrido essa jornada com meu *squad* Beckminavidera: Becky Albertalli, minha gêmea literária, cujo amor pelos personagens e pela história deste livro supera seu desprezo por Golden Oreos, o que é idiota porque esses claramente são os melhores Oreos, mas tanto faz, sobra mais biscoito pra mim;

Jasmine Warga, minha sueca adoradora de peixe, irmã de bar de arte com quem sempre se pode contar para *road trips* divertidas e ótimas recomendações musicais (exceto aquela vez); David Arnold, meu irmão que eu quero abraçar até esmagar toda vez que temos conversas sólidas sobre a Vida – V maiúsculo intencional. Mal posso esperar para termos nossa casa em Beckminavideraville, meus amigos.

Jennifer M. Brown, companheira de madrugadas, por abrir tantas portas para mim quando me botou debaixo de suas asas.

Minha família e amigos, pelo orgulho que encontram em mim e pela felicidade que encontro neles.

Minha mãe, Persi Rosa, por me criar com desafios de leitura de verão, competições de soletração com palavrões, legendas toda vez que eu via TV e por editar os materiais do meu livro. Ela inspirou um amor pelas palavras que está se provando muito importante nesse novo caminho que estou seguindo. E, mais importante, ela sempre me amou do jeito que eu sou – eu sei que ela não mudaria nada em mim, e vice-versa.

Finalmente – chegamos aqui! – obrigado para a comunidade incrível de livreiros, bibliotecários, leitores, escritores, blogueiros e personagens imaginários que mantêm nossa indústria e a literatura vivas. Vamos fazer com que livros e livrarias continuem sendo maneiros, por favor e obrigado.